Fritz Mauthner

Die Geisterseher

Humoristischer Roman

Fritz Mauthner

Die Geisterseher
Humoristischer Roman

ISBN/EAN: 9783743363175

Hergestellt in Europa, USA, Kanada, Australien, Japan

Cover: Foto ©Andreas Hilbeck / pixelio.de

Manufactured and distributed by brebook publishing software (www.brebook.com)

Fritz Mauthner

Die Geisterseher

Die Geisterseher

Humoristischer Roman

von

Fritz Mauthner

Berlin

Verlag des Vereins der Bücherfreunde

1894

I

Ein Pferdebahnverhältnis

Der Assessor Otto Cremmen war unzufrieden mit sich
selbst. Denn er ertappte sich darauf, verliebt zu sein.

Seit neun Jahren, seit seinem zwanzigsten Geburtstag also, hatte er Vater- und Mutterstelle an sich ver-
treten und sich jedesmal, wenn ein hübsches Gesicht ihm
gefiel, vor den Spiegel gestellt und mit väterlicher Weisheit und zugleich mit mütterlicher Sorge zu sich gesagt:
Otto, verplempere dich nicht.

Und sollte er jetzt wirklich so weit sein?

Wieder stellte er sich vor den Spiegel seiner möblierten
Stube und schnitt ein verlegenes Gesicht. Denn ihm
war, als ob sein Spiegelbild selbst verlegen wäre und
ihm sagen wollte: So rede doch nicht, Otto, du ver-
plemperst dich ja doch.

Auch mit seinem Äußeren war der Assessor unzufrieden. Einen guten Nickelkneifer hatte er auf der Nase
sitzen; weil er aber eigentlich sehr scharfe Augen hatte,

störte ihn das Ding immer noch, nach jahrelangem Gebrauch. Einen tiefen Hieb hatte er als Student über
die linke Wange gekriegt und hatte die Wunde absichtlich
nicht heilen lassen, sie vielmehr ganz gemein miß=
handelt. Umsonst, sie war doch beinahe unsichtbar. Den
Scheitel hatte er sich durchgezogen, wie alle seine kahl=
köpfigen Freunde, durch deren Haarreste sich das breite
Weglein hinzog wie eine märkische Landstraße zwischen
winterdürren Ebereschen. Aber sein üppiger Haarwuchs
ließ keinen richtigen Assessorscheitel aufkommen. Wie ein
Maler sah er aus oder wie ein Schriftsteller. Der Prä=
sident sah ihn auch immer ganz mißtrauisch an. Es war
zum Haarausraufen.

Und nun erst die Geschichte mit Fräulein von Vehsen.
Ernesta! Er war doch nicht im Ernst ein Maler oder Schrift=
steller, er hatte doch Streben in sich. Wütend zwirbelte
er seinen richtigen braunen Assessorschnurrbart und drehte
sich heftig auf dem Absatz herum, als sein Spiegelbild
ihm das ganz genau nachmachte. Als ob der gegenüber
ein ganz gewöhnlicher Wald= und Wiesenassessor gewesen
wäre.

Dabei hatte ihn ein höchst respektables Mitglied seiner
eigenen Familie in die Geschichte hineingebracht. Die gute
gräßliche Tante Jettchen.

Fast ein Jahr war es her, im April. Jawohl, am
23. April hatte er Ernesta kennen gelernt.

Tante Jettchen, eine unansehnliche, grau in grau
geratene Wittib, war nach Berlin gekommen, um in der
Klinik eines berühmten Chirurgen Rettung zu suchen.
Das sagte sie ihrem Neffen, dem Lieblingsneffen, freilich

fürs Erste noch nicht. Sie sei hergereist, um einen Arzt zu konsultieren und sich bei dieser Gelegenheit zu amüsieren. Otto müßte doch sein Berlin kennen! Er sollte sie überall hinführen, überall, wo es amüsant war. Nebenbei sollten alle Leute besucht werden, mit denen Tante Jettchen verwandt zu sein behauptete. Am liebsten wäre sie zu allen Ostpreußen gegangen. Tante Jettchen war sechsundfünfzig Jahre alt und zum erstenmale in Berlin.

Otto Cremmen mußte beweisen, daß er wirklich wußte, wo es amüsant war. Die Tante war schwächlich, aber ausdauernd im Genießen. Alle Museen besichtigte sie, auch das landwirtschaftliche und das Postmuseum; auf den Rathausturm stieg sie langsam und noch langsamer auf die Siegessäule. Das Aquarium und den Kreuzberg, Castans Panoptikum und alle Panoramen sah sie sich an. Immer war sie guter Dinge, und nur des Abends, wenn Otto ihr mit einem Handkuß gute Nacht sagte, schossen Thränen in ihre Augen. Königsberg war so Provinz. Das Leben und Berlin waren so schön. Sie hätte die Operation so gern überstanden.

Otto Cremmen hielt sich brav. Die Tante hatte ihm schon dreimal aus dem Sumpf geholfen; von der konnte man sich schon einmal vierzehn Tage lang öden lassen. Wozu die Frau aber auch Zeit fand! Den Plan von Berlin hatte sie zu Hause in Königsberg studiert und jedesmal, wenn die Wohnung so eines entfernten Vetters gerade in der Nähe einer Sehenswürdigkeit lag, mußte Otto mit ihr Verwandtenbesuche machen. Jeden Tag mindestens zwei. Er kannte keinen der Menschen. Die Verwandtschaftsverhältnisse allein machten ihm Kopfschmerzen. Die Tante war eigentlich nur eine Cousine seiner seligen Mutter. Und sämtliche Familien, zu denen sie ihn schleppte, hatten für ihn und die Tante die gleiche verlegene oder selbst mißtrauische Freundlichkeit. Als ob man etwas von den Berlinern gewollt hätte. Die gute Tante!

Man lächelte auch über ihre Aussprache. Sie nahm aber unbeirrt immer ein „Kuchchen“, wenn man ihr eins anbot und sagte zu den Großen „Siechen“, zu den Kindern „Duchen“, daß es eine Art hatte.

Am 23. April vorigen Jahres also war Otto Cremmen so auch zu dem alten Major von Vehsen geschleift worden. Erst botanischer Garten mit dem botanischen Museum, dann Vehsens in der Kurfürstenstraße — das Haus sollte leicht zu finden sein, ein altes Landhäuschen in einem verwilderten großen Garten — nachher in den Zoologischen.

Otto hatte sich gegen Vehsens zur Wehre zu setzen gesucht. Es seien ja doch keine nahen . . .

Tante Jettchen wurde fast ärgerlich.

„Sie würden es mir ja übel nehmen müssen, mein trautster Junge.“

Die verstorbene Majorin hatte einen Bruder gehabt, einen bildschönen Artilleriehauptmann, der war der angeheiratete Neffe von — gräßlich. Otto Cremmen hatte bisher geglaubt, solche geistige Anstrengungen würden jungen Juristen höchstens bei schwierigen Erbschaftsprozessen zugemutet.

Der Besuch verlief auch danach. Sie wurden angenommen, aber der Major hatte eine gewisse Höflichkeit, kurz: keiner wußte etwas vom andern. Wenn die Tante von ihrer Familie sprach, erwiderte der Major musterhaft: ach richtig, gewiß, ich erinnere mich. Die Tante aber hatte den Taufnamen der verstorbenen Majorin vergessen; sie verwechselte alles, sie wußte nicht, ob der Major Kinder hatte. Erst fragte sie gar nicht, und dann wollte sie die lieben Kinderchen sehen, alle. Ja, und dann kam das einzige Kind herein, Fräulein Ernesta von Vehsen, etwa zwanzig Jahre alt, so groß wie Otto, steif wie eine Gouvernante, dunkel gekleidet, wortkarg, freundlich, aber mit dem deutlichen Wunsche, den Besuch wieder auf der Straße zu sehen. Sie schien die Gespräche des Vaters genau zu verfolgen. Als ob er unberechenbar heftig wäre oder so. Zweimal unterbrach sie ihn geschickt und schonend.

Na, endlich verstand es die Tante doch und ging. Otto Cremmen hatte außer den Antritts- und Abschiedsformeln nur zweimal den Mund aufgethan. Einmal hatte er gesagt, so ein Löwe sei doch ein schneidiges Tier. Dann als Fräulein von Vehsen von der letzten Walkürenaufführung sprach, hatte er dazwischen geworfen: Richard Wagner war doch ein sehr bedeutender Musiker.

Dann waren sie in den zoologischen Garten gefahren. Otto Cremmen war heute fast unliebenswürdig gegen die Tante. Denn schön war das Fräulein ja doch, seine entfernte Cousine, die dumme Gans, Fräulein Ernesta von Vehsen. Ganz deutlich war ein Lächeln über ihre ernsten Züge gehuscht bei seiner Weisheit über Richard Wagner. So ein Kaffer zu sein.

Genau acht Tage später, als Otto nach einer lustigen

Operette in der Friedrich-Wilhelmstadt und nach einem famosen kleinen Souper bei Hiller der Tante vor ihrem Hotel die Hand küßte und gute Nacht sagen wollte, lud sie ihn noch auf ihr Zimmer. Mit einem unsicheren Lächeln und vielen Thränen, übergab sie ihm ein versiegeltes Couvert und teilte ihm endlich mit, sie würde sich morgen einer kleinen Operation unterziehen müssen. Da, fügte sie schnell hinzu, um jede Frage abzuschneiden, und fuhr sich mit den zuckenden Fingern vom Hals die Brust herunter. Dann jagte sie ihn förmlich zur Thür hinaus.

Nach vierundzwanzig Stunden erhielt er die Mitteilung, die Operation wäre glänzend geglückt. Wieder nach achtundvierzig Stunden war Tante Jettchen tot.

Er öffnete den Brief und hatte als ihr nächster Verwandter und als ihr Testamentvollstrecker allerlei lästige Geschäfte. Zu all den Leuten, denen sie Verwandtenbesuche gemacht hatte, mußte er nach ihrem Willen persönlich gehen und zur Beerdigung einladen. Gräßlich.

Auch seine entfernte Cousine, die dumme Gans, mußte er aufsuchen. Er traf sie allein und blieb eine Viertelstunde. Traurig lächelnd sprachen sie sich darüber aus, daß sie beide die Verstorbene kaum gekannt hätten. Otto gab ehrlich zu, er hätte der guten Tante früher und jetzt manches zu danken, und Fräulein Ernesta mußte wohl einsehen, daß der Assessor Cremmen mehr und vernünftiger reden konnte als bei seinem ersten Besuch. Man trennte sich mit einem freundlichen Händedruck. An der Verwandtschaft war leider nicht so viel, wie die

Tante sich das einbildete. War man aber nicht gerade Vetter und Cousine, so freute man sich doch, die Bekanntschaft gemacht zu haben. Auch bei der Beerdigung wurden noch einige Worte gewechselt. Die arme, gute, tote Frau. Otto wollte etwas Treffendes über die Mängel des menschlichen Lebens beifügen, aber da huschte es schon um ihre Augen, und er verbeugte sich stumm. Aus war's.

Nur daß er oft an die arme, schöne Verwandte denken mußte, die mit dem brummigen Vater einsam in dem kleinen Häuschen wohnte und in ihrem dunkelgrauen Kleide berufen schien, den alten pensionierten Herrn zu Tode zu pflegen, und dann irgendwo als Erzieherin oder Gesellschafterin zu erfahren, daß er mit seiner angefangenen Bemerkung über die Mängel des Lebens doch Recht gehabt hätte. Öfter als sonst stellte sich Otto Cremnien jetzt vor seinen Spiegel und sagte sich mit aufgehobenem Zeigefinger: Mensch, verplempere dich nicht.

Er hatte damals in der Rathausgegend gewohnt, weil er beim Amtsgericht beschäftigt war. Im September wurde er der Staatsanwaltschaft zugeteilt und suchte eine möblierte Stube in Moabit. Daß er trotzdem jetzt in der Kurfürstenstraße wohnte, und nach seinem Bureau täglich eine gute Stunde zu laufen oder zu fahren hatte, das hatte er schließlich gethan, um schlanker zu werden. Mit Fräulein von Behsen hatte die Wohnungsfrage so gut wie gar nichts zu schaffen. Freilich, im August hatte er sie auf der Pferdebahn getroffen. Um vier Uhr nachmittags war sie in der Mauerstraße eingestiegen und war bis zur Kurfürstenstraße gefahren.

Man erkannte einander, er fand neben ihr Platz und man plauderte. Der heiße Tag, die Sommerreise, die Schweiz, die Ausstellung. Nicht sehr intim. Fräulein von Vehsen verließ Berlin nie.

„Das können wir nicht."

Otto, verplempere dich nicht.

Tags darauf wartete der unweise Otto dennoch in der Mauerstraße auf die Pferdebahn und wurde sehr grimmig, als Ernesta nicht kam.

„O, ich benutze diese Strecke zur selben Zeit regelmäßig." So hatte sie doch gesagt.

Regelmäßig heißt täglich. So 'ne dumme Gans.

Am zweiten Tage stieg sie aber richtig zur selben Zeit an derselben Haltestelle wieder ein. Und dann wieder zwei Tage später. Also Montags, Mittwochs und Freitags um vier Uhr. Man konnte auch das regelmäßig nennen. Als er am Freitag — er hatte sie von weitem erlauert und sprang geschickt, wie zufällig, während der Fahrt ein — wieder neben ihr Platz nahm und sie so ganz selbstverständlich begrüßte, machte sie ein Gesicht. Da log er ihr was vor. Ein so merkwürdiges Zusammentreffen. Pünktlich um diese Zeit mußte er diese Pferdebahn täglich benutzen, um nach seiner Wohnung zu fahren. Denn dort erwartete ihn täglich um ein Viertel auf Fünf — es fiel ihm absolut nichts ein — Berufspflicht, Kollege, er murmelte etwas Unbestimmtes, und nicht sehr freundlich. Aber Fräulein von Vehsen war vollkommen beruhigt und erklärte ihrerseits, daß sie dreimal wöchentlich hierher zu einer Gesangsstunde müßte.

Wie klein die Welt doch sei. Fräulein von Vehsen hatte von dem ersten Tantenbesuch die dunkle Erinnerung, der Herr Assessor wohne im Centrum.

Das war damals gewesen. Er sei versetzt worden und in seiner neuen Thätigkeit müsse er irgendwo im Westen wohnen.

Fräulein von Vehsen stieg an der Kurfürstenstraße aus. Otto Cremmen sprang hundert Schritte weiter ab, folgte ihr langsam und suchte eine möblierte Stube im Westen. Schräg gegenüber der kleinen Vehsen'schen Villa fand er bald, was er suchte. Eine fürchterlich möblierte Stube mit einem Schlafkabinett. Für ihn allein gerade groß genug; wenn er aber nur einen Kater mitbrachte, so preßten ihn schon die Wände ein. Und gar das „Möblierte" an der Stube. Auf dem Cylinderbureau die zurückgelassenen fettigen Bücher und verwegenen Photographien seiner Vorgänger. Über dem Sopha eine Orientalin mit falschen Zöpfen und zinnoberroten Wangen, stark ausgeschnitten. Schauerlich über einem Schränkchen zwei Ölbruckbilder: ein Liebespaar in Rokokokleidern und bei Sonnenschein, daneben ein altdeutsches Liebespaar bei Mondschein. Alles in dicken goldenen Rahmen. Zwischen den beiden Fenstern, deren Vorhänge einen modrigen Staubgeruch verbreiteten, wenn er nur in die Nähe kam und die Dielen erschütterte, hing der Spiegel. Wieder in einem fürchterlichen Goldrahmen.

Er hatte doch Recht mit seinen väterlichen Warnungen. Sollte er zeitlebens dieses Wollhündchen zwischen ostindischen Muscheln betrachten oder die zerbrochenen Alabastervasen auf dem Schränkchen, die kleine Marmorvenus ober die zinnoberrote Orientalin? Oder sollte er gar ein armes Mädchen heiraten und schon in der Kirche sich den Kopf zerbrechen, wovon das Hochzeitsdiner bezahlen, und auf seine alten Tage selbst solche möblierte Stuben vermieten? Otto! Otto!

Sein aufgehobener Zeigefinger verhinderte ihn aber nicht, jeden Montag, Mittwoch und Freitag bis an die Französische Straße zu laufen, in die Pferdebahn zu springen, bescheiden lächelnd Fräulein von Vehsen zu begrüßen, wenn sie in denselben Wagen stieg, und wütend herauszuspringen, und zur letzten Haltestelle zurückzugehen, wenn sie diesen Wagen nicht benutzte. Am Dienstag, Donnerstag und Sonnabend kamen ihm die Pferdebahnen einfach dumm vor.

Sie lernten einander im Laufe der Zeit recht gut kennen, der Assessor und die schöne Cousine, die Gesangstunden gab. Freilich mußten Berlin und das schöne Wetter vielfach die Kosten der Unterhaltung tragen, mindestens bis an die Potsdamerbrücke. Dann während der letzten fünf Minuten kamen allgemeine Wahrheiten an die Reihe. Pferdebahngespräche, die nur leise die Weltanschauung streiften, niemals persönlich wurden, aber trotzdem allgemach zu einer gewissen Vertraulichkeit zusammenschossen. Der andere Teil mußte nun ein gutes Gedächtnis haben und einzelne Bemerkungen mit einander verknüpfen. Otto war der Mitteilsamere, aber er wußte nicht, ob Fräulein Ernesta aufmerksam genug zuhörte. Er selbst holte sich aus den Gesprächen heraus, was er konnte. Einmal das und einmal jenes. Zwischen Weihnachten hatte er schon ein kleines Mosaikbildchen beisammen, und im März glaubte er ihr ganzes Leben genau zu kennen. Es war kein Zweifel, er war verrückt verliebt. Was hatte er aber auch für Glück. Dreimal wöchentlich je zwanzig Minuten ganz allein mit ihr. Denn wo konnte man ungestörter sein als in der rotweißen Pferdebahn.

Heute, an einem der letzten Tage des März, beim herrlichsten Frühlingswetter, fuhr Otto Cremmen doch wieder von der Ecke der Französischen Straße an mit. Wer an ihrer Haltestelle nicht aufstieg, war Fräulein von Vehsen. Der Assessor kehrte zur Französischen Straße zurück, sprang auf den nächsten Wagen, wieder umsonst. So vertrieb er sich die Zeit über eine halbe Stunde lang, nervös und ingrimmig, bis es ihm schien, daß die Schaffner ihn höhnisch betrachteten. Jetzt stieg er aus und patrouillierte ganz keck vor „ihrem Hause" auf und ab. Sie mußte doch kommen, es war ihre Pflicht. Sie war doch so weit ein ganz logisches Frauen= zimmer. Wieder verbrachte er über eine halbe Stunde, sie verließ das Haus nicht. In alle rotweißen Pferdebahn= wagen schaute er hinein und betrachtete in den Pausen den Ritzenschieber, der dort seine Strecke hatte. Gewiß ahnte dieser schmutzige, graue Mistfeger gar nicht, wie wichtig dieses Haus der Mauerstraße im Leben des Assessors Otto Cremmen geworden war. Wieder rollte ein Wagen heran. Otto reckte sich und blickte hinein. Da wandte sich der Ritzenschieber zu ihm und sagte:

„Sie, Herr, Sie stehen sich umsonst die Beene in den Leib. Was die heilige Cäcilie is, die is heute früher abgerutscht als Sie."

Der Assessor hatte ein unklares Gefühl von Ohrfeigengeben, Fordern, beleibigt Abschwenken oder so was. Dann plötzlich überkam ihn die Rührung. Er schenkte dem Ritzenschieber eine Papierdüte mit fünf Groschencigarren und trollte sich. Irgend was in seiner Seele fühlte sich geschmeichelt, aber dabei hatte er den Wunsch, vor seinem Spiegel zu stehen, und sich feierlicher als je zu warnen. Wenn schon die Ritzenschieber um sein Geheimnis wußten, dann hörte einfach alles auf.

Er wollte gehen, nahm aber denn doch die Pferdebahn. Er wollte einen Versuch machen. Richtig, ohne zu fragen, gab ihm der Schaffner sein Billet bis zur Kurfürstenstraße, und schaute ihn so eigentümlich an. Otto gab seine fünf Pfennige Trinkgeld und fing ein Gespräch an, indem er Ja, ja sagte.

„Danke sehr,“ erwiderte der alte wohlbekannte Schaffner. „Sie fahren ja heute ganz verkehrt, Herr Baumeister.“

„Ja, ja.“

„Die heilige ... das gnädige Fräulein ist heute sehr früh gefahren.“

Der Schaffner hatte zu thun, und der Assessor wußte genug. Ritzenschieber, das war gleichgiltig. Aber die Schaffner auch! Sollte er sich wirklich schon verplempert haben?

Am Dienstag verbrachte der Assessor den Abend beim Münchener Bockbier in schweren Seelenkämpfen. Er mußte der Sache ein Ende machen. Er wird ausziehen und die Pferdebahn nicht wieder benutzen. Das ist er der Ehre des Fräulein von Vehsen schuldig.

Aber was für guten Geschmack und was für einen feinen Geist doch diese Schaffner haben. Die heilige Cäcilie. Wer ihr wohl den Spitznamen zuerst gegeben hat? Ein Fahrgast vielleicht. Ihrer Musikmappe wegen. Vielleicht. Aber nein, es war mehr. Diese hoheitsvolle, große Gestalt, diese Augen, die dreinschauten, als wollten sie die Schönheit der Welt in sich saugen, dieser festgeschlossene Mund, dessen Lippen eine eingekerkerte Heiterkeit zu bewachen schienen. Es war jammerschade, aber Otto Cremmen mußte der Sache ein Ende machen.

Am Mittwoch stellte er sich um drei Uhr vor seinen dreigeteilten Spiegel, ballte die Faust wie ein zorniger Vater und sagte nur drohend: Otto! Hierauf, weil ihn eine unendliche Wehmut beschlich, hob er flehend die Hände und sagte mit mütterlicher Rührung: Es geht wirklich nicht, Otto.

Er warf sich auf das Sopha unter die zinoberrote Orientalin und wollte die Stunde der Pferdebahn verschlafen, verrauchen, einerlei.

Er schlief nicht ein, und die Cigarre schmeckte nicht. Eine Sehnsucht wie noch nie in seinem Leben überkam ihn. Man konnte doch den alten Major nicht so verkommen lassen. Es war offenbar eine edlere Natur. Und wenn es auch knapp hergehen sollte, ohne sie war das Leben ja doch nur Kommiß.

Von Zeit zu Zeit blickte er auf seine Taschenuhr und fieberte beinahe, als die letzten Minuten erreicht waren, in denen er noch zur Haltestelle der Mauerstraße hätte eilen können. Jetzt war es endlich zu spät.

Gott sei dank! Und Otto hätte beinahe geweint. Natürlich als Vater und Mutter konnte er mit sich zufrieden sein, aber als Mensch nicht. Was wußten die Eltern, wie schwer es den Kindern manchmal wurde ihnen zu gehorchen. Aber Gott sei dank, es war vorbei. Hatte er es erst einmal überwunden, so konnte er sich auch weiter bezwingen. Und gekündigt wurde heute noch. Seine Wirtin war ja doch ein Schauerbock.

Es war vier Uhr vorüber, die heilige Cäcilie war wohl schon eingestiegen, hatte ihn hoffentlich vermißt, nein, hatte ihn gewiß nicht vermißt, der Schaffner hatte gelächelt, weil der Baumeister fehlte. Freilich, er war der Baumeister. Jetzt fuhr sie die Leipzigerstraße herunter, stumm und in sich gekehrt. Plötzlich setzte der Assessor seinen Hut auf und rannte wie besessen die Treppe herunter. Unsinn!

Fast unschicklich schnell ging er die Kurfürstenstraße hinauf und dann die Potsdamerstraße entlang den Weg, den sie kommen mußte. Wenige hundert Schritte nur von der Ecke erblickte er sie in einem Wagen. Atemlos lief er zurück und sprang auf die Plattform in demselben Augenblick, da Fräulein von Vehsen schon aufstand, um auszusteigen. Ärgerlich riß er den Hut herunter und sprang hinter ihr wieder auf die Straße. Dem Schaffner wagte er gar nicht ins Gesicht zu sehen.

Ernesta ging ihres Wegs. Der Assessor sprach sie an.

„Verzeihung, mein gnädiges Fräulein, aber ich konnte nicht anders. Es war mir heute nicht möglich, und um Sie wenigstens grüßen zu können . . .“

Fräulein von Behsen hatte offenbar keine Lust sich begleiten zu lassen. Ganz ruhig blieb sie stehen, bat den Herrn Assessor sich in seiner Fahrt nicht stören zu lassen und weg war sie mit einem leisen, fremden Neigen des Kopfes.

Der Assessor ging wirklich bis zur Haltestelle zurück, so gehorsam war er. Dann fluchte er etwas und stieg langsam in seine Stube hinauf.

Vor dem dreigeteilten Spiegel blieb er mit dem Hute auf dem Kopfe stehen. Eine Cigarre zündete er sich an und blies seinem Spiegelbild den Rauch ins Gesicht. Verplempert hast du dich, trotz aller Warnungen, ein Esel bist du, nichts wird aus dir werden, deine Carriere verdorben, Dummkopf!

Dazu lachte er sich freundlich an. Die Schimpfworte hatte er ja vom Standpunkte seiner Eltern verdient, aber doch nur um eines dummen Streiches willen, den man einem so grünen Jungen vergiebt. Er war mit sich unzufrieden und war vergnügt zu gleicher Zeit.

Seine Wirtin kam herein, um ihn zu bitten, ihr die Miete und die übrige kleine Rechnung vielleicht schon morgen zu zahlen. Sie sei es immer besser gewöhnt gewesen, und der Hauswirt solle sehen, daß es ihr nicht darauf ankäme.

Frau Buschhardt war nicht gerade ein Liebling des Assessors. Wenn sie ihm des Morgens seinen Kaffee brachte und die beiden Schrippen, wenn sie ihn dann während des Frühstücks von ihren unheilbaren inneren Krankheiten unterhielt, so war beides für seine Eßlust nicht günstig. Ihren Besuch zu anderer Tageszeit hatte er sich sogar einmal ernstlich verbeten. Aber heute! Seid umschlungen Millionen! Er versprach das Geld zu schaffen und machte ihr noch eine Extrafreude. Er lobte die Muscheln neben dem Wollhündchen.

„Ja, ja, die hat der zurückgelassen.“ Und sie zeigte auf eine Matrosenuniform unter den Photographien.

„Allens habe ich schon hier jehabt. Und allens kenne ich. Allens habe ich schon jekocht. Der da, hat Thee getrunken und hat mir ein halbes Pfund erster Jüte zurückjelassen. Der da hat zwei Monate Milch getrunken, von Bolle, allens kenne ich. Sie haben mir anfangs weniger jefallen. Der bleibt nich, habe ich immer zu meine Mächens jesagt, bis ich dann jesehen habe, daß Sie wegen der da drüben da sind.“

„Sie scheinen aber wirklich alles zu wissen.“

„Wo werd’ ich nich. Ich weiß allens, kümmere mich aber um jarnischt. Wissen Se, Herr Assessor, das bin ich so von meine Mieter gewohnt. Der da, der Jardekürassier, es war ein feiner Einjähriger, immer nur Wein und sogar Sekt manchmal. Der war doch noch janz anders. Aber ich kümmere mich um jarnischt. Und der und seine Freunde, die schönen Fauteuils, die hat er mir dagelassen. Blaue Flecken habe ich manchmal jekriegt, wenn sie aus der Weinstube jekommen sind. Mit dem Rohrstock bin ich dazwischen gefahren. Aber wie so ne Mutter haben sie mir behandelt. Ollsche, hat der Kürassier oft jesagt, lassen Sie mir. Poussieren hat er wollen. Aber das Haus muß rein bleiben, ist immer meine Rede. Und ist es auch jeblieben. Sonst kümmere

ich mir um jarnischt. Und über die Straße immer
man feste druff."

„Was wissen Sie denn von mir und jemand über
der Straße?"

„Na, wissen Sie, Herr Assessor, schweigen kann ich
Jott sei Dank, aber dumm machen, da koofen Sie sich eine
andere vor. Alle Dage mit die Pferdebahn und dann,
so ein Gesicht. Sie sind einer mit Ärmel. Die hübsche
Person aus der Destille drüben meint auch, det wäre 'ne
Partie. Warum soll der Olle nicht verrückt sind? Irgend
was haben die Ollen immer weg. Und meinswegen hätten
meine Mächens ruhig bie beiden da heiraten können und
hätten nu Wagen und Lakaien, anstatt sich die Haut
von den Fingern zu schinden mit Nähen, wo sie für das
Dutzend Blusen 3 Mark 50 kriegen. Jestern war wieder
so eine Versammlung. Aber ich sage immer, es nützt
nichts. In die alten Zeiten, det können Sie mir globen,
ich bin eine alte Frau, in die alten Zeiten sind Jänse-
mächens wirklich Jräfinnen geworden. Dat können Sie
mir glauben, ich hab's oft gelesen. Aber jetzt! Ich kenne
allens. Jeld vorn, und Jeld hinten, und wo nichts ist,
wollen sie bloß poussieren."

Der Assessor bedauerte schon, die Wirtin durch ein
freundliches Wort gereizt zu haben. Eben wollte er sie
durch sein bewährtes Mittel entfernen. Er brauchte bloß
Fenster- und Balkonthüren aufzumachen. Luft konnte sie
nicht vertragen. Da fing sie eben wieder an.

„So lange der Major lebt, thut er ja nichts verkaufen. Aber dann kann sein Schwiegersohn sich als
Millionär einschätzen lassen, und sich ein Badezimmer

mit 'nen Austernkeller einrichten lassen. 'Ne Champagner=
brause darüber und 'nen Spucknapf mit Goldsand. Ich
weiß allens. Und vom Major hab' ich besondere Quellen."

„Was quatschen Sie da?"

„Quatschen? Nehmen Sie 's nicht übel, Herr Assessor,
aber von Ihnen muß ich bet übel nehmen, weil Sie ein
jebildeter Mann sind. Fragen Sie die janze Kurfürsten=
straße vom Zoologischen bis an die Zwölf Apostelkirche,
ob der Major nicht so hoch im Golde sticht."

„Unsinn, Frau Buschhardt, er ist ein armer, alter
Offizier, der von seiner Pension lebt."

„Natürlich thut er das. Er ist ja eben verrückt.
Aber Grundstücke hat er geerbt, fast so breit wie sie hoch
sind. Dort wo seine Villa steht, bet is jarnichts, ob-
wohl er jetzt auch schon ein klotziges Geld dafür kriegen
könnte. Aber dahinter werben die Grundstücke immer
breiter und gehören alle zur Erbschaft bis an die Schöne=
berger Wiesen. Millionen sind ihm schon dafür geboten
worden, aber er thut's nicht. Verrückt! Aber gut für
den Schwiegersohn. Meine Mächens kriegen keine solche
Mitgift. Die zweite hätte ihn ja heiraten können, den
da, den Jardeschützen. Sieben Jahre waren sie verlobt
oder so, und nun, Klabberadatsch heiratet er auf Jeld,
und sie weint zwei Nächte lang, daß ich das Bett habe
frisch überziehen müssen. Na ja, ist es nich so?"

Der Assessor machte Thür und Fenster auf, er mußte
allein sein. Heftig erregt ging er auf und nieder. An
dieser Geschichte schien etwas wahr zu sein. Die Kur=
fürstenstraße log nicht. Daß er aber, Otto Cremmen,
beinahe reingefallen war, und nun so schön raus kam,

daß sein armes Ideal sich als Millionärin entpuppte, das war einzig. Klug und anständig zugleich und doch nicht dumm . . . . ho, ho.

Am Freitag lauerte er in der Mauerstraße ohne Rücksicht auf den Ritzenschieber. Die Würfel waren gefallen, er wollte sein Glück nicht aus den Händen lassen.

Als Fräulein von Vehsen endlich erschien, grüßte er ganz vertraut und schickte sich an, ihr in den heranrollenden Wagen zu helfen. Das Mädchen lehnte ab und behandelte ihn mit recht absichtlicher Kälte. Einsilbig beantwortete sie seine Fragen und verließ ihn an der Kurfürstenstraße ohne Gruß. Das sollte sehr wohlerzogen aussehen, sehr abweisend, sehr Geheimeratsviertel. Aber Otto Eremmen war jetzt seines Entschlusses viel zu gewiß, um nicht überzeugt zu sein, daß Ernesta diese zweite Zudringlichkeit ebenso wenig übel genommen hatte, wie die erste von vorgestern.

Er brachte wieder Ordnung ins Pferdebahnverhältnis. Einige Schritte machte er zurück, war wieder der bescheidene Nachbar, um schon nach vierzehn Tagen wieder auf dem alten Fuße zu stehen. Natürlich auf einem viel vertrauteren. Denn das ist ja der Lohn der Kühnheit, sagte er sich als eine schneidige Lebenserfahrung, daß sie erobern hilft, wenn auch mit Verlust.

Sie sprachen jetzt nicht immer über das Wetter und über Musik. An jedem der Tage gab es immer irgend einen vertraulichen Bericht aus dem Vorleben des Assessors und des Fräuleins. Vetter und Cousine mußten einander doch endlich kennen lernen. Was er zu erzählen hatte, war freilich nicht immer erzählenswert. In Berlin, in

Leipzig und Heidelberg hatte er studiert, in Berlin seinen Doktor gemacht, in Leipzig am meisten geochst, in Heidelberg den Schmiß davongetragen. Seine militärischen Vettern standen in Straßburg, in Kiel und in Potsdam, von Verwandten in der Verwaltung hatte er mächtige Fürsprache zu hoffen. Da war besonders ein Onkel Regierungspräsident, der heute oder morgen Excellenz werden mußte. Otto Cremmen war nur zufällig ein Bürgerlicher, weil nämlich seine Mutter einen Bürger‌lichen geheiratet hatte. Aber so weit er auch blickte, es gab keinen Bürgerlichen in seiner Verwandtschaft, wenigstens nicht in seinem Gesichtskreis. Er schwärmte für alles Ideale, besonders für die Kolonien und für Richard Wagner, und hatte als Student einmal ein Lied kom‌poniert und die Worte gleich selbst dazu gedichtet. In einer ernsten Nacht, gegen sechs Uhr morgens, unmittel‌bar am Klavier in einer schlichten Kneipe freilich. Auf‌geschrieben hatte er sich die Sache nicht. Cremmen war eine künstlerische Natur durch und durch und himmelte im Mondschein, aber der Tag wollte sein Recht und zwang ihn mit Selbstüberwindung prosaisch aufwärts zu streben.

Ernesta kam nicht so leicht ins Erzählen. Mitte April war es und wieder recht unfreundliches Wetter. Kalt und naß. Otto Cremmen fror in der Mauerstraße und konnte die Bemerkung nicht unterdrücken, daß sie bei solchem Wetter ihre Stunde wohl hätte absagen können.

„Das kann ich nie,“ erwiderte sie und errötete.

„Ich will mich nicht in Ihr Vertrauen drängen,

mein gnädiges Fräulein Cousine, aber die Tochter des Majors von Vehsen hat es wirklich nicht nötig, an einem solchen Jammertage, wo es nur aus Höflichkeit nicht schneit, Stunden zu geben.

„Zu geben?" fragte Ernesta, und ihre Mundwinkel zuckten, als ob das eingekerkerte Lachen entfliehen wollte. „Ich wäre eine schöne Lehrerin! Die Gesangstunde wird mir erteilt, und ich mache gar keine Fortschritte. Seitdem wir uns kennen, studiere ich die Arie der Agathe, wissen Sie, und würden Sie mich hören, ich sähe Sie nie wieder in der Mauerstraße."

Otto lehnte sich behaglich zurück. Wie käme Ernesta dazu, Stunden zu geben! Sie nahm Stunden.

Nach einer Pause fragte er gedankenlos, warum sie denn solche Gesangstunden nicht absagen könne, wenn so wie heute, flüssiges Eis vom Himmel falle.

Ernesta hatte sich gleichfalls zurückgelehnt. Bisher hatte sie geschwankt. Gefiel ihr der Assessor oder gefiel er ihr nicht? Sollte sie ihn als Vetter anerkennen oder nicht? Sollte sie das Pferdebahnverhältnis fortsetzen oder nicht? Daß er sie aber für eine arme Musiklehrerin gehalten hatte, das war nett von ihm. Ein Stück Vetter war er ja nun einmal doch, und herzlicher als je zuvor gab sie Antwort.

Die Gesanglehrerin stammte aus Bonn, war einst eine gefeierte Opernsängerin gewesen und lebte jetzt in kümmerlichen Verhältnissen. Sie hatte sich an Ernesta um Unterstützung gewandt, ganz ohne Scheu, wie jemand, der nicht zum erstenmal einen solchen Brief schreibt. Aber Ernesta hatte aus einer Beilage ersehen, daß die

Sängerin vor Jahren in der That mit ihrer Mutter verkehrt hatte. Da wollte Ernesta einmal gründlich helfen
und meldete sich als Schülerin.

„Wissen Sie, lieber Herr Assessor, nun kann ich
mich der Sache nicht mehr entziehen. Ich bin die einzige,
die Unterricht nimmt, und die arme Frau lebt von dem
kleinen Stundengeld. Weniger als drei Stunden wöchentlich würden nicht langen. Sie wäre ja im stande, die
Hilfe auch so anzunehmen. Aber ich weiß nicht, mich
selbst würde es verletzen. Ich glaube, man müßte den
Leuten immer so helfen, daß sie wenigstens zu arbeiten
glauben."

Otto Cremmen nahm sich vor, dem Schaffner das
nächste Mal ein heftiges Trinkgeld zu geben. Um den
Hals fallen konnte er dem Fräulein von Vehsen doch
nicht, so sagte er wenigstens: „Könnten Sie nicht jeden
Tag eine Stunde nehmen?"

Seit dieser Unterhaltung gewann Frau Buschhardt
in Ottos Augen, nun war ihre Auffassung und die
der Kurfürstenstraße bestätigt. Ernesta war keine arme
Lehrerin.

Schon am nächsten Morgen schloß der Assessor die
beiden Fenster recht fest und lobte den Kaffee, den seine
Wirtin ihm brachte. Vorsichtshalber lobte er ihn vor
dem ersten Schluck. Er mußte, nun würde sie ins
Erzählen geraten, und die Konversation zu lenken war
seine Sache.

Sie berichtete also über den Raubmord, der seit
drei Tagen die Zeitungen füllte, äußerte ihre ehrliche
Entrüstung über die schlechten Menschen und leistete ihm

auch sonst in ihrer Weise Gesellschaft. Sie schob ihm die beiden Weißbrote handgerecht zu, warf ihm mit ihren eigenen Fingern zwei Stücke Zucker in die Kaffeetasse und erfreute ihn sonst noch durch solche kleine Dienste, die ihn wohl an einem anderen Tage zur Verzweiflung gebracht hätten.

Jetzt aber wollte er wissen, worin ihre geheimen Beziehungen zu der Vehsenschen Villa bestanden. Er machte also die treffende Bemerkung, eigentlich hätte der Major von Vehsen doch Recht, seine Grundstücke nicht zu verkaufen. So wäre er den Raubmördern wenigstens kein lohnender Fang.

Frau Buschhardt ging ganz harmlos in die Falle.

„Der wird sein Geld doch los, sage ich Ihnen. Wie er damals pensioniert wurde, wissen Sie, er war ein ausländischer Offizier, einer von die Deposierten, da hätten ihn keine zehn Pferde nach Berlin gebracht. Jeschumpfen hat er schrecklich auf Bismarck und selbst auf'n guten ollen Wilhelm, alle Tage hätte er sich gut ein Jahr Gefängnis erschimpfen können. Da muß gerade er den Berliner Grundstückkram erben, und verrückt, wie er ist, verkauft er nicht, bleibt hier sitzen, schimpft nicht mehr und redet sich Schwachheiten ein. Die arme selige Frau, eine edle Dulderin hat die Karline immer gesagt.“

„Durch die Karline also wissen Sie so gut Bescheid? Wissen Sie was, Frau Buschhardt, setzen Sie sich zu mir und schauen Sie mir zu, das ist viel gemütlicher.“

„Wenn Sie erlauben, Herr Assessor. Mit meinem linken Bein will es ja immer nicht werden, und wie der Doktor hier gewohnt hat, hat er immer gesagt: Olsche, hat er gesagt, Ihr linkes Bein . . .“

„Darf ich Sie auch Olsche nennen, Frau Buschhardt? Na, was war das mit der Karoline?“

„Mädchen für alles wird sie wohl gewesen sind. Aber eine feine Person. Fein gebildet. Aus sehr guter Familie. Ihre Mutter hat ’ne Weißbierstube gehabt in der Koblankstraße. Klavierspielen hat Karline können und was weiß ich. Sie war sehr gut mit meine Mächens. Das heißt Sonntags durften die nicht mit nach Schöneberg in den Schwarzen Adler, aber jeden Donnerstag. Da war Kavalierabend. Wissen Sie, mit Herren von der Börse und Assessoren und Offizieren in Civil. Der da, der Kürassier, war auch immer mang. Na und die Karline, die hat dann viel von der Herrschaft erzählt, eine unverschämte Person, aber lustig. Wenn ich reden wollte. Die Kuntzen, Sie wissen doch, die Köchin von Vehsens, wie ein Rabe sag’ ich Ihnen. Und der Diener vom Herrn Major, der Fahlke, dumm sag’ ich Ihnen, die Wände einzurennen. Die Kuntzen . . .“

„Die Kuntzen interessiert mich auch, Frau Buschhardt, aber der Major noch mehr. Ist der Major nun eigentlich krank, oder was ist mit ihm?“

„Na, Sie müssen ihn ja kennen, und wie er die letzten sechs Monate geworden ist, das weiß ich nu nicht. Die Karline ist ja Knall und Fall aus dem Hause gegangen, und seitdem frage ich den Vehsenschen nicht mehr nach. Aber bis dahin jeden Tag, was sie gekocht haben. Mein Gott, das Fräulein hat leicht einen Mann kriegen. Bei so viel unverschuldete Grundstücke fragt

keiner, ob beim Alten eine Schraube los ist. Bei meine
Mächens, sogar an mein böses Bein stoßen sich die
Männer, weil die Mächen kein Geld haben. So sind die
Zeiten jetzt. Der Major gehört zu die, die nicht alle
werden. Immer in die neueste Erfindungen. Wenn er,
und er liest in die Zeitungen Anzeigen, was von einer
neuen Einrichtung liest, immer wird es angeschafft. Zwei
Paar Messer und Gabeln brauchen sie und haben vier
Maschinen zum Messerputzen. Für seine Hosen, mit
Respekt zu sagen, hat er drei Maschinen. Eine zum
Spannen, eine zum Klopfen und eine zum Knopfannähen.
An seinem Schreibtisch ist alles Magnetismus, wissen
Sie, so wie bei die elektrischen Klingeln. Zum Eierkochen,
weil er jeden Morgen zwei Eier haben will, hat er eine
ganze Anstalt gebaut. Erst wird durchs Licht gesehen,
als ob er ins Ei hineinkriechen wollte, ob kein Wurm
drin ist, dann giebt's ein Klingelzeichen, wenn das Wasser
kocht, und dann klingelts wieder, wenn sie pflaumenweich
sind. Es ist nicht auszuerzählen, alle Spucknäpfe haben
ein Aweck. Das dauert einen halben Tag, bevor er mit
einmal ausspucken fertig werden kann. Gegen Diebe ist
er versichert, daß ein ehrlicher Mensch Angst kriegen kann.
Die Öfen haben auch so 'ne neumodische Sache inwendig.
Erst gehen sie nicht an und dann gehen sie nicht aus.
Das arme Fräulein sagt immer ja ja und stellt die
Maschinen in die Rumpelkammer und kocht die Eier auf
die alte Art, und er besorgt sich immer was Neues.
Photographieren thut er auch, im Finstern. Schreiben
thut er nie, aber eine Schreibmaschine wie ein Klavier.
Die tollste Zucht soll mit die Hosenträger gewesen sein.

Davon hat er 'ne Sammlung. Damals wenigstens wollte er einen neuen erfinden, einen, der beim Gehen den Weg ausmißt, dabei hin und her bammelt und Luftzug unter die Kleider macht. Zum Anzünden von seine Cigarren hat er vier Maschinen gehabt. Auch so wie bei die elektrischen Klingeln. Überhaupt auf den Magnetismus war er versessen. Das war das letzte, bevor die Karline ging, daß er Tischrücken spielte und Jeisterklopfen. Wissen Sie, Herr Assessor, daran ist ja was. Tischrücken habe ich selber mitgemacht, und Jeister giebt es natürlich. Aber so een gebildeter Mann, wie der Herr Major, sollte doch nich daran glauben."

„So, so, und seitdem Karline fort ist, haben Sie Ihre Beziehungen zur Villa Vehsen abgebrochen?

„Ja woll, janz und jar habe ich die Villa abgebrochen. Eine gebildete Frau ist die Kuntzen nicht. Mein Gott, mal erfährt man noch was in der Markt= halle und so. Denn die Kuntzen fragt mich oft um Rat. Schmumachen versteht sie, aber einkaufen nicht. Das letzte Jahr hat er's mehr mit dem Magnetismus und den Doktoren. Seine letzte Schraube ist, wissen Sie, so Spinat ohne Ei, Sie werden ja wissen, wie's heißt. Die Leute essen kein Fleisch, tragen schmutzige Wäsche und haben den Rock bis an die Nase zugeknöpft. Das arme Fräulein. Und die ist nicht so. Für zugeknöpft freilich, aber darunter fein."

Der Assessor hielt es für angezeigt, ein Fenster zu öffnen, und Frau Buschhardt zog sich zurück.

Als zukünftiger Schwiegersohn hielt sich Otto Cremmen für berechtigt und für verpflichtet, solche Nachforschungen nach dem Major anzustellen. Er führte Fräulein Ernesta auf ihren Pferdebahnfahrten langsam dazu, von ihrem häuslichen Leben zu sprechen. Und wenn sie auch nichts über ihren Vater und dessen seltsame Neigungen äußerte, so kam doch hie und da eine versteckte Klage, eine ernste Trauer zum Worte. Sie verschwieg es nicht, daß sie im ganzen großen Berlin keine Kameradin besitze, kein befreundetes Haus, und daß die Besucher ihres Vaters ihr nichts boten. Otto Cremmen ging einmal gerade auf sein Ziel los. Er hätte gehört, der Major sei ein eifriger Spiritist. Ob das ihr nicht manchen Kummer mache. Ganz verwundert erwiderte Fräulein Ernesta, das sei doch gegenwärtig eine sehr weit verbreitete und beachtenswerte Bewegung, und sie sehe ihren Vater ganz gern wissenschaftlich thätig.

„Nein, das ist es nicht," fügte sie so traurig hinzu, daß Otto Cremmen auf der Stelle um ihre Hand gebeten hätte, wenn das Fräulein nicht eben hätte aussteigen müssen.

Wenige Tage nach diesem Gespräch brachte Frau Buschhardt den Kaffee mit besonders feierlicher Miene herein. Da die Fenster aber geöffnet waren, sagte sie nur, die Kuntzen ist doch 'ne ganz verständige Frau, und wollte wieder gehen. Der Assessor schloß das Fenster, und forderte sie auf, sich einen Gilka zu nehmen.

„Wissen Sie, Herr Assessor, uzen laß ich mir nich. Ich habe es gern gethan, und wenn Sie heiraten werden und wollen mir Ihren Schaukelstuhl in meine Wirtschaft stiften, so bin ich nicht diejenige, welche nein sagt. Die schöne Petroleumhängelampe habe ich noch von dem ba.

Angeredet habe ich sie und habe ihr Schmeicheleien gesagt, daß ich mir fast geschämt habe, denn die Mohrrüben waren welk, das kann ich Ihnen sagen. Nachher hat sie doch was gesagt. Herr im Hause ist er beinahe schon, der Magnetismusdoktor, so ein ausländischer Engländer. Und in die Tasche stecken wird er ihn, meint die Kuntzen. Ihn und die Grundstücke und das Fräulein dazu. Wissen Sie, Herr Assessor, so sind die Engländer. Ich habe einmal einen gehabt, der hat, wie er ausgezogen ist, das alte Zeitungspapier mitgenommen, womit er sich die Kommode sauber austapeziert gehabt hat. Als ob das bei mir nötig wäre. Mitgenommen sag' ich Ihnen, ich hab ihm aber noch auf die Treppe nachgerufen, ob er die Asche vielleicht auch noch haben will von die Kohlen, wo ich vorigen Winter mit geheizt habe. Nich mal deutsch verstanden hat er, berlinsch schon jarnich. So sind die Engländer wahrhaftigen Jott. Den Kaffee habe ich ihm immer von meine Zweite reintragen lassen, weil die gebildeter ist als ich. Französisch hat sie auch gelernt. Der hat immer Thee getrunken. Ich sag' Ihnen, Herr Assessor, ich kenne allens. Der Kürassier, der wollte Kakao . . . ."

Der Assessor mußte die Balkonthür öffnen.

Er hätte nach der Mitteilung über Frau Kuntzen auch einen geringeren Redeschwall nicht mehr ertragen. Wenn wirklich Gefahr vorhanden war für das Vermögen und für Ernesta, so mußte rasch gehandelt werden. Otto war ein moderner Mensch und fand jede Sentimentalität verächtlich. Daß er die Zeit anders einteilte als früher, daß er schon seit Wochen nur noch nach Pferdebahntagen rechnete, daß er die Minuten, die er auf Ernesta warten mußte, in jünglingshafter Stimmung durchlebte, das war eine erfreuliche Zugabe zu seinem festen Willen, Ernesta von Vehsen zu heiraten. Heute war ein Mittwoch, und heute wollte er das entscheidende Wort sprechen.

Es war Mitte Mai und ein kühler windiger Tag. Otto Cremmen hüllte sich gegen ein Uhr in seinen neuen hellen Sommerüberzieher, setzte den schwarzen Hut keck auf seinen unglücklichen Schriftstellerkopf und nickte sich in den Spiegel hinein zu.

Viel Glück, mein Junge!

An der Ecke der Kurfürstenstraße pflanzte er sich auf. Er wollte Ernesta gleich auf dem Hinwege begleiten. Schüchternheit war nicht seine Sache.

Kurz vor zwei erschien Fräulein Ernesta an der Pferdebahntafel. Sie stutzte, als sie den Assessor erkannte, erwiderte aber seine Ansprache ganz freundlich. Sie stiegen in den Wagen und sprachen vom Wetter und hatten den Gegenstand noch nicht verlassen, als das Fräulein in der Mauerstraße ausstieg. Mit einem spöttischen Lächeln, wie es dem Freier vorkam. Weg war sie. Langsam begab er sich nach dem Kaiserhof und verbrachte dort eine wichtige Stunde. Er hielt sich im Geiste eine aufmunternde Ansprache und warf sich schließ-lich die Beschimpfung Feigling an den Kopf. Nach dieser Herausforderung konnte er nicht mehr mit sich allein am Tische bleiben. Er mußte sich beweisen, daß er kein Feigling war. In der Mauerstraße ging er auf und nieder und blickte dem Ritzenschieber herausfordernd ins Gesicht.

Endlich kam Ernesta wieder herunter, und er sprach sie an. Er bitte sich Gehör aus. Errötend erwiderte sie, gerade heute wolle sie zu Fuß gehen. Und sie schien zu erwarten, daß er sie wieder verließ. Otto Cremmen aber blieb fest. Ob er sie nicht begleiten dürfe. Sie antwortete nicht und zögerte; dann aber gingen sie nebeneinander die Leipzigerstraße hinunter.

Korrekt und sicher bat Cremmen um die Erlaubnis, ihre Beziehungen auf einer veränderten Basis und unter erweiterten Gesichtspunkten derart umgestalten zu dürfen, daß er in die Lage käme, auf den vorhandenen verwandtschaftlichen Grundlagen das Gebäude weiter bauen zu dürfen. Cremmen schämte sich entsetzlich, aber es war ihm unmöglich, einen natürlichen Satz zu sprechen. Das Mädchen an seiner Seite schien bald erfreut und geniert, bald traurig oder verletzt.

„Das öffentliche Verkehrsinstitut, mein gnädiges teures Fräulein, ist eine Grundlage, welche für einen gesicherten, welche für einen gesicherten Bau die nötige Stabilität . . .“

Ernesta brach in ein leises Kichern aus. Sie standen am Potsdamerthor und mußten eine ganze Reihe von Gefährten an sich vorüberrasseln lassen, bevor sie den Damm überschreiten konnten. Man vermochte kaum sein eigenes Wort zu hören. Sie flüchteten auf den Perron und Ernesta sagte:

„Mein lieber Herr Assessor, ich habe den Grad unserer Verwandtschaft niemals prüfen wollen, um die Verwandtschaft anerkennen zu dürfen. Ich plaudere gern mit Ihnen in der Pferdebahn, aber bitte, versuchen Sie es nicht, diese leise Verbindung zu stören. Ich habe ernste Pflichten, die unverträglich sind mit irgend einem Gedanken an mich selbst. Ich bitte, zwingen Sie mich nicht, Sie zu fragen, ob Sie wirklich immer denselben Weg haben und lassen Sie, bitte, alles beim alten. Ich müßte sonst meine Gesangstunden aufgeben, und das wäre hart für die arme Lehrerin. Und bitte noch eines, tragen Sie mir nie wieder ihre Begleitung an. Ich bin das nicht gewöhnt. Mein Vater wünscht es nicht, und ich will ihm nicht ungehorsam sein. Von unserer Unterhaltung in der Pferdebahn habe ich ihm mitunter erzählt, und er hat es mir nicht verboten."

„Ach Gott, liebes Fräulein, dann werden wir wohl wieder in die Pferdebahn steigen müssen."

„Wenn Sie glauben, daß Sie mir noch etwas zu sagen haben, meinetwegen. Ich will Ihnen zuhören bis ans Ende der einen Fahrt."

Cremmen schaute sich nach einem Spiegel um. Jetzt oder nie. Der Kerl sollte sehen, daß er kein Feigling war. Er hatte einen kecken Einfall. Ernesta war zu aufgeregt, um den Betrug sofort zu bemerken. Eben rollte ein Wagen der Ringbahn heran, Cremmen half dem Fräulein hinein, blieb eine Weile auf der Plattform stehen und verlangte von dem verwunderten Schaffner zwei Billets . . . ganz herum.

„Wie lange dauerts?"

„Ein und eine halbe Stunde," sagte der Schaffner. „Danke ergebenst, Herr Doktor, aber leer werden wird der Wagen nicht."

Cremmen setzte sich nun eilig neben Ernesta, die

nachdenklich vor sich hinblickte. Er deutete rasch und lebhaft an, was er in Erfahrung gebracht hatte, daß nämlich ihr Vater in die Hände eines Schwindlers gefallen sei, und daß Gesundheit, Vermögen und vielleicht noch anderes in Gefahr stehe. Ernesta schien im ersten Augenblick von dem Eindringen in die Geheimnisse ihres Hauses unangenehm berührt. Als Cremmen aber wieder einmal und mit besonderer Herzlichkeit die verwandtschaftlichen Beziehungen vorschob und eindringlich bat, den Rat und vielleicht die Hilfe eines anständigen und immerhin nicht dummen Menschen nicht abzulehnen, da wurde sie plötzlich still, eine Thräne schlich in ihr Auge, und sie fing endlich etwas offener zu sprechen an.

Den Spiritismus hielt sie freilich für eine wissenschaftliche Thätigkeit, wie etwa Sternkunde oder landwirtschaftliche Chemie. Das seien früher auch Steckenpferde ihres Vaters gewesen, und er habe überall bedeutende Kenntnisse gesammelt.

„Diesmal liegt es freilich anders. Sonst arbeitete Vater immer mit gelehrten Leuten zusammen, die zwar keine Nachteile von ihrer Hilfe hatten, aber doch immer sehr gut gewöhnte Leute waren, wissen Sie, Herr Assessor, Leute wie Sie und ich, bei denen man nicht immer Angst hat, daß was Schreckliches herauskommt, daß sie einen betrügen, daß man sich einmal wird furchtbar schämen müssen. Jetzt aber ist der Gehilfe meines Vaters so ein .... Nein, nein, Herr Assessor, ich habe schon zu viel gesagt. Mein Vater vertraut mir, und ich bin ein unwissendes Mädchen, ohne Gelehrsamkeit und ohne Menschenkenntnis. Lassen Sie mich, Sie können mir nicht helfen.“

Und sie blickte auf, ob der Wagen noch nicht hielt. Lebhaft ergriff Cremmen das Wort. Er hielt ihr einen gebiegenen Vortrag über das Wesen des Spiritismus. Er erzählte ihr von dem Wunderglauben früherer Jahrhunderte und hatte nur Spott für alle Hexen- und Geistergeschichten. Er hatte sich auf das Thema vorbereitet, denn es lag in seinem Plan, den Major von dieser Liebhaberei abzubringen. Versuchsweise setzte er nun der Tochter auseinander, was er später seinem Schwiegervater vorlegen wollte.

Ernesta hörte aufmerksam zu und nickte von Zeit zu Zeit mit dem Kopfe, als wollte sie sagen: das habe ich mir immer gedacht. So wurde Cremmen immer vergnügter und gab schließlich eine Anzahl Fälle zum besten, in denen die Spiritisten der letzten Jahre als Schwindler enthüllt worden waren. Als er endlich mit seiner Weisheit fürs erste zu Ende war, dankte ihm das Mädchen, dann aber blickte sie überrascht auf.

„Ja, wo sind wir denn eigentlich?“

„Am Friedrichshain!“ sagte Cremmen zuversichtlich und fast frivol. „Ich fürchte, wir sind in einen falschen Wagen gestiegen, in die Ringbahn.“

„Herr Assessor ... Sie sind ... Das ist ein Betrug.“

„Fräulein Ernesta, ich mußte mit Ihnen reden.“

„Nein, lassen Sie mich aussteigen, ich will augenblicklich nach Hause!“

„Dann bleiben Sie doch sitzen. Wir kommen so schneller herum. Ich muß mit Ihnen reden.“

„Mein Gott.“

„Fräulein Ernesta, wollen Sie meine Frau werden?“

„Herr Assessor, das ist abscheulich, im Pferdebahnwagen!"

„Sie wollten es ja nicht anders. Aber mit Ihrer Erlaubnis komme ich morgen in Ihr Haus, und eine Beleidigung ist es ja doch nicht, sondern nur eine Frage, eine bescheidene Frage."

„Ja bescheiden, das ist Ihre erste Eigenschaft."

Es kam über Cremmen etwas wie die verwegene Kampfeslust seiner ersten Mensur. Er war ja verliebt, bis über beide Ohren. Und wenn Ernesta bei seinem Antrag errötend Ja gesagt hätte, er wäre weich geworden, sehr weich. So aber, da sie ihn ironisch behandelte, flüsterte ihm sein Männerhochmut zu: Nur schneidig! Nur realistisch vorwärts! Nichts von deinen Gefühlen verraten! Nichts von deiner Liebe!

Er redete spöttisch von den idealistischen jungen Leuten von ehemals, die sich keine Schonzeit auferlegten, die bei der wichtigsten Wahl einer Stimmung folgten.

„Wir modernen jungen Leute behüten uns selbst vor den Gefahren solcher unkluger Empfindungen. Wir warten in unserer Schonzeit darauf, daß diejenige vor uns tritt, die in jedem Betracht die Rechte ist."

Ernesta achtete jetzt auf die Nachbarn. Der Wagen hatte sich mit Männern und Frauen aus der Arbeiterbevölkerung gefüllt. Gerade ihnen gegenüber saß eine Frau, die einen Säugling auf dem Arme hielt und ein etwa vierjähriges Mädchen an der Hand. Bitter sagte Ernesta: „Nicht wahr, das sind die Grundsätze der höheren Stände? Diese armen Leute haben keine Schonzeit. O, mein Vater hat mir viel von diesen preußischen Strebern erzählt."

„Oho, Fräulein Ernesta!"

„Verzeihung, Herr Assessor, ich bitte ernstlich um Verzeihung. Es fuhr mir nur so heraus. Wenn Sie wüßten, wie bitter das Leben ist. Mein Vater ist ein solcher Idealist."

„Waren unsere Väter alle, unpraktische Schwärmer."

„Und Sie, Herr Assessor Cremmen, Sie haben keine Ideale? Sie glauben an nichts?"

„An nichts, was man nicht mit Händen greifen, mit der Wage oder mit dem Zollstock messen kann. Ich glaube an nichts, was sich nicht mathematisch berechnen läßt. Ich bin ein moderner preußischer Mann."

„Noch einmal, Herr Assessor, vergessen Sie das böse Wort, bitte, und da Sie an nichts glauben, was nicht meßbar ist, so wird es Sie auch nicht verletzen, wenn ich Ihnen rate, mir nicht weiter von Ihren . . . freundschaftlichen Gefühlen zu sprechen. Freundschaft ist doch auch nur so ein Ideal."

„Wir modernen Menschen wären im Stande, ein auf gegenseitigen Nutzen gegründetes Verhältnis auch Freundschaft zu nennen."

„Und auf ein solches Verhältnis, auf gegenseitigen Nutzen möchten Sie eine Ehe aufbauen?"

Trotzig antwortete Cremmen: „Es giebt schlimmere Ehen."

„Und die ganzen Monate über schien es Ihnen wirklich nur nützlich, bei jedem Wetter auf die häßliche Pferdebahn zu warten?"

Nun wurde Cremmen verlegen.

„Nützlich! Es ist mir gut bekommen. Mein Chef

meint seit der Zeit, ich sei ein ganz brauchbarer Mensch
geworden. Mein teures Fräulein, dulden Sie es, daß
ich mich in Ihr Leben eindränge. Sie sind nicht glücklich, Sie sind es nicht! Ich habe Sie oft beobachtet,
nun ja, mit dem Opernglas, wenn Sie hinter Ihrem
Rosenstock standen, der jetzt die drei Knospen hat. Fräulein Ernesta, ich habe Sie weinen sehen!"

Mühsam hielt das Mädchen jetzt die Thränen zurück.

„Aber, Herr Assessor, Sie sprechen nicht leise
genug. Alle Leute schauen uns ja an. Wo sind wir
denn hier?"

„Am Rosenthalerthor, Fräulein Ernesta. Ich will
ja noch leiser sprechen. Wenn Sie mir nur zuhören.
Ihnen und Ihrem Hause droht von diesen spiritistischen
Schwindlern eine Gefahr. Ich möchte Sie beschützen.
Ich möchte ein Recht haben, Sie zu beschützen! Warum
wollen wir uns nicht heiraten? Es ist in der That
nicht das Mindeste dagegen einzuwenden. Sie sind schön,
gut, gebildet und reich, ich bin jung und fleißig. Wie
lange fordern Sie Bedenkzeit?"

„Ich antworte Ihnen nur unter einer Bedingung.
Setzen Sie sich gerade hin, und machen Sie ein ver-
nünftiges Gesicht. Sie sehen lange nicht so vernünftig
aus, wie Ihre Reden. Und sagen Sie mir, sehe ich nicht
erhitzt aus? Natürlich, Sie werden das nicht zugeben.
Also hören Sie. Sie täuschen sich, mich schreckt das
wissenschaftliche Streben meines Vaters durchaus nicht.
Ich weiß, er erwartet mit leidenschaftlich krankhafter Ungeduld eine Stimme aus der Oberwelt, aus dem Jenseits,
aus dem Lande unserer Sehnsucht. Ich bin seine Tochter,

auch ich hungere ... Ach, lassen Sie mich, ich sagte
schon zu viel."

„Sie werfen mir immer meine Vernünftigkeit vor,
Fräulein Ernesta, nun ja, ich habe mir Gott sei Dank
etwas von der modernen, wenn Sie wollen, amerikanischen
Anschauung angeeignet, nach welcher der Mensch nicht
viel wert ist, der sich nicht eine Stellung zu erobern
weiß. Sehen Sie sich doch einmal um. Wir kommen
immer tiefer ins Arbeiterviertel hinein. Soll ich so sein
wie der Kerl, dem der Schaffner wegen Trunkenheit den
Zutritt verweigert? Sehen Sie sich doch den Menschen
an, seine verglasten Augen, der nennt das Rausch. Ich
berausche mich nie."

Cremmen unterdrückte den Zusatz: „weil ich viel
vertragen kann."

Ernesta aber lächelte melancholisch. „Sie wollen
uns amerikanisch machen? Der Spiritismus kommt auch
von drüben. Glauben Sie mir, auch drüben betritt man
den Weg darum, weil man den Leuten den Anker und
das Herz, die Hoffnung und die Liebe genommen hat,
um ihnen als neue Symbole den Zollstock und die Wage
zu geben. Ich will mir meine obere Welt nicht rauben
lassen, und je prosaischer die Leute denken, denen wir
gerne gut wären, desto lieber lauschen wir einem Ton
aus besseren Sphären."

„Bessere Sphären! Du lieber Gott, das ist bei
Ihnen eine sehr hübsche, mädchenhafte, poetische Stimmung,
die hat mit dem Geisterschwindel nichts zu schaffen. Ihre
Augen sind zu klar. Sie glauben nicht im Ernste an
Gespenster, die sich auf das Kommando bezahlter Medien

die Knöchel wund klopfen, weil sie nicht schreiben gelernt haben. Nein, Fräulein Ernesta, Sie glauben nicht, daß so ein hergelaufenes Medium die Schatten großer Helden und die Geister unserer teuersten Toten mit Tischrücken und anderem Schnickschnack aus dem Grabe rufen kann, für einen Thaler oder für zwanzig Mark die Nummer."

„Um Gotteswillen, Herr Assessor, das glaubt doch auch mein Vater nicht?"

„Bleiben Sie ruhig, mein liebes Fräulein. Wenn er es heute nicht glaubt, so wird er es morgen glauben. Wer dem Spiritismus nur einen Gedanken reicht, dem hat er noch immer den ganzen Verstand genommen!"

„Herr Assessor, ich sehe, Sie meinen es gut. Aber hören Sie mich, lassen Sie sich warnen, kein Wort wieder so gegen meinen Vater. Sie scheinen das Gefühl nicht zu kennen, das ein Kind an einen Vater bindet. Es läßt sich wirklich nicht mit dem Zollstock messen. Und wenn Sie mich auch überzeugen dürften, ich will ihm das Spiel seiner Phantasie nicht stören, wenn es ihn ein bißchen glücklich machen kann. Mag der Spiritismus ein Irrtum sein, Sie irren in wichtigeren Dingen. Eine Gefahr ist nicht da."

„Nicht? Und ich sage Ihnen, es ist die drohende Epidemie. Schon sind Hunderttausende angesteckt. Wo die Kranken recht zahlreich beisammen sind, da wird die Luft so dick, daß die Sonne nicht mehr durchbringen kann, und wenn dieser Riesenmischmasch von Geistern und Narren sich einmal brutal gegen unsere Welt des Lichts in Marsch setzt, so bedroht er die Wissenschaft, die Freiheit, die Kultur!"

„Es freut mich, Herr Assessor, daß Sie doch noch nicht ganz ein Amerikaner geworden sind. Wirklich, warum erhitzen Sie sich denn so für die Wissenschaft, die Freiheit und die Kultur? Wo steckt denn da der gegenseitige Nutzen? Sagen Sie, sollten Sie am Ende doch noch ein verschämter Sonntagsidealist sein?“

Otto Cremmen streckte die Füße aus und steckte die Hände in die Taschen. „Alle diese Abstraktionen, mein Fräulein, haben ihre realistischen Seiten. Ich möchte zum Beispiel nicht, daß der Herr Major sich von einer solchen Bande um sein Vermögen bringen lasse.“

„Und ich, mein Herr Freier, meine allerdings, daß das ganze Vermögen meines Vaters nicht so viel wert ist, wie die leise Hoffnung auf einen einzigen Blick aus dem Jenseits.“

„Ach, Fräulein Ernesta, das sagen Sie nur aus Trotz!“

„Und Sie, Herr Assessor, ist Ihr schneidiger Ton denn nicht auch ein bißchen Trotz gegen Ihre altmodische Empfindung? Aus Trotz verletzt man heute, was man liebt; weil die Männer in dem großen letzten Kriege haben kämpfen müssen, soll auch im Frieden mit der Faust reingeschlagen werden. Sie halten es für schneidig, sich eine Rose mit dem Kavalleriesäbel vom Strauch zu holen. Ich will Ihnen etwas sagen. Pietätslos seid ihr alle, pietätslos gegen die Väter und gegen eure eigenen jungen Gefühle. Ich bin noch anders. Wer meinen Vater verletzt, wer mein Herz verletzt, den höre ich nicht länger an. Lassen Sie es genug sein, und geben Sie das Spiel auf. Lernen Sie glauben! An irgend etwas auf der weiten Welt glauben. Mir wenigstens ist das bescheidenste Menschenkind, das meinetwegen an Geister= klopfen glaubt, lieber, als so ein neunmal Kluger, der nichts mehr glaubt, als an das Geld! Wenn Sie mir Ihre Achtung bezeugen wollen, so steigen Sie hier aus, und lassen Sie mich allein weiter fahren. Sie haben sehr Unrecht gethan. Sie wissen nicht, wie unzart Sie zwischen mich und meine Pflicht getreten sind. Sie haben kein Recht, Erklärungen von mir zu verlangen. Ich will Ihnen auch nicht sagen, was mir das Herz abdrückt, und was mir unmöglich macht, an irgend ein Glück zu denken. Sie wollen mich von meinem armen Vater los= reißen, ich aber verbiete Ihnen, sich meinem Vater zu nähern. Sie mögen ja viel klüger sein als er, aber bei alledem sind Sie seiner nicht wert. Denn er ist gut und Sie . . . .“

Immer leiser und immer heftiger zugleich hatte Fräu= lein von Vehsen gesprochen. Jetzt stürzten ihr die Thränen aus den Augen, so daß die Insassen des Wagens alle nach ihr hinblickten. Eben hielt er an der Karlstraße, und besser gekleidete Personen stiegen ein. Ernesta erhob sich plötzlich und ging ohne Gruß und ohne sich um= zublicken. Mit wenigen Schritten hatte sie eine Droschke erreicht und stieg ein. Als sie dem Kutscher ihre Adresse zurief, stand Otto Cremmen am Wagenschlag. Höflich in korrekter Haltung. „Ich gehorche, mein gnädiges Fräulein. Mit der Cousine und mit der Pferdebahn ist es nun wohl aus. Aber ich habe noch eine letzte Bitte. Geben Sie mir ein Zeichen, wenn Sie fühlen, daß ich mit meiner Warnung recht hatte. Es wird kommen. Dann bitte ich um irgend ein Lebenszeichen. Sie werden mir nicht schreiben, ich weiß es. Was Sie wollen. Nehmen Sie den Rosenstock von Ihrem Fenster fort, wenn Sie mich rufen wollen. Ich sehe oft nach ihm hinüber, und er hat so dichtes Laub. Beugen Sie Ihren Stolz, wenn es not thut. Rufen Sie mich. Ich will alle meine Kräfte in Ihren Dienst stellen . . ."

„So lange es Nutzen bringen kann, ich weiß. So lange das Vermögen meines Vaters in Gefahr schwebt, ich weiß, und ich verspreche Ihnen, ich werde um Hilfe rufen, wenn Diebe einbrechen sollten."

„Schicken Sie mich nicht so fort, Fräulein."

„Sie haben kein Recht . . . Lassen Sie mich nach Hause fahren."

Der Kutscher hatte inzwischen gemächlich dem Gaul die Decke abgenommen, und sie unter seinen Sitz geschoben. Sie rief ihm die Adresse' noch einmal zu, und Otto Cremmen blieb mit höflich gelüftetem Hute auf dem Straßendamm stehen.

II

Der Geist der Mutter

Schräg gegenüber der möblierten Stube von Frau Busch=
hardt lag das Grundstück des Majors von Vehsen. Wie
ein kleiner Park streckte sich der Garten von der Kur=
fürstenstraße nach Südwesten. Vorn in gleicher Linie
mit den großen Mietshäusern lag ein kleines altmodisches
Sommerhäuschen, das der Major mit seiner Tochter, mit
der Wirthschafterin Frau Kuntze und seinem Diener
Fahlke bewohnte. Etwas tiefer stand ein vernachlässigter
Gartenpavillon. Der Garten verwilderte, selbst das Eisen=
gitter war schadhaft geworden, der ganze Besitz, so ro=
mantisch das einstöckige Häuschen unter dem schlichten
Ziegeldach auch im Sommer zwischen den flatternden
Birkenzweigen herausblickte, war längst kein Schmuck der
neuen Straße mehr. Und die Nachbarn erbosten sich
nicht wenig über den alten reichen Filz, der so wenig
Gemeinsinn hatte.

Der Major erfuhr nichts von seinem schlechten Ruf.
Mit Ausnahme der Handelsleute und der wenigen

Menschen, die er je nach seiner Laune für seine Steckenpferde brauchte, betrat fast niemals jemand seine Wohnung. Und er ging nicht aus, buchstäblich niemals. Sowohl für seine Spaziergänge, wie für sein bißchen Scheibenschießen war der Garten groß genug. Er war zu diesem Besitz gekommen, er wußte selbst nicht wie.

Im Jahre 1866 war der hannöversche Offizier mit seinem König zusammen ins Privatleben zurückgetreten. Nach Berlin war er damals eigentlich nur auf einen Tag gekommen, um sich mit einem Vetter seiner Frau, einem preußischen Offizier, zu schießen. Man hatte damals sechs Stunden lang geschwankt, ob man den Major nicht im Irrenhaus zur Ruhe bringen sollte. Die blasse, junge Frau Majorin hatte aber schließlich ihren Willen erreicht, und das Duell fand statt unter den schärfsten Bedingungen. Der Major erhielt, ohne ein Ende zu machen, einen Streifschuß an der linken Schulter. Dann aber fuhr ihm eine Kugel durch die rechte Wange bis an einen der Knochen ums Ohr herum. Da fiel er um und lag dann zwei Monate in einer berühmten chirurgischen Klinik.

Nach seiner Genesung ließ er sich in Wien nieder und lebte dort kümmerlich von seiner Pension. Er verbrachte seine ganze Zeit mit dem Lesen von Zeitungen und wartete auf einen neuen Krieg, der Preußen vernichten und seinen König wieder einsetzen mußte. In Wien, im Jahre 1868, wurde ihm ein Mädchen geboren. Sie wurde Ernesta getauft. Der Major fuhr ungestört fort, klerikale und welfische Zeitungen zu lesen und bereitete sich vergnügt auf seine Reaktivierung vor. Da kam der französische Krieg und stieß alles über den

Haufen. Einer seiner Verwandten fiel bei Wörth, und der Major erbte die Hälfte seines Vermögens, eben die Grundstücke in Berlin und preußische Staatspapiere, die etwas über zweitausend Thaler an Zinsen abwarfen. Das war der erste Schlag des Schicksals für ihn. Denn der Gedanke, als Kapitalist und Grundbesitzer Preuße geworden zu sein, verwirrte ihn dermaßen, daß er auch nicht einen Augenblick daran dachte, er könne über die Grundstücke und über die Staatspapiere frei verfügen.

Schlimmer noch traf ihn die Erkenntnis, daß ihn seine Zeitungen über die Weltlage belogen hatten. Bis zum Frankfurter Frieden verfolgte er zwar noch den Gang der Ereignisse, dann aber sah er deutlich, daß es ein für und allemal aus war mit der Selbständigkeit Hannovers. Mit seinem Diener Fahlke, seinem früheren Burschen, machte er einen Ausflug nach dem Schlacht= felde von Aspern und vergrub dort heimlich seinen hannöverschen Offiziersdegen. Nach Wien zurückgekehrt, bestellte er alle Zeitungen ab und verbot aufs aller= strengste ihm jemals wieder, wo und wann es auch sei, ein Zeitungsblatt ins Haus zu lassen. Seine Frau durfte unpolitische illustrierte Wochenblätter lesen. Be= sonders in Berlin dürfe ihm niemals eine Zeitung ins Haus kommen. Aus dieser Bemerkung allein erfuhr die Majorin, daß ihr Mann nach Berlin überzusiedeln ge= dachte.

Das schlimmste Ereignis des Kriegsjahres war aber etwas, worüber er niemals mit einem Menschen sprach. Er hatte sich während des Feldzugs darauf ertappt, daß ihn die Thaten seines alten Regiments beglückten, und

daß er die preußischen Siege als Freudenbotschaft ent-
gegennahm. Er hatte lange seinem eigenen Gefühle nicht
getraut. Im Kreise befreundeter österreichischer Offiziere
schimpfte er nach wie vor auf Bismarck und auf das
launische Kriegsglück, aber von Tag zu Tag gieriger hoffte
er auf die Wiedererrichtung des Deutschen Reichs. Natürlich mußte dann sein König auch wieder in Hannover
residieren. Aber das war ihm eigentlich nicht mehr die
Hauptsache. Deutschland! Deutschland! Niemand durfte
es ahnen. Nicht seine Frau und nicht sein Bursche. Nur
das Café der österreichischen Offiziere suchte er jetzt seltener
auf und dann nur aus Schadenfreude. Was Preußen!
Da waren die Bayern, da war sein Regiment, da war
Moltke, der auch kein Preuße war. Und am 3. September, als die Nachricht von Sedan nicht mehr zu
bezweifeln war, da schickte er seine Frau unter einem Vorwand fort, den Diener unter einem andern Vorwand,
nahm das zweijährige Kind auf den Arm, marschierte so
in der Stube mit hallenden Schritten auf und nieder
und sang dazu erst leise und dann immer lauter die
Wacht am Rhein.

„Fest steht und treu! Ich bin ein Lump, Erneſtchen.
Felonie. Aber wenn du wüßteſt! In die Pfanne ge-
hauen der Napoleon mit seiner ganzen Armee. Ich bin
ein alter Esel, da zieh mich an meinen langen Ohren,
ich war nicht dabei, aber ich habe es erlebt! Die Wacht,
die Wacht am Rhein! Einen Krampus sollst du haben, Erneſtchen, einen Krampus aus Pfefferkuchen und Rosinen, den
wollen wir auch in die Pfanne hauen. Ernesta, so lache doch!
Ich schenke dir einen kleinen Teſching, damit darfſt du nach

dem Krampus schießen, bis ihm die Rosinen abfliegen. Du sollst auch Sedan haben! Ich will auch Sedan haben. Betrinken darf ich mich ja nicht! Sonst schmerzt die alte Kugel zu sehr. Komm sing mit. Es braust ein Ruf wie Donnerhall!"

Als die Mama nach Hause kam und danach fragte, erzählte die kleine Ernesta, Papa sei sehr lustig gewesen und habe schön gesungen.

„Dann Mutti, hat er beweint. Weißt du, Mutti? Weinen alle Papas und Mamas?"

Im Herbst 1871 kündigte der Major plötzlich seinen Entschluß an, nach Berlin überzusiedeln. Es gehe nicht länger so von der Pension allein, er müsse die Erbschaft antreten, und da sei doch in dem gottverfluchten Berlin irgendwo ein Hundeloch mit von der Erbschaft, das wolle er bewohnen, um Geld zu sparen. Er wolle die Zinsen von den Räuberstaatspapieren nicht auch noch in Österreich verzehren, sonst müßten ja die Bettelpreußen Bankerott machen. Ekelhaft, sich mit dem armen Kinde in der Streusandbüchse begraben zu müssen. Und er bat seinen Burschen um Entschuldigung, daß er ihn zu den Rekrutenschindern mitnehme.

Auf der Fahrt verhöhnte er von der Elbe ab die trostlose Gegend. Besonders auf die Kiefern hatte er es abgesehen. Zahnstocherbäume für die Zahnstocherpreußen. Mit knurrendem Magen stochern sie sich zwischen den Fangzähnen herum, um uns einzureden, sie hätten etwas gegessen. Hungerleider! Jott und Jut und Jeld. Nicht einmal deutsch sprechen können sie. Diese Sorben und Littauer und Wenden. Slavenpack!

Unter solchen Reden bezog der Major mit den Seinen das einsame Sommerhäuschen zwischen den Gemüsegärten hinter der Lützowerwegstraße. Niemals erfuhr seine Frau oder ein anderer Mensch, daß sein Poltern gegen die Preußen nicht ganz so ernst gemeint war. Niemand erfuhr, daß er in den ersten Wochen seines Berliner Aufenthalts tagelang um das Palais des Kaisers herumstrich, und daß er die Gelegenheit wahrnahm, Bismarck zu sehen und Moltke, und preußische Garderegimenter beim Exerzieren zu beobachten. Seine wilde Sebanstimmung war zwar vorüber, aber eine gewisse freundliche Anerkennung war geblieben.

Die Jahre vergingen, Ernesta ging schon zur Schule, die Kurfürstenstraße war angelegt und rechts und links von dem kleinen Sommerhäuschen wuchsen Villen und Mietshäuser aus dem Sande, der Major nur vermochte seine Lebensweise nicht zu ändern. Ab und zu, wenn er einen besonders stillen, gütigen Tag hatte, beklagte er seine Frau, daß sie ihr Leben an einen Invaliden gekettet hätte und ließ sich auch wohl von ihr ermuntern, irgend eine neue Beschäftigung zu ergreifen. Seine Antwort war nun freilich immer dieselbe. Er hätte als kleiner Junge seinen Gott gehabt, und den hätten ihm die vielen Bücher genommen. Dann hätte ihm die Politik seinen gnädigen Herrn geraubt. Lauernd forderte er seine Frau etwa auf, ihm bestimmte Vorschläge zu machen. Wenn sie, die Preußin, ihn doch hätte überreden wollen, preußische Dienste nachzusuchen. Er hätte sich lange bitten lassen, aber am Ende hätte er es doch gethan, scheinbar ihr zu Liebe. Das mußte sie doch einsehen. Er war mit Leidenschaft Offizier. Die Majorin merkte wohl, daß er einen solchen Vorschlag von ihr erwartete. Sie ahnte aber nicht entfernt, wie freundlich er aufgenommen würde. So schwieg sie, und die stillen und gütigen Tage wurden immer seltener.

Die Nordseite der Kurfürstenstraße war beinahe aus= gebaut, Ernesta war zehn Jahre alt, als in dem Jahre der Attentate der Major plötzlich unter entsetzlichen Schmerzen schwer erkrankte. Eine lebensgefährliche Operation mußte vorgenommen werden, um die alte Kugel zu entfernen.

Es war ein schlimmes Krankenlager. Fast ein Jahr lang kamen Rückfälle mit hohem Fieber und wilden Delirien. Die Aufgabe der Majorin war übermenschlich. Dann durfte sie zufrieden lächeln, und der Arzt triumphierte. Die Wissenschaft hatte gesiegt. Das Leben des Majors verlief aber jetzt in einer neuen Weise, eben so wie Assessor Cremmen das von seiner Wirthin erfahren hatte.

Daß seine Frau in dem schrecklichen Jahre seiner Krankheit zu einem Schatten zusammengefallen war, be= merkte der Major gar nicht, daß es in seinem Hause knapp zuging, das glaubte er nicht, für seine neuen Be= dürfnisse war Geld immer reichlich vorhanden.

Er erhielt jetzt häufig Anträge von Terrainspekulan= ten. Sie boten ihm große Summen für seine Grund= stücke. Er aber bildete sich immer ein, daß diese Leute ihn nur in ihre Spekulationen hineinziehen und seinen Namen an den Pranger stellen wollten. Er antwortete niemals auf ein Angebot. Die geerbten Staatspapiere blieben unangetastet. Nur der größeren Sicherheit wegen wurden immer wieder einzelne Beträge dem Bankier des

Vorbesitzers abgenommen und da und dort an bekannte Bankierfirmen verteilt. Schließlich bezog der Major seine Zinsen an jedem Ersten des Quartals von acht verschiedenen Häusern.

Als seine Krankheit und die Folgen des schweren Eingriffs beseitigt waren, bemächtigte sich seiner eine fieberhafte Arbeitslust. Er nahm sich vor, eine Geschichte der Entwickelung der Menschheit in vierundzwanzig Bänden zu schreiben. Besonders die Geschichte der Erfindungen sollte berücksichtigt werden. Und weil die meisten Erfinder im Elend gestorben waren, nahm der Major sich vor, die Erfinder unter seinen Zeitgenossen zu unterstützen. Er war ein Rentier, und Renten verpflichten.

Der Arbeitslust machte nach einigen Monaten einem tiefen Mißtrauen in seine Kräfte Platz, aber sie kam wieder, wie dann gelegentlich auch Niedergeschlagenheit nicht ausblieb. In solchen trüben Wochen studierte er, in Zeiten des Kraftbewußtseins machte er Experimente. Einmal machte er sogar selbst eine Erfindung und nahm ein Patent darauf. Eine Mausefalle, welche die gefangene Maus schmerzlos elektrisch tötete, selbstthätig.

Die Kenntnisse, die der Major so im Laufe der Jahre namentlich in den Perioden des Trübsinns und der Schlaflosigkeit erwarb, waren nicht gering. Nur, daß er häufiger als ihm lieb war, den Schlüssel zu seinem Gedächtnis verlor und dann mit den aufgestapelten Kenntnissen nicht gleich etwas anzufangen wußte.

Ernesta wuchs heran ohne den ungewöhnlichen Zuschnitt ihres Hauses seltsam zu finden. In Liebe und Verehrung für den Major wurde sie von der müden, blaſſen Mutter erzogen und wußte es nicht anders, als daß Papa niemals geſtört und niemals geärgert werden dürfte, weil er an einem ſchweren wiſſenſchaftlichen Werke arbeitete. Erneſta befand ſich in dieſer Wirtſchaft ganz wohl. So lange ſie die Schule beſuchte, hatte ſie nur für ihre Lehrerinnen und Schulfreundinnen Intereſſe und nachher die beiden nächſten Jahre fand ſie an Mama die herrlichſte Freundin und die anbetungswürdigſte Lehrerin. War das eine Luſt! Unter der Leitung von Mama wurden ſelbſt die Wirtſchaftsplagen und die Marktgänge zum Vergnügen. Erneſta mußte alles lernen, als ob ſie zeitlebens die und keine andere Wirtſchaft zu führen berufen wäre. Dann aber abends die höheren Genüſſe. Muſik, wenn Papa im Park ſpazieren ging — er blieb da gewiſſenhaft immer eine volle Stunde fort — und das Leſen der Dichter, wenn Papa auf ſeiner Stube arbeitete. Alles wußte Mama, alles kannte ſie. Wo ſie nur die Kraft hernahm, ihrem Kinde alle Schätze ihres Geiſtes mitzuteilen? Erneſta hatte, als ſie die Schule verließ, nichts gelernt, als was der Schulplan verlangte. Dann in nicht viel mehr als zwei Jahren hatte Mama ganz allein ihre Bildung vollendet. Mama ſprach engliſch und franzöſiſch zum küſſen, und Erneſta ſuchte es ihr nachzuthun. Mama ſpielte Klavier ſo ganz anders, und Erneſta lernte von ihr Schumann ſpielen. Mama las die deutſchen Dichter ſo, daß Erneſta es komiſch fand, wenn andere junge Mädchen ins Theater gingen. Mama! Und ſich ſagen zu müſſen, daß dieſe Frau dabei noch Papa bei ſeinen gelehrten Arbeiten half, Abſchriften beſorgte und Bücher nachſchlug.

Wer Mama nicht genau kannte, dem konnte sie wohl alt erscheinen mit ihrem grauen Haar und den beiden tiefen Längsfalten um den blassen Mund, dem konnte Mama traurig erscheinen mit ihrer Neigung für traurige Dichtungen. Und an der Achilleïs von Goethe konnte Ernesta wirklich keinen Geschmack gewinnen. Aber mit ihrer Tochter war die Majorin nicht traurig. Mit ihr war sie jung und heiter. Zeck spielen konnte sie mit dem achtzehnjährigen, großen, schönen Mädchen unten im Park einmal im Spätherbst des Jahres 1886.

Im Winter darauf geschah das Furchtbare und Unverständliche. Von einem Marktgange kam Mama fröstelnd nach Hause. Sie wollte sich nicht zu Bett legen, aber sie konnte aus ihrem Lehnstuhl nicht aufstehen. Ernesta, in dumpfer Angst, holte einen Arzt, einen wirk=lichen Arzt, dessen Schild ihr einmal aufgefallen war. Es sei nichts, nur eine kleine Erkältung, keine ernsthafte Krankheit. Aber drei Tage später war Mama tot, kalt und stumm und tot. Was half es, daß Ernesta Papa an den Schultern rüttelte und vor ihm in die Kniee sank, daß nun ein berühmter Professor gerufen wurde, und daß Ernesta behauptete, Mama wäre ganz gewiß nicht tot. An Entkräftung gestorben und an einer Entzündung.

Papa saß drei Tage lang im Sterbezimmer. Von Zeit zu Zeit griff er nach der Mappe des Lesezirkels, die eine ältere Nummer der „Fliegenden Blätter" enthielt. Er las die Beilage mit ihren Ankündigungen neuer Fahrräder, riesenhafter Erdbeeren, Bartwuchspomaden, zusammenlegbarer Jagdstühle, Badeschaukeln, unfehlbarer Angelgerätschaften. Dann wurde Mama begraben, auf dem Matthäikirchhof. Papa hatte es gut, der kehrte zu seinem großen Werke zurück. Ernesta aber hatte nichts als die Erinnerung und ein paar Zeilen von Mama. Die hatte die leidende Frau einen Tag vor ihrem Tode zu schreiben angefangen und nicht vollendet. Sie waren an den Major gerichtet, betrafen aber eigentlich Ernesta. Die Tochter fand das Blatt und verschloß es in ihrem Mädchenschreibtisch. Sie konnte das dem Vater nicht vorlegen.

Der aber riß sie am Ende doch aus ihrer trostlosen Trauer heraus. Es war zu schwer, alle seine Gewohnheiten zu befriedigen, ihn den Tod von Mama nicht allzu sehr fühlen zu lassen. Ernesta mußte ihr Herz in beide Hände nehmen, wenn sie im Sinne ihrer Mutter für den Vater weiter leben wollte.

Sie war fürs erste auf den guten Willen der Frau Kuntze angewiesen, die es rasch verstand, sich eine besondere Stellung im Hause zu verschaffen. Sie kochte nach wie vor, kochte gut und kannte die Lieblingsgerichte des Majors. Aber sie ließ merken, daß sie nur noch aus Gefälligkeit kochte. Eigentlich war sie durch den Tod der Hausfrau vom Range der Köchin zu dem der Wirtschafterin aufgestiegen. Das Kind, Fräulein Ernesta, war ja noch zu jung. Ernesta glaubte, die kleine Tyrannei dulden zu müssen, und doch war sie mehr als einmal recht verzweifelt über die Quälereien der plumpen Frau. Eins besonders fiel dem Mädchen schwer. Frau Kuntze trieb mit ihren unerträglichen Launen ein Mädchen nach dem andern fort, das Ernesta zur Bedienung aufnahm. Mehr als einmal zerdrückte Fräulein von Vehsen ein

Thränchen, wenn eines der Dienstmädchen nach vierzehn Tagen wieder kündigte und dem gnädigen Fräulein bei solcher Gelegenheit ein wenig seine Meinung sagte über die Wirtschaft in diesem Hause. Erst im Frühjahr nach dem Tode der Mutter hatte sie Glück mit einer neuen Wahl. Sie hatte Karline einfach auf ihr offenes, lustiges Gesicht hin angenommen, als sie auf Empfehlung eines „Professors der Hypnose" in der kleinen Villa erschien; Frau Kuntze wollte außer sich geraten über den unüberlegten Streich ihres Fräuleins. Eine Katholische zu mieten! Eine Münchnerin! So ein lustiges Flick, das nichts im Kopfe hatte als Bälle und Liebhaber! Und ohne Dienstbuch hatte das unerfahrene Fräulein die Person angenommen! Wer weiß, wo sie herkam. Aus dem Zuchthaus vielleicht, oder aus so einem katholischen Kloster. Man wußte schon wie die waren, immer heidi!

Nach drei Tagen hatte Karline die Villa in der Kurfürstenstraße erobert. Der Major ließ sich von ihr das Frühstück bringen. Fahlke, der diesen Dienst für sein Recht gehalten hatte, war einverstanden und lächelte über sein ganzes schlecht rasiertes Gesicht, so oft Karline an ihm vorüber strich. Wie das Mädchen die Frau Kuntze erobert hatte, das war ganz unverständlich. Aber selbst die Wirtschafterin wurde sanfter und meinte bald darauf, sie könne das Haus ohne Karline nicht mehr führen.

Dem Fräulein war das lustige und offene Mädchen recht lieb. Sie verlangte freilich zweimal in der Woche Ausgang und erzählte an den übrigen Tagen etwas zu viel von ihren Amusements, aber sie brachte doch zum erstenmal Leben und Frohsinn ins verwitterte Häuschen. Arges dachte Ernesta nicht, und Unschickliches erzählte Karline nicht. Nur ab und zu ging es dem Fräulein durch den Kopf, ob es denn auch wirklich im Geiste ihrer Mutter war, wenn sie ihr Leben so zwischen Karline und Frau Kuntze verbrachte.

Um dieselbe Zeit hatte sich der Major ein neues Steckenpferd angeschafft. Er studierte jetzt den Hypnotismus und wollte sein Geheimnis ergründen. Da er selbst ein gutes Objekt für hypnotische Versuche war, so wurde er viel von dem Kreise der Eingeweihten heimgesucht, und in dem Gartenpavillon gab es viele gut besuchte Sitzungen. Als Hypnotiseur zeichnete sich namentlich ein Engländer aus, ein Mister Essexon; ein gut gekleideter Mann von nahe an vierzig Jahren mit braunem Haar und dunklem Schnurrbart, mit verwegenen schwarzen Augen — man hätte ihm niemals den Engländer angesehen. Aber er sprach etwas gebrochen deutsch, wenn auch ganz geläufig. Alle aus dem Kreise der Eingeweihten kannten ihn, niemand wußte etwas von seinem Vorleben. Er widmete sein Leben der Hypnose, dem Spiritismus und der Schöpfung einer neuen Weltsprache. Außerdem war er begeisterter Wagnerianer, kannte aber keine Note. Auch nannte er sich einen Buddhisten. Er predigte Tierschutz und Pflanzenkost und hatte darin unumstößliche Überzeugungen. Er lebte wie die Lilien auf dem Felde und ließ sich gern und dankbar mit Kleinigkeiten unterstützen. In einer Gesellschaft von Beamten oder Kaufleuten wäre diese Gewohnheit, wie manches andere, unangenehm auf=

gefallen. Der Kreis, den der Major um sich versammelte, verachtete keine armen Teufel.

Dieser Mr. Esseron wurde bald der nächste Arbeitsgehilfe des Majors. Der hatte nun scheinbar den Tod seiner Frau leicht überwunden. In Wirklichkeit konnte er es gar nicht fassen, daß die gute Seele ihn nach mehr als zwanzigjähriger Ehe ganz und gar verlassen haben sollte. Fast ohne fremde Hilfe, ohne den Einfluß von Büchern und Gesprächen, kam der Major zu der fast lachenden Überzeugung, daß der Geist der Verstorbenen ihn immer noch umschweben müßte. Die Bibel lehrte das Fortleben nach dem Tode. Einige der größten Philosophen waren derselben Meinung. Und es war ja auch nicht möglich, daß ein so reicher, überirdischer Geist plötzlich in nichts vergehen sollte, weil die Maschine seines elenden Körpers stehen blieb. Warum hätte die Natur so viel geistige Stoffe in einem Punkte gesammelt, wenn sie ihn nicht in körperloser Geistigkeit bewahren wollte? Während Ernesta nur so das Andenken ihrer guten Mutter fest hielt und nicht begreifen konnte, daß der Vater die Mama so bald vergaß, führte der Major mit seiner Frau allabendlich lange Gespräche und machte ihren Geist zum Vertrauten seiner Bestrebungen.

Die Mitglieder eines kleinen und geheimen geisteswissenschaftlichen Vereins, die sich schon unter Esserons Führung mit angewandter Hypnose und exaktem Spiritismus befaßten, unterhielten sich mit dem Major gern und oft über die Fragen der Unsterblichkeit und des Verkehrs zwischen Lebenden und Toten. Doch diese Gespräche hatten nach dem ganzen Charakter der Gesellschaft einen allgemeinen und prinzipiellen Zweck. Der Major hütete sich wohl, seinen persönlichen Anteil an solchen Fragen zu verraten. Er war mißtrauisch gegen alle fremden Menschen und nicht zum wenigsten gegen diese Leute, auf deren Kenntnisse er recht von oben herunter sah.

Mr. Esseron war für seine Gewohnheiten nicht gerade der Angenehmste aus dem ganzen Kreise. Schon sein Radebrechen der deutschen Sprache war dem Hannoveraner ein Greuel. Und gerade weil der Major eine gewisse Vorliebe für Engländer hatte, schien ihm Esseron gar zu wenig Gentleman. Und nun das ewige Anpumpen. Es war ja kein moralischer Fehler, und große Erfinder und Entdecker hatten auch pumpen müssen. Der Major entschuldigte Esseron mit Julius Cäsar, mit Kolumbus, mit dem ... der damals ... na ja, es fiel dem Major wieder nicht gleich ein. Richtig. Salomon de Caux.

Eines Abends blieb Esseron beim Major im Gartenpavillon allein, und um vier Uhr morgens war der Spiritist der Vertraute des Majors. Alles hatte ihm der unglückliche Mann erzählt: seine wissenschaftlichen Bestrebungen und die Sorge um den Schlüssel seines Gedächtnisses, sein verpfuschtes Dasein, seine politischen Kämpfe und seinen Schmerz über den verlorenen Beruf, seine Trauer um die Verstorbene und seine lachende Überzeugung von ihrer Gegenwart. Ganz einfach hatte Esseron das erreicht. Er hatte den Major vorher tief in die Abgründe seiner zerrütteten Seele blicken lassen, hatte ihm seine Laster eingestanden, aber auch stolz in die kühnsten Phantasien seiner Welterneuerungspläne, er hatte ihm endlich um Mitternacht lebhaft und anschaulich seine eigenen Erfahrungen mit Geistern vertraut. Kein Dritter durfte davon wissen, denn die blöde Welt verhöhnte, was sie nicht verstand, und verleugnete in ihrem wissenschaftlichen Dünkel handgreifliche Thatsachen. Wie die Herren Ärzte den Hypnotismus verlachen, so verlachen die liberalen Preußen, die Herren von der Intelligenz, den Verkehr mit seligen Geistern. Wenn Geister aber wirklich und handgreiflich erschienen, wenn jedes unbefangene Auge ihr Dasein bestätigen könnte, so waren sie doch Thatsache, nicht minder gewisse Thatsachen, als eine preußische Pickelhaube. Mit seiner ganzen Leidenschaftlichkeit und mit seinem ganzen Arbeitsfieber erfaßte der Major diese Enthüllungen. Gegen so viel Vertrauen gab er sein ganzes Vertrauen wieder.

Am nächsten Morgen hatte der Major ein unbehagliches Gefühl. Hätte er jemandem gehabt, sich auszusprechen, er hätte wohl einen ernsten moralischen Kater zugeben müssen. Doch am Nachmittag kam Mr. Essexon mit einem kleinen Koffer vorgefahren. Fahlke mußte die Droschke bezahlen und den Engländer im Gartenpavillon unterbringen. Feldmäßig.. Weder Frau Kuntze noch Ernesta wagten eine Einrede. Sie erfuhren nicht einmal, ob Mr. Essexon bloß für wenige Tage als Gast bleiben würde oder für längere Zeit. Frau Kuntze allein erinnerte nach Ablauf der ersten Woche daran, daß für einen solchen Hausbewohner eine polizeiliche Anmeldung nötig wäre. Da aber weder Ernesta noch der Major darauf Gewicht legten, so war nicht weiter davon die Rede.

Den Gast hatte Fahlke zu bedienen; und ganz unabhängig vom Major wurde Fahlke bald ein gläubiger und fanatischer Spiritist. Ernesta kam anfangs mit Mr. Esseron gar nicht in Berührung. Als er etwa vierzehn Tage nach seiner Ankunft zum erstenmal am gemein= samen Mittagstisch erschien, lernte sie ihn erst kennen. Er wurde dann täglicher Tischgast und versuchte da, offenbar unter dem Beifall des Majors, auch Ernesta für die neue Lehre zu gewinnen. Ernesta aber lehnte höflich jede Annäherung ab, so sehr sie auch um ihrer Mutter willen die Forschungen des Mannes interessierten.

Zwischen Mr. Esseron und Karline gab es gar keine Verbindung. Karline machte sich vor aller Welt über den Unsinn lustig, der im Gartenpavillon getrieben wurde, und wollte von Geistern nichts wissen. Das komme alles von dem dummen Krautessen her. Ein Knödel sei ganz gut, aber nur zu einem tüchtigen Stück Fleisch und ein paar Maß Bier darauf. Wer immer nur Grünzeug und Erbsen esse und dazu Wasser trinke, der sei natürlich nur ein halber Mensch.

Mr. Esseron hielt strenge an seinem Vorsatz, nur Gemüse zu essen und Wasser zu trinken. Langsam wurde der Küchenzettel dem Gast zuliebe geändert, und Frau Kuntze hatte bald nur noch wenig Fleisch einzu= kaufen und dafür täglich Mehlspeisen zu bereiten. Das gab mitunter in der Küche mehr zu thun, aber von dem Wirtschaftsgelde floß doch ein bedeutender Teil in ihre Tasche.

Woche auf Woche verging, ohne daß dieser Verkehr eine Änderung erlitt. Ernesta fühlte zwar langsam ein Gefühl der Angst aufsteigen, dem sie nicht Worte leihen konnte, aber Papa schien jetzt in seinem wissenschaftlichen Streben besonders befriedigt zu sein. Nach den Tisch=gesprächen zu urteilen, las er mit Mr. Esseron die grundlegenden Werke über Hypnotismus und Spiritismus und stellte im Gartenpavillon Experimente an. Bei Dunkelwerden schlichen Mitglieder des geisteswissenschaft-lichen Vereins und unheimliche Frauenzimmer in den Gartenpavillon. Dort vollzogen sich beim Schein eigen=tümlich konstruierter Gaslampen (sie konnten durch einen Fingerdruck alle auf einmal höher und tiefer geschraubt werden) die Geheimnisse der neuen Forschung. Durch ein hingeworfenes Wort Papas erfuhr Ernesta einmal, daß der Major mit einem der berühmtesten spiritistischen Medien arbeitete. Es war eine kränkliche Frau aus Leipzig, die auf Papas Kosten in Berlin lebte, und deren Unterhalt ihm anfing Geldsorgen zu verursachen.

Der Juli ging zu Ende, der neunzehnte Geburtstag Ernestas stand bevor. Sonst am fünften August hatte Mama jedesmal eine wirkliche Überraschung für ihr Kind gehabt, eine von den Überraschungen, die das Geburts=tagskind vorher nicht geahnt, und bei deren Enthüllung die Augen heiß und die Wangen rot werden. Wonach man dann der Mutter an die Brust fliegt, sie beinahe umreißt und sich innerlich sagt: der liebe Gott und meine Mama! Und dieses Jahr? Ob der Papa wohl auch nur von ihrem Geburtstag weiß?

Am letzten Juli kleidete Papa sich an, als wollte er eine große Reise antreten. Dann fuhr er mit Mr. Esseron nach der Stadt. Gewiß um etwas für sie zu kaufen. Der gute Papa.

Mr. Esseron erschien heute nicht zu Tisch. Der Major war unruhig und aß wenig. Es kam jetzt kaum etwas anderes als Gemüse auf den Tisch. Nur noch für den Major wurde ein Stückchen Fleisch gebraten, und das kam häufig unberührt in die Küche zurück. Ernesta wollte das Alleinsein benutzen, um dem Papa die neue Lebensweise auszureden, und ihn zu bitten, sich doch wieder gut zu nähren, wie bei Lebzeiten der Mama. Der Major hörte nicht zu. Er stand plötzlich auf, stellte sich ans Fenster und versuchte den kleinen elektrischen Cigarrenanzünder in Stand zu setzen, der seit dem Tage des Ankaufs nicht mehr Feuer geben wollte. Ohne von dem nieblichen Dinge aufzusehen, sagte er plötzlich:

„Höre, Ernesta, ich habe da heute ohne dich zu fragen einen furchtbar wichtigen Schritt gemacht. Esseron meint zwar ... Esseron ist kein Gentleman, gut. Schweig. Wir sind über Esseron ganz einer Meinung. Schweig. Ich muß es dir also sagen. Es ging einmal nicht so weiter. Wir waren also beim Notar und haben eine Hypothek aufgenommen. Na ja, nun weißt du es. Zehntausend Mark. Schulden. Ich mache Schulden. Jetzt weißt du es. Und jetzt sag deine Meinung.“

„Aber, liebster Papa, warum solltest du nicht. Sie sagen ja, deine Grundstücke wären so viel wert.“

„Unsinn, Schwindel. Ich bin kein Terrainspekulant. Wenn du ahntest, wie schwer das war; acht Tage lang mußte mir Esseron helfen, die Papiere suchen. Und beim Notar nicht fertig zu werden. Es kann gar kein anständiges Geschäft sein, so viel habe ich vorlesen hören und unterschreiben müssen. Ich wäre ohne Esserons

Hilfe nie fertig geworden. Es ist nicht hübsch von ihm, daß er ... Gott, er ist ein armer Teufel. Hast du etwas dagegen Ernesta, nein? So schweig."

Drei Tage noch lang ließ sich Mr. Esseron nicht sehen. Dann erschien er wieder in einem neuen schwarzen Rock, um den Hals einen hübschen weißen Shlips und einen Ring am Finger, den Ernesta noch nicht an ihm gesehen hatte. Es war am Tage vor ihrem Geburtstag, daß Esseron so wieder am Mittagstisch erschien und angelegentlicher als bisher ihr Interesse zu gewinnen suchte. Auch den Major behandelte er heute noch achtungsvoller als sonst. Einmal entschlüpfte ihm der Ausdruck: Wenn man einen Millionär zum Vater hat. Der Major lachte, und Ernesta hörte nicht hin.

Am fünften August duldete es sie nicht lange im Bett. Schon um 7 Uhr stand sie fertig angekleidet vor ihrem Schreibtisch und faltete die Hände vor dem Bilde der Mutter. Sie trug ihr schwarzes Trauerkleid, aber eine Rose hatte sie von dem Strauch am Fenster abgeschnitten und sie vor die Brust gesteckt.

Verzeihe mir Mama, daß ich lebe. Ich bin so jung.

Mit dem Taschentuche fuhr sie nur so über die Augen hin, und dann erschien sie im Wohnzimmer.

Die treuen Seelen.

Sie ahnte nicht, daß nur Fahlke sich ihren Geburtstag gemerkt, und daß erst sein Treiben die kleine Gratulationscour zu stande gebracht hatte. Fahlke überreichte ihr mit einer wohlgesetzten Rede einen Kamelientopf.

„Sehen Sie, gnädiges Fräulein, die selige, gnädige Frau hat jedesmal an diesem Tage gesagt: ‚Fahlke, hat

sie gesagt, Kamelien halten sich nicht'. Aber gnädiges
Fräulein haben jedes Jahr die Kamelien mit Freuden
angenommen, und haben nachher niemals getrauert, wenn
sie sich nicht gehalten haben. Gnädiges Fräulein, nun
sagt es die gnädige Frau nicht mehr."

Der gute Kerl weinte dazu recht herzlich. Ernesta
weinte auch, und sie drückten sich die Hände. So war
es ein schöner Anfang der Geburtstagsfeier. Dann kam
Karline und knixte und gratulierte und wünschte dem
gnädigen Fräulein einen guten Mann vor ihrem zwan=
zigsten Jahr. Dann kam Frau Kuntze und brachte einen
Blumenstrauß und einen Napfkuchen. Die treuen Seelen.

Nach seinem ersten Frühstück kam auch der Major
gratulieren. Er habe seiner erwachsenen Tochter ein recht
praktisches Geschenk machen wollen und habe nichts ge=
funden als diese Kassette für ihren Schmuck und für ihr
Taschengeld. Die Kassette war ein stattlicher eiserner
Kasten. Sie hatte den Major offenbar durch das raffi=
niert konstruierte Sicherheitsschloß zum Kaufe gereizt.
Eine ganz neue Erfindung. Nur wer im Besitze des
Schlüssels und überdies im Besitze eines Auflösungs=
wortes war, konnte das Kästchen ohne Anwendung von
Gewalt öffnen. Der Major vergaß vollständig den An=
laß seines Kommens und erklärte der Tochter mit
kindischer Freude aber und abermals den Mechanismus.
Ernesta verstand nichts davon, aber sie lernte schließlich
den Witz begreifen und ihre Kassette öffnen.

„Ein Wohlthäter der Menschheit ist der Erfinder
dieses Schlüssels, liebes Kind. Und wer kennt seinen
Namen? Nicht einmal ich kenne ihn, aber ich werde ihn

noch herausfinden. Vielleicht ein armer Arbeiter, dem man das große Geheimnis für ein Butterbrot abgekauft hat! Der Erfinder ist vielleicht im Zuchthaus umgekommen! Oh, Essexon ist gar nicht talentlos. Er hat sich den Mechanismus erklären lassen und ihn gleich verstanden. Wie ein gelernter Schlosser. Ich habe noch einen zweiten Schlüssel, den aber nehme ich selbst in Verwahrung. Meiner Diskretion bist du ja sicher, liebes Kind. Ich lege den Reserveschlüssel in mein diebessicheres Cylinderbureau, in das mit dem Weckapparat. Du wirst viel Freude von der Kassette haben. Sieh nur: eins, zwei links, dann die Scheibe herum, eins zwei rechts — es ist doch zu nieblich."

Während der Major noch mit der diebessicheren Kassette spielte, ließ sich Mr. Essexon anmelden, und bat um die Erlaubnis, der verehrten Tochter des gastfreien Hauses auch seinerseits eine kleine Aufmerksamkeit erweisen zu dürfen.

„Miß Ernesta ist noch nicht weit genug gekommen, Erscheinungen zu haben von der Welt oben. Ich war so frei zu setzen zu lassen in ihren Raum einen kleinen Psychographen. Ein Psychograph ist geheißen ein kleines Tischchen auf drei Beinen, von denen zwei sind gewöhnliche Tischbeine, das dritte ist aber ein Bleistift, mit welchem schreiben die seligen Geister, wenn ein Medium sitzt an dem Tischchen. Der Psychograph im Raum des gnädigen Fräulein wird nicht stören, wenn das gnädige Fräulein bleibt ungläubig. Der Psychograph wird schreiben, wenn dem gnädigen Fräulein ist aufgewacht mediomistische Kraft".

Ernesta dankte auch für dieses Geschenk und meinte es ehrlich. Wenn der Freund ihres Vaters so felsenfest von seinem Verkehr mit Geistern überzeugt war, so war er es nur natürlich, wenn er andern diesen Glauben mitteilen wollte.

Sie blieb den ganzen Tag in ihrer frohen Geburtstagsstimmung, trotzdem nach Mr. Esseron niemand mehr, niemand mehr auf der weiten Welt auf den Einfall kam, daran zu denken, Fräulein von Vehsen sei am fünften August geboren worden. Ernesta kannte das nicht anders. Sie hatte kaum eine Vorstellung davon, daß andere Mädchen ihres Alters hundert Beziehungen zur Welt besaßen. Wozu auch. Mama war ja tot.

Ernesta wollte ihren Geburtstag haben. Sie ordnete in der Küche die Lieblingsgerichte Papas an, sie dankte Frau Kuntze für den feinen Geschmack, mit dem sie den Strauß gebunden hatte, sie ordnete an, daß Fahlke zur Feier des Tages eine Flasche Wein erhielt. Und als am Nachmittag Karline um die Erlaubnis bat, abends ausgehen zu dürfen, da wurde auch das natürlich bewilligt. Nur Fahlke war unzufrieden, als das Mädchen gegen acht Uhr mit einem großen Packet abzog. Da hätte sie ihre Maskengarderobe drin. Da hörte alles auf! Maskenbälle im Sommer! Und nicht einmal zu sehen sollte er sie bekommen. Das war doch sonst nicht. Er wollte das Bündel öffnen. Aber Karline wurde ganz wild und verbat sich solche Neugier, als ob mehr auf dem Spiele stände, als ein Maskenscherz.

Als Papa sich nach dem Abendbrod mit Mr. Esseron nach dem Gartenpavillon begab, empfand Ernesta denn doch einige Enttäuschung über den Verlauf des Tages. Sie zog sich früh in ihr Zimmer zurück, spielte noch eines der Lieblingsstücke Mamas, las in einem ihrer Lieblingsbücher und ging seufzend zu Bett.

Ernesta hatte ihr Zimmer zu ebener Erde neben dem Speisesaal. Im Parterre schlief nur noch Frau Kuntze. Der erste Stock enthielt eigentlich nur ein einziges, großes Zimmer, das Studier- und Schlafzimmer des Majors. Der übrige Raum zwischen den steilen Dachflächen war durch einige Mansarden und Rumpelkammern ausgenützt. In der Mansarde zur Rechten schlief Fahlke, in der zur Linken Karline.

Sonst hatte der Major den Abend immer in seinem Zimmer zugebracht, wo sein Schreibtisch und seine Bibliothek stand, wo eine Menge kleiner Maschinen der kompliziertesten Art ihn mit dem Komfort umgaben, wie er ihn verstand, und wo er durch mehrere sinnreiche Vorrichtungen gegen Diebstahl, Überfälle und sogar gegen Feuersgefahr geschützt war. Seit einigen Wochen aber arbeitete er vor dem Schlafengehen im Gartenpavillon mit Mr. Efferon.

Als die beiden Herren heute wieder allein waren, machte der Major sogleich seinem Herzen Luft.

„Ich will Ihnen was sagen, Mr. Efferon. Ich bin mißtrauisch. Das Leben hat mich mißtrauisch gemacht. Sie dürfen mich nicht für leichtgläubig halten. Ich will Sie nicht beleidigen, aber Ihre Geisterschrift beweist gar nichts. Sie setzen sich hin, nehmen einen gewöhnlichen Bleistift in die Hand, bekommen Zuckungen und schreiben dann mit Ihrer eigenen Handschrift Briefe meiner seligen Frau an mich. Ich will zugeben, daß Sie diese Briefe fabelhaft schnell schreiben. Ich will zugeben, daß die Briefe in gutem Deutsch abgefaßt sind, während Sie ein abscheuliches Deutsch sprechen, nehmen Sie's mir nicht übel. Ich will noch eins zugeben, daß nämlich die malerischen Schnörkel, mit denen hie und da die großen Anfangsbuchstaben versehen sind, an keine Schrift der Erde und an keine Schnörkel der bisherigen Schriften erinnern. Zum Verrücktwerden sind diese Schnörkel. Aber sie imponieren mir nicht. Ich bin mißtrauisch. Drei Dinge sind möglich, entweder Sie sind ein Betrüger, nehmen Sie's mir nicht übel, oder was Sie schreiben, ist wirklich Geisterschrift. Oder endlich, Sie sind ein hysterischer Mensch, der selber für überirdische Eingebungen hält, was ihm im Traumzustand durch den Sinn geht, und was er wie im Fieber niederschreibt. Herr, ich bin ein alter Militär, ich fordere deutlichere Beweise.“

„Herr Major sind gewöhnt zu befehlen Soldaten. Die Geister lassen sich nicht befehlen. Die Geister thuen, was sie wollen und werden dem Herrn Major deutliche Beweise geben, wenn es gefällt den Geistern.“

„Lassen Sie sie nur kommen! Aber das ist es ja, Wunder thun die Geister nicht, durch unburchdringliche Wände bringen sie nicht.“

„Herr Major, Geister bringen durch Wände und durch fest verschlossene Thüren, wie das Licht bringt durch Glas.“

„So lassen Sie sie doch kommen. Lassen Sie sie in mein Schlafzimmer kommen, nachdem ich das Schloß versichert und den Läuteapparat gestellt habe. Dann will ich an Ihre Geister glauben, früher nicht."

„Herr Major, ich bin nicht der Vertraute der spirits. Wenn die Geister wollen machen manifestations, so kündigen sie mir das nicht an durch die Post. Ich würde aber glauben, daß der Geburtstag des Fräulein Ernesta könnte sein ein harter Zwang für die Mutter zu gewinnen Materie."

„Ah, also nichts für ungut und schreiben Sie los. Das will ich ja gern glauben, daß der Geist der Verstorbenen irgend welchen Einfluß nimmt. Die Briefe haben was. Schreiben Sie los."

„Wenn es wird gefallen den spirits, Herr Major."

Mr. Essexon nahm ruhig wie ein Sekretär an einem kleinen Tische Platz. Er faßte einen Bleistift und ließ dann die Hand auf einer Lage von weißen Blättern ruhen. So saß er da, als wartete er darauf, etwas diktiert zu bekommen. Gesprochen durfte nicht mehr werden. Der Major hatte nur das Amt, die beschriebenen Papierblätter unter der Hand des bewußtlosen Mediums — wenn es so weit kam — hervorzuziehen, und den armen Spiritisten nachher durch kaltes Wasser zum Bewußtsein zu bringen.

Heute schien die Sache nicht recht gelingen zu wollen. Essexon seufzte von Zeit zu Zeit tief auf, aber eher wie ein schläfriger Mensch, dem die Augen zugefallen sind, als wie ein Sendbote aus der höheren Welt. Nach fast einer halben Stunde geduldigen Wartens glaubte der Major seinen Genossen sogar schnarchen zu hören. Das machte aber nichts. So weit war der Major allmählich doch in die Logik der neuen Wissenschaft eingedrungen, daß er einsah, der mediumistisch beanlagte Mensch dürfe allen Schwachheiten der Natur unterworfen sein. Diese Einsicht war ihm sogar lieb. Sie gestattete unter Umständen auch dann Achtung vor den seligen Geistern, wenn der Vermittler selbst ein Narr, ein Dummkopf oder ein Spitzbube war. Gesetzt also, daß Geister wirklich existierten und sich mit Lebendigen in Verbindung setzten, so konnten sie aus unbekannten Gründen auch einen Esseron brauchen, wie die Elektricität den Draht braucht, als Leitung. Oho, Major von Vehsen hatte einen hellen Kopf und war nicht so leicht um seinen Verstand zu bringen. Es war bewiesen, Mr. Esseron durfte schnarchen.

Keinesfalls schnarchte er lange. Er stöhnte wieder, und dann kam es plötzlich über ihn. Er seufzte tief. Wie elektrische Schläge zuckte es durch seinen Körper, daß es ihn fast vom Stuhl herunterwarf. Sein Gesicht verzerrte sich, seine Augen rollten. Sein Kopf renkte sich fast aus dem Halse, die Hände zitterten, die Finger flogen, und plötzlich fing das Schreiben an.

Nein, entweder die Geisterschrift war echt, oder Esseron war ein hysterischer Mann. Ein Betrug war ausgeschlossen. So konnte niemand spielen, wenigstens nicht mit dem mißtrauischen Major spielen. Und warum sollte auch der arme Teufel betrügen wollen? Für das bißchen Geld? Lächerlich. Für Geld entwürdigte man sich doch nicht so. Mr. Esseron war kein Gentleman, gewiß nicht. Aber für Geld kriegte man keine Krämpfe, das war ausgeschlossen.

Mr. Esseron begann die Geisterschrift gewöhnlich

damit, daß der Bleistift in seinen Fingern zuerst unsicher auf dem Papier hin und herfuhr. Erst nach zwanzig, dreißig kurzen Bewegungen berührte der Stift das Blatt, und dann begann in fieberhafter Hetze die Zeichnung des ersten Anfangsschnörkels. Nein, das war kein Betrug. Auf solche Linien verfiel kein irdisches Gehirn. Aus hundert geraden und krummen Linien setzte sich ein Arabeske zusammen, auf die ein fantastischer Schreibekünstler stolz gewesen wäre. Strich fügte sich an Strich. Schraffierungen durchzogen das wahnsinnige Gebilde, dann setzte der Bleistift fester an, und aus der Mitte des Blattes heraus begann in rasender Eile eine Schneckenlinie das Gebilde zu durchspinnen, die so nur ein Meister der Schrift aus freier Hand leisten konnte. Für Geld ein Aufwand solcher Künste! Lächerlich. Und jetzt, der Bleistift riß ins Blatt hinein, und das Medium begann zu schreiben. Nur eine Zeile auf dem Blatt mit dem Anfangsschnörkel, und dann weiter in fliegender Hast.

Der Major konnte kaum so schnell lesen, wie Esseron schrieb. Blatt für Blatt riß er in steigender Bewegung unter den Händen des Mediums hervor und las anfangs kopfschüttelnd und dann mit stockendem Atem die briefliche Mitteilung seiner verstorbenen Gattin.

„Glaube! Glaube, mein teurer Gatte! Glaube, daß ich dich umschwebe, daß ich in diesem Augenblick in meinem unsichtbaren Astralleib um dich bin, neben dir, über dir, hangend und bangend. Glaube, daß ich alle Schauer der Ewigkeit gekostet habe und dir Grauenhaftes und überirdisch Schönes enthüllen könnte, wenn es in eurer Sprache auszudrücken wäre, was jenseitig ist. Ich müßte Buchstaben aneinander reihen, die für deine Augen unverständlich wären, wie du auch die Zeichnung auf dem ersten Blatt nicht enträtseln kannst. Sie enthält das Geheimnis des jenseitigen Lebens. Ich konnte dem Drange nicht widerstehen, dir das Unaussprechliche zu sagen. Aber ich weiß von meinem Erbenleben her, daß du mich nicht verstehst."

Mr. Esseron zuckte wieder und begann bald darauf eine neue Initiale zu stricheln. Sie war diesmal kleiner und nahm nur ein Viertelblatt ein. Dann ließ ihn der Geist der seligen Frau weiter schreiben.

„Ernesta, meine heißgeliebte Ernesta! Auch mit dir möchte ich mich in Verbindung setzen und verstockter als dein Vater willst du nicht, glaubst du nicht. Blicke doch auf die Initiale. Verstehst du denn nicht? Giebt dir denn die Liebe zu mir nicht das Rätselwort, um wenigstens die Schneckenlinien zu verstehen? Die Schneckenlinien wenigstens will ich dir deuten: Es ist der Weg von der Erde zum Jenseits, deutlich sichtbar mit allen Geheimnissen. Doch nein, du kannst ja nicht verstehen. Ich aber kann nicht leben, — natürlich ihr versteht unter Leben etwas ganz anderes. Ich kann nicht jenseitig sein, ohne Verbindung mit dir. Ich kann die Himmel nicht genießen, und die Höllenqualen der abgeschiedenen Mutter bohren sich mit dreifältigen Stacheln in mein gemartertes Herz, und der Astralleib ist überhaupt nur Herz, vom Scheitel bis zur Sohle. Ernesta, meine heißgeliebte Ernesta, folge deinem Vater. Der wird bald, sehr bald, oh, oh, oh sehr, sehr bald wird dein Vater glauben, glauben, glauben. Du aber mußt ihm folgen und meinen

Geist neben dir fühlen, wenn ich nicht vergehen soll vor jenseitigen Schmerzen."

„Oh mein Gatte, mein heißgeliebter Gatte, nicht mit Gewalt, aber mit deinem ganzen Ansehen zwinge dein Kind, daß es seinen Unglauben von sich wirft und die geistige Verbindung mit mir sucht und annimmt. Ich kann nicht ohne Ernesta. Ich muß furchtbar leiden. Wäre Ernesta selbst mediumistisch beanlagt, ich würde ihr erscheinen ohne Hilfe, ohne Mittler, ohne Medium. Sie aber ist es nicht. So zwinge sie in Liebe, daß sie die Vermittlung nicht verschmäht, daß sie ihr Leben mit dem eines begnadeten Mediums verbindet und so mir möglich macht, um sie zu sein, wie um dich, meinen kalten Astralleib an ihrem jungen Blute zu wärmen, besonders wenn sie schläft und im Zustande der jenseitigen Mitteilung ist. Denn wisse, oh mein heißgeliebter Gatte, ich bin ein ruheloser Geist ohne Ernesta. Und wenn sie zwanzig Jahr alt geworden ist, ohne sich durch einen mediumistischen Vermittler mit mir zu vereinigen, so vereinige ich mich mit ihr auf eine andere furchtbare Weise, die ich nicht nennen will, um dich nicht zu erschrecken. Kann ich bis zu ihrem zwanzigsten Jahr mit ihrem irdischen Körper nicht korrespondieren, so mache ich sie kraft meiner Macht zum Astralleib und hole mir ihre Seele. Ich will nicht drohen, ich will nur warnen. Oh, mein heißgeliebter Gatte ..."

Mister Esseron brach die Spitze des Bleistifts ab und fiel wie ein Stock vom Stuhl herunter. Ganz verwirrt von dem Geisterbrief sprang der Major auf und spritzte dem Medium etwas kaltes Wasser ins Gesicht.

Efferon schlug die Augen auf und erhob sich langsam vom Boden.

„Thank you, Mister Behsen. Haben sie geschrieben? Sind gewesen manifestations? Oh, Mister Behsen, Sie machen ein sehr gutes Gesicht, wie es machen die Ungläubigen nach tests. Haben Sie gehabt einen guten Geisterbrief?"

Funkelnd vor Zorn hob der Major beide Fäuste.

„Efferon, wenn Sie Ihr Spiel mit mir trieben!"

„Mein lieber Mister Behsen, lassen Sie mich schlafen gehen, und morgen gehe ich ins Hotel. Ich bin ausgeschöpft, und nun kommen Sie mir so."

„Verzeihen Sie mir, lieber Efferon. Haben Sie Geduld mit mir. Lesen Sie."

Der Major reichte dem Medium die beschriebenen Blätter und hielt lauernd seine Augen auf ihn gerichtet, während er las. Das war ein guter Einfall. Wenn Efferon ein Betrüger war und den Inhalt erfunden hatte, so mußte ihm das an den Augen abzulesen sein. Ganz gewiß mußte er sich verraten. Entweder durch ein Lächeln, oder durch die Ungeduld, wenn er in dem Zustande furchtbarster Erschöpfung seinen Brief noch einmal lesen mußte. Also aufpassen. Ah, der Major war nie so mißtrauisch gewesen wie eben jetzt.

Doch sein Mißtrauen schwand. Ruhig und aufmerksam wie ein Gelehrter eine alte Handschrift entziffert, so las Efferon den Brief, betrachtete staunend die Initialen und schüttelte von Zeit zu Zeit erstaunt den Kopf. Der Major verwandte keinen Blick von ihm. Als Efferon bei der letzten Silbe angelangt war, rief der Major leidenschaftlich:

„Verzeihen Sie mir, die dritte Möglichkeit ist aus=
geschlossen ein für allemal. Sie sind kein Betrüger.“

„Mit das sagen Sie mir keine Neuigkeit, Mister Vehsen.
Aber dieser Brief ist sehr stark wichtig. Dieser Brief ist ein
ernster Fall. Dieser Brief sagt, daß die selige Frau ent=
schlossen ist, zu verbinden sich selbst mit ihrer Tochter. Und
daß sie entschlossen ist, sich zu verbinden mit ihrer Tochter
auf alle Fälle, durch ein Medium von oben herunter oder
durch einen Tod von unten herauf. Vielleicht ist das
dasselbe.“

„Esseron, raten Sie, helfen Sie mir! Halten Sie es
für möglich, daß selige Geister, wenn es solche giebt, den
Tod eines Menschen herbei führen können?“

Esseron lächelte wie ein gutmütiger Lehrer auf die
dumme Frage eines Kindes.

„Ich weiß nicht zu sagen, ob es ist möglich. Gekommen
ist es vor gar viele Dutzend Male in England, nament=
lich, daß Mütter haben geholt ihre Kinder von unten
hinauf aus Liebe.“

„Beweisen Sie mir das, beweisen Sie mir das!“

„Ich will Ihnen morgen Bücher bringen über solche
Fälle, geschrieben von Professoren und untersiegelt von
Ärzten und Pastoren.“

„Beweise! Beweise! Professoren, Ärzte und Pastoren
können lügen! Beweise!“

„Sie haben bisher geglaubt, Mister Vehsen, den
Worten von Professoren und Ärzten und Pastoren — nein
gut, Pastoren nicht. — Sie nehmen als bewiesen an, daß
der Mensch hat eine Leber in seinem Leib und haben doch
noch nie gesehen eine Leber in dem Leib von irgend einem

Menschen. Sie glauben, daß die Sonne ist entfernt von der Erde so und so viele Meilen. Und Sie haben noch nicht ausgemessen die Entfernung mit Ihrem Metermaß, nicht eine Meile lang. Ich will Ihnen sagen, Mister Vehsen, warum Sie sind ungläubig. Weil Ihnen ist ganz gleichgiltig, ob der Mensch hat eine Leber in seinem Bauch und ob die Erde ist entfernt von der Sonne so und so viele Meilen. Darum glauben Sie den Professoren und Ärzten. Wenn Ihnen wäre ebenso gleichgiltig, ob Mütter holen einem ihrer Kinder von unten hinauf, würden Sie auch glauben den Professoren und Ärzten von England."

Der Major ließ seinen Kopf auf die Brust sinken und sagte mit jammervollem Gesicht:

„Aber ist es denn nicht natürlich, daß ich vorsichtiger bin, wenn alles davon abhängt?"

„Ganz natürlich ist es. Und ein so großer Scharfsinn muß uns freuen, denn er wird beibringen unumstößliche tests, Beweise für die neue Wissenschaft. Und jetzt lassen Sie mich schlafen."

„Esseron, noch eine halbe Stunde."

„Ach was, ich will schlafen gehen. Ich bin ausgeschöpft. Gehen Sie auch schlafen, und morgen sprechen wir weiter. Vielleicht wird Ihre Frau Ihnen geben Beweise selber, um zu vermeiden, daß sie sich muß holen Miß Vehsen von unten hinauf."

Mit gebeugtem Kopf verließ der Major den Gartenpavillon. Kaum umwehte aber die frische Luft seine Stirn, so erwachte in ihm wieder sein Mißtrauen. Lauschend blieb er an der Pavillonthür und war erst zufrieden, als Esseron nach einer Weile zur Ruhe zu gehen schien. Dann schlich er noch im Garten hin und her. Heute stand noch etwas bevor, das fühlte er, aber betrügen ließ er sich nicht. Mit geschärften Augen, lauernd wie ein Dieb, blickte er in alle Büsche und untersuchte die Schlösser an der Gartenthür und am Hausthor. Dann zündete er mit einem nie versagenden Taschenfeuerzeug von der Größe einer Cigarrentasche einen kleinen Wachsstock an und begab sich in den ersten Stock auf sein Zimmer. Hier gewann er endlich wieder das Gefühl der Überlegenheit. Unsinn! Geister! Gegen seine Einrichtungen kamen nicht einmal Diebe auf. Geister! Er zog den Schlüssel ab und überzeugte sich, daß der Läuteapparat in Ordnung war. Wenn eine unbefugte Hand die Thür zu öffnen versuchte, so gab es einen Höllenlärm, der außer dem Hause zur Nachtzeit wohl auch die Straße alarmierte.

Der Major überzeugte sich auch noch, daß das zweite, anders konstruierte Läutewerk am Chlinderbureau unversehrt war. Das war elektrisch mit Selbstschüssen verbunden. Ein Druck auf einen Knopf oder der Versuch, das Chlinderbureau ohne Kenntnis des Geheimnisses zu öffnen, und es klingelte und schoß nur so durcheinander. Es war alles wie sonst. Der Major untersuchte noch alle Winkel und Kasten. Dann ging er zur Ruhe. Umständlich genug machte er sich für die Nacht zurecht. Für jedes abgelegte Kleidungsstück war eine besondere Vorrichtung da zum Schonen oder zum Verwahren. Auf seinem Nachttisch stand ein Wasserglas, dessen schwerer Boden das Umwerfen verhinderte und eine Nachtuhr mit einem leuchtenden Zifferblatt, außerdem ein elektrischer Apparat zum Lichtmachen. Endlich lag der Major in seinem Bett, und in demselben Augenblick, da er die Augen schloß, überfiel ihn wieder die Angst um sein Kind. Wenn das alles wahr wäre? Wenn die Alten recht hätten? Das Geisterreich über uns herrschte? Wenn der Astralleib seiner seligen Frau zu dieser Stunde um ihn war, leidend, sehnsüchtig, bangend, unfähig mit ihm zu sprechen? Dem Major schauderte. Er versuchte, sich mit geschlossenen Augen seine Frau vorzustellen. Aber es gelang ihm nicht. Bald erschien sie ihm alt und welk, wie auf dem Totenbett, bald als junge Frau, schön und gut, immer heiter, immer geduldig. Ja, gut war sie gewesen, besser als er es ihr je sagen konnte. Es mochte oft schwer gewesen sein mit ihm ....

Nur wenige Minuten konnte der Major geschlafen haben, da wachte er auf. Es war ihm, als wäre jemand im Zimmer. Unsinn! Der Esseron machte ihn noch verrückt mit seinem Geschwätz von Geistern. Er wird den Esseron morgen zum Hause hinauswerfen.

Da glaubte er einen menschlichen Atem zu vernehmen und riß die Augen auf. Ganz fühlbar sträubten sich ihm die Haare, und seine Muskeln wurden gelähmt, wie von unsichtbaren Hammerschlägen. Vor ihm, kaum drei Schritt entfernt ... das war keine Täuschung, da stand der Geist seiner seligen Frau. In ihrem Hochzeitskleid, Schleier und Myrtenkranz im Haar, stand sie da.

Der Major konnte sich nicht regen. Die Ellbogen in die Kissen gestemmt, hielt er den Oberkörper aufrecht und starrte. Der Geist seiner seligen Frau bewegte sich fast geräuschlos auf ihn zu, so nahe, daß der Major die

Augen schließen mußte. Dann hörte er leise, fast stimm-los einen Hauch.

„Ernesta, noch ein Jahr.“

Wieder öffnete er die Augen. Der Geist seiner Frau ging geräuschlos nach rückwärts, als suchte er die Thür zu gewinnen. Eines klaren Gedankens war der Major nicht fähig. Es schoß ihm durch den Kopf, daß er die Erscheinung nicht verschwinden lassen, daß er sich nicht wie ein Feigling benehmen dürfe. Da, als die Gestalt schon hart an der Thür stand, in der dunklen Stube immer das Gesicht ihm zu gewandt, nahm er eine Bewegung war, als ob die Erscheinung die Thürklinke suchte. Ah! Ein Geist, der unsicher ist. Mit einem Satz war der Major aus dem Bette und drückte auf den Apparat, der das Läutewerk und die Schüsse unfehlbar in Thätig-keit setzen mußte.

„Wart'!“ schrie er außer sich und drückte und drückte noch einmal und schlug mit der Faust auf den Elfenbein-knopf. Aber kein Laut ließ sich hören. Er wandte sich um, die Erscheinung war verschwunden. Er stürzte nach der Thür, sie war fest verschlossen. Er zog an dem Draht. Kein Klingeln ließ sich hören. Alles lag still. Schwer keuchend brach der Major auf dem Teppich zusammen.

Er suchte seine Gedanken zu sammeln, aber er fand nichts. In einem so wichtigen Augenblick hatte er plötzlich wieder den Schlüssel zu seinem Gedächtnis verloren. Aber schon nach wenigen Minuten erinnerte er sich wenigstens des Vorgefallenen. Langsam erhob er sich und wankte an sein Cylinderbureau zurück. Er mußte die Sache gleich untersuchen. Noch einmal drückte er auf den Elfenbein-knopf. Da ging ein Höllenspektakel los. Drei Büchsenschüsse nacheinander krachten los, dazu klingelte es wie von zwanzig Glocken endlos, unerträglich. Er stürzte an die Thür um sie zu öffnen, ohne das Werk abzustellen, so wie ein Unbefugter sie öffnen mußte. Auch hier fing der Läuteapparat seinen Spektakel an. Vollkommen verwirrt fuhr der Major rasch in seinen Schlafrock. Schon klopfte auch Fahlke an der Thür und wimmerte, was passiert sei, und bat um Einlaß. Der Major öffnete und rief nur: „Diebe im Haus!" Alles sollte untersucht werden. Überall Licht gemacht werden. Nach wenigen Minuten kam auch Frau Kuntze die Treppe herauf und unmittelbar hinter ihr Ernesta. Jetzt erst fand der Major so viel Besinnung, um die beiden Werke abzustellen. Vor dem Hause hatten sich einige späte Nachtwandler versammelt, ein Nachtwächter erkundigte sich, was los sei. Der Major selbst lief herbei und bat, sich um nichts zu kümmern, es sei durch einen Zufall der Weckapparat in Thätigkeit gesetzt worden. Es sei nichts.

Ins Haus zurückgekehrt rief der Major aber wieder:

„Es sind Diebe im Haus. Ich habe selbst einen gesehen. Die draußen geht es nichts an. Wir werden allein fertig werden. Wo sind die anderen. Wo ist Mr. Esseron? Wo ist Karline?"

Eben kam Karline halb angekleidet aus ihrer Kammer.

Sie sei erst vor einer halben Stunde nach Hause gekommen und habe noch nicht geschlafen.

Ob sie nichts gehört habe?

„Natürlich schießen und klingeln, einen Höllenlärm."

„Aber vorher?"

„Nicht einen Ton. Und ich bin sehr graulich. Über die Treppen ist gewiß keiner gekommen. Das hätte ich auch im Schlafe gehört.“

Von Fahlke begleitet, jeder mit einem Licht in der Hand, rannte der Major von Stube zu Stube und fand nichts. Plötzlich blieb er stehen.

„Der verdammte Hallunke, der Esserton. Drauf!“ Er lief die Treppe herunter bis zum Gartenpavillon und schmetterte dort gegen die Thür.

„Aufmachen, oder ich breche die Thür auf!“

Kein Laut war zu hören. Der Major drohte den Pavillon in Brand zu stecken und den Engländer nieder=zuschießen.

„Schlafend kann er sich stellen, der betrügerische Hund! Morgen früh schaffen Sie seinen Koffer auf die Bahn, Fahlke. Mir so einen Streich zu spielen! Mir! Als ob ich ein altes Weib wäre.“

Fahlke hatte inzwischen entdeckt, daß ein Fenster nur angelehnt war. Der Engländer liebte frische Luft. Fahlke schlug vor einzusteigen. Der Major kam ihm zuvor. Mit des Dieners Hilfe kletterte er über die Brüstung und stand wenige Sekunden später neben dem Bette des schnarchen=ben Mr. Esserton. Fahlke war ihm gefolgt.

Ein Weilchen blickte der Major ganz verdutzt auf den Schlafenden. Dann rüttelte er ihn an den Schultern und schrie:

„Hören Sie auf zu schlafen. Ich habe alles entdeckt! Gestehen Sie, ich schieße Sie nieder.“

Schlaftrunken öffnete Mr. Esserton die Augen und fragte:

„What o'clock is it?"

„Ein Uhr ist's, und Schlafenszeit für alle anständigen Leute. Sie haben aber nicht geschlafen, gestehen Sie alles ein. Sie haben mir einen Streich gespielt.

Mister Esserton zog die Decke höher und sagte:

„Jetzt verstehe ich. Sie sind geregt auf, weil Sie haben gehabt manifestations. Ich habe geschlafen sehr hart, weil ich war ausgeschöpft von das Diktieren durch die Geister. Erzählen Sie."

„Ich habe nichts zu erzählen. Sprechen Sie selbst, wie haben Sie mir den Streich gespielt?"

Mister Esserton richtete sich langsam auf.

„Erst bitte ich zu antworten mir, wie Sie sind gekommen rein zu mir in mein Haus. Oh, oh, Mister Vehsen, Sie sind nicht gekommen in das Haus von einem Engländer durch die Thür. Sie sind gekommen in das Haus von einem Engländer durch das Fenster. Das ist nicht Gebrauch sich gefallen zu lassen von einem Engländer. Leben Sie wohl. Lassen Sie mich anziehen meine Kleider in der Abwesenheit von Ihnen und Ihrem Diener, und ich will verlassen Ihr Haus, weil Sie es nicht haben geachtet als meines."

Der Major suchte nach Worten. Fahlke selbst blickte seinen Herrn vorwurfsvoll an. Esserton wurde lebhafter.

„Lassen Sie mich allein anzuziehen meine Kleider."

„Ich will Sie um Verzeihung bitten, Esserton, wenn ich zu mir gekommen bin. Jetzt muß ich Sie sprechen. Gehen Sie, Fahlke. Verlassen Sie den Pavillon durch die Thür. Legen Sie sich nicht schlafen, ich brauche Sie noch."

Als der Major mit dem Engländer allein war, faßte er ängstlich nach seiner Hand.

„Helfen Sie mir! Retten Sie uns! Sie war bei mir."

„Das ist sehr interesting für mich. Sie haben gehabt eine wirkliche Erscheinung?"

„In ihrem Brautstaat ist sie mir erschienen. Leibhaftig. Ich konnte sie mit Händen greifen. Es ist alles wahr."

„Mr. Vehsen, haben Sie auch überlegt, ob Sie sind nicht worden betrogen von Ihre Einbildungskraft. Sie sind gewesen sehr aufgeregt durch den Brief."

„Nein, Mr. Esseron. So leibhaft habe ich sie gesehen, ihren Atem gehört und ihre Stimme, daß die Erscheinung da war, oder ich war wahnsinnig."

„Das ist mir sehr lieb zu hören, Mr. Vehsen. Jetzt lassen Sie mich schlafen und schlafen auch Sie wohl. Morgen früh werden Sie mir berichten genau, und wir wollen urteilen über den Fall."

„Machen Sie mich nicht toll, Esseron: eine Erklärung will ich. Verzeihen Sie mir den Einbruch und mein Mißtrauen. Stellen Sie sich nur vor: es giebt also jenseits unseres Verstandes eine Macht, welche im Stande ist, die elektrische Kraft aufzuheben."

„Oh ja, Mr. Vehsen. Das ist für die spirits dasselbe; wenn Geister können bringen durch Wände, so können sie auch aufheben die Elektrizität."

„Nein, Esseron, das ist mehr. Ich bin der Lösung auf der Spur. Die Elektrizität, welche alles erklären wird, wird auch das jenseitige Leben erklären. Wir wollen

experimentieren, wir wollen unterſuchen, wie die Anweſen=
heit von Geiſtern auf elektriſche Ströme wirkt.“

„Das iſt ein ſehr guter Einfall. Wir wollen experi=
mentieren, wenn wir haben ausgeſchlafen.“

„Haben Sie denn kein Herz, Eſſexon? So helfen Sie
mir doch.“

„So gehen Sie hinaus, Mr. Vehſen, aus meinem
Haus. Ich will anlegen meine Kleider und Ihnen helfen.“

„Laſſen Sie mich nicht lange warten,“ rief der Major
und eilte in den Garten. Dort, als er das dumme Geſicht
von Fahlke ſah, kamen wieder die Zweifel über ihn. Er
lief in die Villa zurück, ließ überall Licht machen und
fing an, ſeine elektriſchen Einrichtungen genau zu beſich=
tigen. Aber es half nichts. Alles war in gutem Stande
und für das Ausbleiben des Werkes keine Erklärung
möglich. Die vier Elemente der Batterie waren in Ord=
nung. Nur als er den Batteriekaſten öffnen wollte, gab
das Schloß nicht gleich nach. Nun ja, es war ſeit Jahr
und Tag nicht benutzt worden. Plötzlich ging ihm ein
neuer, lichter Gedanke durch den Kopf. Erneſta und
Frau Kuntze mußten heraufkommen. Ob ſie wüßten, was
aus dem Brautkleid der ſeligen Frau geworden wäre.

Erneſta flehte den Papa an, ſich zu beruhigen. Es
wäre gewiß kein Dieb im Hauſe, und er habe gewiß nur
ſchwer geträumt.

„Das Brautkleid! Weißt du nichts vom Brautkleid
der Mutter?“

Als Kind habe ſie es einmal geſehen, bei der Über=
ſiedelung nach Berlin, weiter wiſſe ſie nichts davon.

Frau Kuntze konnte ſich noch auf etwas anderes be=

sinnen. In einer alten Kommode, die in der Rumpel=
kammer neben Karlinens Schlafzimmer stand, habe die
gnädige Frau viele Erinnerungen aus der Mädchenzeit
aufbewahrt. Wahrscheinlich auch das Brautkleid.

Licht! Und der Major stürmte in die Rumpel=
kammer. In der Thür blieb er stehen. Fahlke sollte
allein mit ihm hineintreten und alles genau untersuchen.
Nichts überstürzen. Wie bei einem Morde sollte auf
jede Spur geachtet werden.

Da war aber keine Spur zu entdecken. Höchstens,
daß die Kommode nicht so verstaubt war wie die andern
alten Sachen, die da herumstanden. Fahlke machte zuerst
darauf aufmerksam, daß die unterste Schublade frei war
von Staub, wenigstens außen um den Griff herum war
der Staub abgewischt.

„Sie sind ein Narr. Wenn Geister sich materiali=
sieren können und Kleider aus der Zeit ihres Erdendaseins
anziehen, so wischen sie eben auch den Staub ab. Sie
sind ein Narr.“

Die unterste Schublade wurde zuerst untersucht. Sie
war fast leer. Nur eine Menge getrockneter Blumen,
kleine Pakete von Briefen lagen umher. Der Major er=
kannte in zwei Paketen seine eigene Handschrift. Die
Sachen mußten bis vor kurzem vor Staub geschützt ge=
wesen sein. Ein alter von Staub zerfressener Leinwand=
überzug lag in der Ecke.

Die beiden andern Schubladen waren bis an den
Rand gefüllt mit Lappen und Bändern, alter Wäsche und
den Kinderkleidchen und Puppen Ernestas. Der Major
blieb sinnend davor stehen.

Da erschien Mr. Esseron.

„Wir haben das saubere Gespenst!" rief der Major ihm heftig entgegen. „Sehen Sie nur selbst. In der untersten Schublade muß das Brautkleid gelegen haben. Ganz vor kurzem muß es gestohlen worden sein. Um den Griff herum war der Staub abgewischt. Nicht wahr, Fahlke? Mit solchen Mitteln wagt man es, mich betrügen zu wollen, einen Mann der Wissenschaft."

„Ich habe nicht gesehen die Erscheinung. Es kann wohl sein ein Dieb, wie Mr. Vehsen sagen. Aber ich lege keinen Wert auf das Staubwischen. Wenn ein spirit hat sich materialisiert und nimmt mit materialisierten Händen ein Kleid aus einem Fach, so kann er wischen ab den Staub mit seinen materialisierten Händen."

„Das ist Unsinn. Auf solche Erklärung kann nur ein Spiritist kommen. Wir haben den Diebstahl und wir werden gleich den Dieb haben. An Ernesta ist nicht zu denken. Fahlke ist treu wie Gold, Frau Kuntze, Unsinn. Die ist zu dick. Sie hat fest geschlafen. Es war also Karline. Fahlke bringen Sie sie mir in mein Zimmer. Nein, Fahlke, nein! Fahlke ist in die Person verliebt. Fahlke wäre im stande ihr herauszuhelfen. Halts Maul, Fahlke. Das verstehn Sie nicht, ich weiß, Sie sind treu. Aber wenn man verliebt ist, so hört eben alles auf. Esseron, Sie bringen die Person auf mein Zimmer zum Verhör."

Schwer atmend ging der Major auf seine Stube und setzte sich dort in seinen Arbeitsstuhl nieder. „Fahlke," sagte er, „in dieser Nacht wird es sich entscheiden. Sie sind ein Esel und glauben alles. Ich bin ein Gelehrter und mißtrauisch von Natur. Wenn ich heute Nacht zu der Überzeugung komme, daß es Geister giebt, dann dürfen Sie getrost alles glauben. Sind wir aber betrogen worden, so wollen wir reinen Tisch machen mit all dem Blödsinn."

Er mußte lange warten. Schon fuhr er auf, um selbst nach den Säumigen zu sehen, da öffnete sich die Thür, und Esseron zerrte Karline herein. Das Mädchen war noch im Unterrock und hatte nur eine Jacke übergeworfen. Fahlke blickte vorwurfsvoll auf seinen Herrn. Das lustige Ding war nicht wieder zu erkennen. Sie sah noch weit verstörter aus als vorhin, und jeder Troß war aus ihren Augen gewichen. Sie warf sich dem Major zu Füßen und bat um Gnade.

„Sie gestehen also alles ein?"

„Alles, ich fürchte mich so sehr."

„Schnell denn, wie sind Sie in mein Zimmer gekommen?"

„Wann denn? Jetzt eben nach Mitternacht? Herr Major bei meiner Seligkeit, das ist ja zum Verrücktwerden, ich war nicht auf Ihrem Zimmer."

„Was wollen Sie denn eingestehen?"

„Das mit dem Brautkleid der seligen Frau."

„Was ist damit? Esseron, passen Sie auf. Wir erleben eine Überraschung."

„Gnade, Herr Major. Ich hatte im ganzen Hause herumgekramt, wie das meine Gewohnheit ist und dabei das alte Brautkleid gefunden. Wie ich es damals in die Hand nahm, hatte ich so etwas wie ein Kribbeln oder ein Klopfen. Aber ich beachtete es nicht. Gestern Abend nun nahm ich es aus der Kommode, um es für meinen

Maskenball anzuziehen. Oh, ich bin furchtbar gestraft. Das Kleid hat meinen Taillenumfang. Ich zieh's kaum bei meiner Freundin an, da preßt es mich zusammen immer stärker, immer stärker, daß ich es rasch wieder ausziehen muß. Ich thu' es also wieder zusammen und mach' das Fest ohne Brautkleid mit. Um Mitternacht komme ich nach Hause. Ich seh mir das Kleid noch einmal an, um nachzusehen, warum es so drückt, wenn es meine Taillenweite hat. Da fängt es auf einmal zu leuchten an, wissen Sie, Herr Major, wie wenn man im Dunkeln mit dem Streichholz über die Wände fährt, und es will nicht brennen. Ich will schon Feuer schreien, da auf einmal giebt es mir einen Schlag, daß ich rückwärts auf mein Bett falle. Aber keinen Schlag wie eine Ohrfeige oder so. Nein — von innen hinaus einen Schlag, der Hände und Füße zugleich trifft, und das Kleid ist fort. Ich möchte darauf schwören, mitten durch die Wand. Die Stelle kann ich Ihnen noch zeigen, bei meiner Seligkeit."

Der Major erhob sich schwerfällig. Von Esseron und Fahlke begleitet, betrat er Karolinens Stube. Er ließ sich die Stelle zeigen, wo das Kleid geleuchtet hatte, und wo es durch die Wand gefahren war. Dann nickte er sorgenvoll mit dem Kopf und fragte wie jemand, der die Antwort voraus weiß:

„Und wann bekamen Sie einen Schlag von innen heraus?"

„Höchstens zehn Minuten ...."

„Bevor der Weckapparat läutete, nicht wahr? Ich wußte es."

Schwerfällig kehrte der Major mit Esseron und Fahlke auf sein Zimmer zurück. Dort ging er ruhig einige Mal auf und nieder und sagte endlich lächend:

„Fahlke, in Ihrer Einfalt haben Sie das Rechte geglaubt. Es giebt eine Verbindung mit den seligen Geistern. Die Sache ist ganz klar. Es ist eine andere Erscheinungsform der wohlbekannten Elektrizität."

Er unterbrach sich und lief nach der Thür.

„Karline," rief er hinaus, „wissen Sie, was Elektrizität ist? Kennen Sie das Gesetz dieser Kraft?"

„Keine Ahnung, Herr Major."

Lächelnd schloß der Major die Thür.

„Ich habe es gewußt, Karline ist nicht verantwortlich zu machen. Natürlich dulde ich sie nicht länger in meinem Hause."

Esseron hob ärgerlich die Augen, und Fahlke faltete die Hände.

„Nein, sie hat das Brautkleid meiner Frau angerührt. Sie muß noch heute mein Haus verlassen. Ich werde mit Ernesta reden. Halts Maul, Fahlke! Ich schwöre, daß Karline heute noch mein Haus verläßt. Ich habe genug an Einem Medium. Es wäre grauenhaft, diese unheimlichen Kräfte unkontrollierbar um mich zu wissen. Hinaus mit ihr."

Der Major war heftig geworden. Dann wandte er sich wieder ruhig an Esseron.

„Die Sache ist ganz klar. Der elektrische Stoff, der in meinen Batterien angesammelt war, ist von der unbekannten Macht in dem entscheidenden Augenblick nach der Stube des Mädchens abgeleitet worden. Dort verdichtete sich meine Elektrizität in Lichterscheinungen, elektrische Schläge und in das noch unaufgeklärte Durchdringen der Materie. Ich bin vollkommen ruhig und werde mich schlafen legen. Gute Nacht, Mr. Efferon. Wir fangen morgen zu experimentieren an."

„Gute Nacht, Mister Vehsen, ich will vergessen, daß Sie haben beleidigt mein Haus, daß Sie haben gestört meinen Schlaf. Diese Stunde ist für mich sehr wundervoll. Gute Nacht, Mister Vehsen."

„Gute Nacht, Fahlke. Sagen Sie meiner Tochter und Frau Kuntze, daß alles aufgeklärt ist, und daß ich morgen früh meine Bestimmungen wegen Karline treffen werde. Legen Sie sich ruhig schlafen."

Am nächsten Morgen erfuhr Ernesta vom Papa, Karline habe aus Putzsucht das Brautkleid der Mutter gestohlen. Sie müsse auf der Stelle entlassen werden. Er wünsche aber keine Anzeige und auch sonst keine Strafe. Ernesta solle ihr reichlich Geld geben.

Ernesta war so entrüstet, daß sie das Mädchen nicht mehr sehen wollte. Karline ließ aber durch Frau Kuntze so inständig bitten, daß sie zum Abieusagen vorgelassen wurde. Das Mädchen war anständig angezogen und hatte wirkliche Thränen in den Augen. Sie dankte dem gnädigen Fräulein für alle bewiesene Güte und bat für ihr Unrecht um Verzeihung. Es lag in dem Ton ihrer Stimme so etwas Überlegenes, Selbständiges, etwas ganz anderes, als der Kummer eines entlassenen Dienstmädchens. Schon fürchtete Ernesta, sie hätte das Geldgeschenk zu reich bemessen.

„Lassen Sie es sich gut gehen," sagte sie freundlich

und reichte dem Mädchen die Hand. „Ich verzeihe Ihnen von Herzen. Sie sind lustig, und das gefällt mir an Ihnen. Lassen Sie es sich gut gehen. Oder wollen Sie mir noch etwas sagen?"

„Sie waren immer so gut zu mir, Fräulein. Sie sind überhaupt viel zu gut. In dem Brief..."

Mister Esseron trat in diesem Augenblick herein.

„Mister Vehsen läßt dem gnädigen Fräulein sagen, daß das Fräulein keine Unterhaltung führen soll mit dem Mädchen."

Und mit einem unerbittlich strengen Blick, in dem etwas wie Drohung lag, wies Mister Esseron Karline zur Thür hinaus. Er sah, daß das dem Fräulein auffiel. Darum sagte er, kaum daß Karline die Thür geschlossen hatte.

„Verzeihung, Miß Vehsen, daß ich mir habe erlaubt einzudringen in den Raum von so viel Heiligkeit. Mister Vehsen hat mich geschickt, und ich bin gewesen äußerst zornig über das Geschöpf, das sich hat vergangen an der Reliquie — sagt man Reliquie? einer so edlen Frau."

„Ich danke Ihnen, Mister Esseron, Sie hatten recht."

III

Ein Hilferuf

Wenn Mr. Esseron aus tiefster Seele an die Wunder seines Geisterverkehrs glaubte, so zeigte er eine achtbare Geduld gegen die Launen des Majors. Denn auch jetzt noch, nach der großen Erscheinung, hatte dieser Rückfälle in sein altes Mißtrauen und wurde dann heftig und ungeduldig gegen den Spiritisten. War es Mr. Esseron aber darum zu thun, aus irgend welchen Gründen Einfluß in der Villa zu gewinnen, so war seine Handlungsweise klug genug. Er setzte allen Zweifeln des Majors vollkommene Ruhe und bei Gelegenheit auch Humor entgegen. Im Interesse der neuen Wissenschaft war er mit dessen Begeisterung ebenso zufrieden, wie mit der Skepsis. Wurde der Geisterverkehr durch die experimentelle Methode des Majors exakt bewiesen, so war das eine epochemachende Stärkung des Spiritismus, und wurde irgend ein betrügerisches Medium entlarvt, so mußte ein ehrlicher Spiritist sich auch darüber freuen.

Der Major kaufte jetzt neue Maschinen, mit denen

er exakt arbeiten konnte. Er hatte seinen Einfall aus der Gespensternacht nicht vergessen. Nur die Elektrizität war im stande, die Anwesenheit von seligen Geistern so nachzuweisen, daß künftighin die in einer Stube vorhandene Geisterkraft gemessen werden konnte, wie die Feuchtigkeit oder der Luftdruck oder die Wärme. Er schaffte zwei überaus unempfindliche Elektrizitätsmesser an und war nun wochenlang vollauf damit beschäftigt, des Abends in seinen Sitzungen mit Essexon die Geisterkraft zu messen und tagsüber die Ergebnisse zu sammeln, zu ordnen und zu summieren.

Die Ergebnisse waren erstaunlich. Wenn Mr. Essexon in seinem Traumzustand, im sogenannten trance, das Elektrometer berührte — berühren allerdings mußte er ihn —, so zeigte das Instrument oft merkwürdige Schwingungen. Keine Frage, wenn Essexon im trance war, so war auch elektrische Kraft in ihm. Der Major zeigte jetzt einen Eifer wie ein junger Forscher, der einem neuen großen Naturgesetz auf der Spur ist. Nur einmal, als das Elektrometer plötzlich eine Abirrung zeigte, wie bei der Berührung von vier Elementen, und dabei zum ersten Mal ein Lächeln über Essexons Züge flog, da faßte der Major den Engländer beim Kragen, schüttelte ihn und stellte die Forderung, Essexon müßte sich auf der Stelle untersuchen lassen.

Essexon stellte sich in Boxerstellung auf und schwur unter gemeinen englischen Flüchen, das Haus zu verlassen, in dem er so beleidigt würde. Man trennte sich erzürnt, ohne auch nur die unerhörte Abirrung notiert zu haben.

Am nächsten Morgen bat der Major um Entschuldigung, und Mr. Efferon ließ sich darauf freiwillig alle Taschen untersuchen. Auch am Leibe trug er keinerlei Metall und nichts, was einem elektrischen Elemente ähnlich sah. Er war durch die Verletzung seiner Ehre aber so verstimmt, daß er in diesem Zustande auch nicht die leiseste Elektrizität besaß.

An den Tagen des Glaubens und der stätigen Arbeit war der Major zurückhaltend in seinen Geldopfern. Er hielt dann die neue Wissenschaft allerdings für den wichtigsten Zweig der Gesamtwissenschaft, deren Darstellung sein Lebensziel war, aber er wollte ihr nicht mehr widmen als andern Disziplinen, seinen Kopf und seine Zeit. An den skeptischen Tagen aber konnte Efferon von dem Major verlangen, was er wollte; dann wurde dieser zum Verschwender. Seine preußischen Grundstücke und alle seine preußischen Staatspapiere hätte er hergegeben, um sich durch eine große Entlarvung von seinem eigenen Glauben an den Spiritismus befreien zu können. An solchen Tagen war dann Mr. Efferon gewöhnlich selber skeptisch, und zwei Mal fuhr der Major mit ihm zum Notar, um mit seiner Hilfe neue Hypotheken aufzunehmen.

Dabei war das Leben in der Villa stiller als früher; Mr. Efferon hatte offenbar ein Interesse daran, den Major von seinen übrigen spiritistischen Freunden zu trennen. Er ging so weit, seinen Freund vor einigen der Herren zu warnen. Man könne in einer so neuen Sache nicht vorsichtig genug sein. Es dränge sich zu viel Gesindel heran, wenn man sich irgend wo ohne Arbeit satt essen könne.

Der Major blickte den Engländer bei solchen Reden

durchbohrend an. Es war richtig, Efferon verzog keine Miene. Aber der Major hatte nicht den Plan, sich diesem Fremden, der von ihm lebte, allein anzuvertrauen. Es wurde unter den ständigen Besuchern des Gartenpavillons eine Sichtung vorgenommen und diejenigen festgehalten, die sich durch einen höheren Bildungsgrad hervorthaten. Ein spiritistischer Portraitmaler und ein pensionierter Gymnasiallehrer, der den Professortitel tragen durfte, waren eifrige Teilnehmer und durften jeden Sonntag Abend erscheinen. Noch häufiger stellte sich der Redakteur der „Spiritisten-Leuchte" ein. Doktor Karl August Runge, der eigentlich seines Zeichens Kommis in einem Wirkwarengeschäft gewesen war, sich dann als Agent für wollene Normalhemden selbständig gemacht hatte und nun in diesem Handel und in einer eifrigen Agitationsthätigkeit für Spiritismus, Wollregime und vegetarische Lebensweise seine Nahrung fand. Der Doktor Runge schrieb sein Blatt im Notfall selbst. Gewöhnlich aber gaben ihm seine Genossen und Kunden Beiträge, ihre eigenen Erfahrungen im Wollregime, im Spiritismus und in der vegetarischen Lebensweise. Der Major, dem die „Spiritisten-Leuchte" als der albernste Wisch erschien, der jemals die Druckerpresse mißbraucht hatte, unterhandelte viel mit dem Redakteur, weil er das Blatt durch seine wissenschaftlichen Beiträge über Elektrizität und den Spiritismus heben wollte. Der Major hatte von den Spiritisten niemand so lieb wie diesen Doktor Runge. Der Maler war eitel auf seine Kunst, der Professor dünkelhaft und eigensinnig. Nur Doktor Runge sah zum Major mit der schuldigen Achtung auf. Über sein dickes, rotes Gesicht lachend, ließ er sein Blatt einen Wisch nennen und sich selbst einen Ignoranten. Zu den Intimen gehörten ferner zwei Studenten der Theologie, die der Major von irgend einem der eingegangenen Vereine übernommen hatte. Sie tranken an den Sonntagabenden sehr viel Bier und waren hysterisch. Mitunter kam es nämlich vor, daß einer von ihnen plötzlich in die ernsteste Sitzung hinein brüllte wie im Lachkrampf; dann wurde der andere regelmäßig von dem Krampf angesteckt.

Auch ein schlichter Mann aus dem Volke, ein ungebildeter, aber sehr strebsamer Barbier gehörte zu dem neueren, engeren Kreise. Er war des Majors Barbier aus der Zeit, da er sich noch nicht mit einem der neuen selbthätigen Rasiermesser behandelte. Früher hatte er sich jeden Morgen mit dem Mann unterhalten, der ihm Geistergeschichten und Wirkungen in die Ferne berichtete, alles selbst erlebt. Seitdem der Major und Fahlke seiner Hilfe nicht mehr bedurften und schlecht rasiert umhergingen, begann dem Major die Unterhaltung des einfachen Mannes zu fehlen. Außerdem war an den neuen Messern mit den verdeckten Klingen etwas nicht in Ordnung. Sie schnitten nicht, aber sie nahmen auch den Bart nicht immer fort. Mit Hilfe des fachmännischen Barbiers wollte der Major nun ein neues Instrument erfinden, das sowohl rasieren als Haarschneiden konnte. Es kam nicht zu Stande, aber der Barbier machte sich mit der Zeit immer unentbehrlicher und wurde von den vorurteilslosen Spiritisten gern geduldet.

Zu einem der wichtigsten Mitglieder wurde nach der Gespenstererscheinung auch Fahlke. Bis zu diesem Tage hatte der Major den Diener nicht ernst genommen und nie geduldet, daß Fahlke ihm antwortete, wenn er über seine wissenschaftlichen Bestrebungen mit ihm sprach. Was Fahlke über die Geister dachte, blieb zwar auch jetzt esel= haft dumm; aber man konnte nicht leugnen, daß er in seiner Einfalt oft die einzig richtige Erklärung gab.

Gegen den Herbst hin war die neue Ordnung des Hauses fest geworden, und Mr. Esseron fühlte sich so sicher, daß er ernsthaft daran ging, die vegetarische Lebens= weise in der Villa obligatorisch durchzuführen.

Bisher hatte der Major noch häufig sein Stückchen Fleisch gegessen und seinen Schoppen leichten Weins dazu getrunken. Jetzt ging Esseron schnell und rücksichtslos auf sein Ziel los, die Familie, die er liebte, zu den Ge= wohnheiten der Inder und mancher Urchristen zu bekehren.

Der Major sollte, das war sein ewiger Reim, nichts unversucht lassen, was ihn mit dem Geiste seiner seligen Frau in Verkehr bringen könnte. War die Drohung ernst zu nehmen, daß die selige Majorin Ernesta binnen Jahres= frist zu sich in Jenseits holen würde, wenn sie auf Erden nicht mit ihr verkehren konnte, so war wirklich der Ver= zicht auf Fleischgenuß das kleinste Opfer. Das konnte wohl eine Tochter von ihrem Vater verlangen. Vielleicht wurden der Major und seine Tochter durch fortgesetzte Pflanzennahrung so vergeistigt, daß sie reif wurden für direkten Geisterverkehr. Dann hatte die Selige, was sie brauchte, der Major behielt sein geliebtes Töchterchen und genoß außerdem alle schaurigen Seligkeiten spiritistischer Unterhaltungen. Dann konnte der arme und unstäte Mr. Esseron den Staub von seinen Sohlen schütteln, und niemand im Hause würde ihn vermiſſen, niemand würde ihm eine Thräne nachweinen.

Der Major widerſprach gar nicht. Er geſtand ohne Zögern ein, daß ihm ſein Hausgenoſſe verdächtig ſei und empfand es nur als eine Quälerei, wenn Mr. Eſſexon täglich aufs neue und unbeirrt von dem Widerſtreben des Majors auf die Drohungen der ſeligen Frau zurück= kam. Ja, der Gedanke, ſein liebes Kind zu verlieren, hatte den Major furchtbar erſchreckt. Aber dann hatte er ſich vorgenommen, nicht mehr an die verrückte Geſchichte zu denken. Er war der elektriſchen Wirkung der Geiſter auf der Spur und hätte gern den Anlaß vergeſſen, der ihn zu dieſen Studien führte. Doch Eſſexon war un= erbittlich. Täglich brachte er ihm die Worte der Seligen in Erinnerung, täglich las er ihm den letzten Brief aus dem Jenſeits vor, bald gläubig und mit gräßlicher Aus= malung der Leiden eines ſeligen Geiſtes, der ſeine Sphäre mit der Sphäre ſeines Kindes vereinigen will und durch die Skepſis des lebendigen Mannes an der Durch= dringung der Sphäre verhindert wird, mit entſetzlichen Phantaſien über die Möglichkeiten, die einem ſeligen Geiſte zur Vernichtung eines irdiſchen Menſchenkindes zu Gebote ſtänden, mit Erzählungen über nachgewieſene, aktenmäßig beglaubigte Fälle, in denen liebebrünſtige Mütter ihren Kindern das Leben ausſaugten in qualvoller Sehnſucht. Dann wieder las Eſſexon den Brief ſelber ſkeptiſch und mit wiſſenſchaftlicher Prüfung. Am Ende war er wirklich nur hyſteriſch und hellſeheriſch, etwa wie die Seherin von Prevorſt, und hatte den merkwürdigen Brief nicht unter dem Diktat der Seligen geſchrieben, ſondern mehr gewissermaßen als ihr irdischer Mund. Dann war die Stimmung des Briefes echt und der Ausdruck von Sehnsucht, aber der Wortlaut war nicht authentisch, die Drohung vielleicht nur symbolisch zu nehmen und nicht Silbe für Silbe. Oder gar, den Brief hatte mit seiner Hand nicht die Selige selbst geschrieben, sondern irgend ein boshafter Kobold aus dem Jenseits. Es war nicht zu leugnen, es gab boshafte Kobolde im Jenseits, da doch auch die Seelen von Hallunken unsterblich seien. Das alles wäre ja ganz natürlich. Dann aber würde der Major vielleicht ohne Grund gequält. Freilich, die Erscheinung der Seligen könnte nicht geleugnet werden. Die Form anderer und namentlich guter Geister anzunehmen, war den boshaften Kobolden nicht gestattet. Das wußte Mr. Esseron, das konnte sich doch ein Mann, wie der Major, an den fünf Fingern abzählen. Da das nicht möglich war, blieb also die Erscheinung der seligen Frau als Beweis dafür, daß der letzte Brief echt war. Aber diese Erscheinung mußte sich wiederholen, damit man ordentlich fragen konnte, damit man ihre Wünsche hören und erfüllen konnte. Mr. Esseron stellte seine bescheidenen Kräfte herzlich gern zur Verfügung. Und besser war es doch, wenn der Major selbst sich bis zur Mediumschaft vergeistigte. Also: nicht morden, d. h. kein Fleisch essen und keine Völlerei treiben, d. h. auf seinen Schoppen Mosel verzichten.

Mit einem jener festen Entschlüsse, mit denen der alte Militär gegen sich und andere erbarmungslos streng sein konnte, erklärte der Major eines Tages seinem ganzen Hause, Mord und Völlerei werde er nicht länger dulden, von heute ab müsse gewissenhaft vegetarische Lebensweise

eingeführt werden. Mr. Esseron hatte einige Bücher ein=
gekauft, und der Major verteilte sie nach einer kurzen
Ansprache. Ernesta erhielt ein populärwissenschaftliches
Handbuch über die menschliche Ernährung, Ethik und
vegetarische Lebensweise. Frau Kuntze bekam ein vege=
tarisches Kochbuch, nach dessen Vorschriften sie sich genau
zu richten hatte; Fahlke brauchte nicht zu studieren, er
sollte nur aus einem kleinen vegetarischen Gesangbuch an
Tagen der Schwäche und des Kleinmuts neue Kraft
schöpfen, in der Vergeistigung seiner Person fortzufahren.
Er könnte damit dem Major noch einmal ungeahnte
Dienste erweisen.

Fahlke nahm das kleine, grüngebundene Gesangbuch
dankbar entgegen. Er las noch in derselben Stunde zwei
Lieder durch und lernte sie dann heimlich im Garten
nach ihren bekannten Melodieen singen, aber er hatte
eine solche Aufmunterung nicht nötig. Seitdem er sich
von Geistern umgeben wußte, war er eine beschauliche
Natur geworden und dachte mehr an das Leben nach
dem Tode als an Speise und Trank. In seiner Jugend
hatte er es erlebt, daß einer seiner Spielkameraden
studieren durfte, und schließlich wurde der Schneidersohn
wirklich Pastor. Pastor zu werden, so viel vom Leben
und von Gott zu wissen, wie ein Pastor, das schien dem
guten Fahlke ein stolzer, fast ein sündhafter Gedanke.
Ebenso gut konnte ein Offiziersbursche daran denken, König
zu werden. Na, und jetzt durch die Güte des Majors
und durch die Gnade Gottes verkehrte Fahlke mit Geistern.
Das war noch mehr als König und Pastor. Da kam
es auf ein bißchen Gemüseessen nicht an. Und je schwerer

es ihm wurde, auf seine gewohnte Kost zu verzichten,
desto wertvoller wurde ihm der so schwer erkaufte Geisterverkehr. Das Gesangbuch für Vegetarier wurde ihm täglich lieber, und kam wirklich einmal eine schwache Stunde
über ihn, so sagte er sich in seinem schönsten hannöverschen
Dialekt die Verse des Vorworts auf:

> „Ich bin kein Wolf und fletsche nicht die Zähne,
> Wenn ich ein Lämmlein auf der Weide seh,
> Auch gleich ich, Gott sei Dank, nicht der Hyäne,
> Denn schwach ist ihre Menschlichkeitsidee.
>
> Der Tiger und die andern Ungeheuer,
> Die fühlen sich beim blut'gen Mahle wohl,
> Für sie giebt's Käse, Butter, Fleisch und Eier.
> Ich bin ein Mensch und baue meinen Kohl.
>
> Der Schöpfer gab uns Obst und saure Bohnen,
> Und für den Schlecker gab er Apfelreis.
> Drum sollen wir der guten Tierlein schonen,
> Die Milch nicht fordern von der Kuh, der Geiß.
>
> Wer deren Blut vergießet ohne Beben,
> Der tötet auch den Bruder, so er ficht.
> Wer nie kein Beefsteak aß in seinem Leben,
> Wird auch sein Lebelang kein Mörder nicht.

Fahlke erwies sich als ein Schatz auch für das
vegetarische Leben im Hause. Wie er den skeptischen
Major oft durch seinen einfältigen Glauben zur Vernunft brachte, so gab er ihm auch im Ertragen der Ent-
behrungen ein gutes Beispiel. Und in den neuen Grundsätzen war Fahlke strenger als irgend ein anderer im
Hause. Der Major mußte, das setzte Ernesta durch, hie

und da ein Ei essen, um nicht zu sehr von Kräften zu
kommen. Fräulein Ernesta zählte nicht mit, weil sie
doch nur alles dem Vater zu Liebe that, ohne Überzeugung, ohne Glauben. Das arme Kind. Mr. Esseron
kam selbst mitunter aus der Stadt zurück, na Fahlke
klatschte nie, aber Milch hatte der in der Stadt nicht
getrunken, und Himbeerlimonade auch nicht. Aber selbst
der argen Versucherin Frau Kuntze widerstand Fahlke.
Er verriet auch sie nicht, verriet nicht, daß Frau Kuntze
in der Vorratskammer jederzeit kaltes Fleisch und Bier
aufbewahrte. Aber berühren that er diese Sachen nicht.
Wußte sie ihn doch hineinzulocken, so dachte er an sein
Gesangbuch und an den Geist der Seligen und begnügte
sich dann mit dem Dufte des Bratens und mit dem Anblick der Flaschen.

Frau Kuntze war jedesfalls am zufriedensten. Sie
legte vom Wirtschaftsgeld zurück und brachte dafür gutmütig mehr als einmal ein Gericht auf den Tisch, das
Mr. Esseron verboten hatte. Aber der Major that auch
hier Machtsprüche, und so schlichen sich allmählich in den
vegetarischen Speisezettel der Villa Kalbshirn und Hühnerfrikassee an bestimmten Tagen als richtige vegetarische
Gerichte ein. Das sei kein Fleisch, erklärte der Major,
und dabei blieb es.

Im spiritistischen Kränzchen war man mit dem
wachsenden Einfluß von Mr. Esseron nicht recht zufrieden. Nur der Maler und der Barbier waren Vegetarier, und sie hatten darin jeder einen Glauben für
sich. Der Barbier hielt Bier für erlaubt, der Maler
Champagner, weil das doch mehr Ähnlichkeit mit Selter-

wasser als mit Wein habe. Die beiden Studenten der Theologie drohten fortzubleiben, wenn ihnen das Bier entzogen würde, und sie setzten ihren Willen durch zum großen Schmerz von Fahlke. Gerade an sie glaubte Fahlke wie sonst nur noch an seinen Major. Hatte er doch in Erfahrung gebracht, daß einer der Beiden Mitarbeiter am vegetarischen Gesangbuch war. Und solche Leute tranken Bier wie er selbst im irdischen Stande seiner Fleischeslust.

Das alles wäre nun gar nicht verwunderlich und ganz in Ordnung gewesen, und Ernesta hätte es hingenommen wie andere Launen ihres guten Papas, wenn der Major nur nicht sichtlich an Kräften verloren hätte unter der neuen Lebensweise. Es war ihm freilich äußerlich nicht viel anzumerken. Seine Haltung und seine Gesichtsfarbe blieben unverändert, aber er aß nicht viel von den geringen Speisen, und seine Nervosität verschlimmerte sich von Monat zu Monat. Ernesta wußte, was ihre Mama unter der Heftigkeit Papas zu leiden gehabt hatte und nahm es nicht allzu schwer, wenn er jetzt mit ihr ohne Grund zankte, und ihr seine Unzufriedenheit auch in Gegenwart von Fahlke zu erkennen gab. Das schadete ihr wohl nicht in Fahlkes Augen, und um die Gegenwart von Mr. Esseron kümmerte sie sich schon gar nicht. Aber Papa führte jetzt so absonderliche Reden. Daß sie Pflichten hätte gegen ihn. Höhere Pflichten, als die für seine Wäsche zu sorgen. Daß sie ein liebloses Kind wäre, nicht nur gegen ihn, sondern auch gegen seine verstorbene Frau, daß sie gar keine Sehnsucht nach der verstorbenen Mutter hätte. Was wußte Papa von ihrer Sehnsucht!

Wenn er aber noch so hart wurde in seinen Vorwürfen, sie ließ es sich dennoch nicht merken, wie ihr einziger Gedanke im Wachen und im Traum die Sehnsucht nach Mama war, die gestorben war, und sie allein zurück= gelassen hatte mit einer Aufgabe, der sie sich bald nicht mehr gewachsen fühlte, den guten und unglücklichen Papa zu pflegen und ihm Mama nach Kräften zu ersetzen.

In solcher Stimmung hatte sie den Winter ver= bracht, in solcher Stimmung übte sie Wohlthätigkeit gegen ihre Gesanglehrerin, und so hatte sie im Frühjahr die Bekanntschaft mit ihrem Vetter erneuert und sie bis zu seiner Werbung festgehalten. Es war ihr ganz klar, daß sie sich in den jungen Assessor, den einzigen richtigen Herrn, den sie außer ihrem Papa kannte, ein bißchen verliebt hätte. Nun ja, ein bißchen stark. Gerade genug, um bestimmt darauf zu rechnen, daß sie ihn treffen würde, um während der Gesangstunde nur an ihn zu denken, um überhaupt für und mit ihm zu leben, so= bald sie die Villa verließ und bis zu dem Augenblick, da sie wieder zum Vater zurückkehrte. Dann freilich war es vorbei mit der goldenen Träumerei. Am Gitter= thor der Villa empfingen sie ihre Pflichten. Der Assessor blieb draußen und mochte sehen, wie er fertig wurde. Kein Gedanke an ihn durfte sie in der Pflege ihres Papas stören. Höchstens des Morgens beim Aufwachen durfte sie ja wohl fragen, ob sie ihn heute wieder in der Pferdebahn treffen würde. Des Morgens beim Aufwachen gehörte sie sich noch selbst. Dann gab sie sich jedesmal einen ganz kleinen Ruck, und wenn sie Papa zum Morgen= gruß die Hand küßte, so war der Assessor weit weg.

Wäre er eines Tages beim Vater erschienen und hätte um ihre Hand geworben, wer weiß ob da nicht alles ganz gut geworden wäre. Er hätte dann freilich eine ganz bestimmte Rede halten müssen. Er hätte so sagen müssen: Verehrter Herr Major, Sie sind der edelste und unglücklichste Mensch, den ich kenne. Ich liebe Sie und Ihre Tochter Ernesta. Nehmen Sie mich bei sich auf, lassen Sie mich Ihren Sohn sein, und geben Sie mir Ernesta darum zur Frau.

Wollte der Assessor wie ein Kind an ihrem Vater handeln, dann hätte Ernesta gewiß nichts dagegen gehabt, Ottos Frau zu werden und hätte dann anstatt eines launischen, guten, armen Mannes, zwei launische Männer gepflegt, und den Papa nun erst recht mit um so größerer Freude. Statt dessen aber hatte der Assessor sich abscheulich benommen. Nicht nur wie ein richtiger Egoist, das hätte sie ihm noch verzeihen können, aber herzlos und lieblos gegen ihren Vater. Und so war auch dieser Traum verflogen.

Wie schlecht hatte aber auch der Assessor die Zeit gewählt zu der letzten Unterredung, zu seinem großen Heiratsantrag in der Pferdebahn. Und um wie viel schlechter noch hatte er den Ton getroffen. Alles, was der Assessor ihr vorhielt, wurde ihr schon seit Wochen von einer unsicheren Empfindung vorhergesagt. Jawohl, ihr Vater war wohl nicht ganz so wie andere Männer. Sie hatte nicht viel Gelegenheit zu vergleichen, aber immerhin der Assessor z. B. war ganz anders. Sie hoffte, daß nicht alle Herren so preußische Streber waren wie der hübsche, verliebte, junge Mann; ob aber alle Väter so ihren idealen Aufgaben hingegeben waren? Es war etwas nicht in Ordnung und Ernesta bedauerte es, von ihrer Mutter niemals deren wahre Meinung über Papas Wesen vernommen zu haben. Als der Assessor nun von drohenden Gefahren sprach, war Ernesta schon so weit vorbereitet, daß sie nicht bestätigt hören wollte, was sie ahnte, daß sie ihn darum nicht zu Ende sprechen ließ, und daß sie ihn darum verhöhnte. Freilich noch aus einem andern Grunde. Über Irrtümer, über Papas wissenschaftlichen Irrtümern, die aus so reiner Quelle entsprangen, mußte man doch anders mit ihr sprechen. Nicht wie ein Ankläger, vielmehr wie ein . . . . ja wie denn? Nur Mama hätte ihr das klar machen dürfen! Und so zu ihrem Herzen zu reden wie Mama, dazu hatte der Assessor kein Talent.

Und nun gar die Drohung mit den Geldverlusten! Pfui, wie häßlich. Das wußte Ernesta besser als er, daß dieser Mr. Esseron den Vater immer wieder zu neuen Ausgaben verführte. Und der Engländer wurde ihr dadurch wahrhaftig nicht sympathischer. Geld! Es schien ja da zu sein, und damit war es gut. Das verwaltete der Vater mit der Klugheit, die nur Männern zu eigen ist, und gab es aus nach seiner Laune, nach seinem Er= messen. Ein Gentleman war Mr. Esseron gewiß nicht; er nahm Geld an von einem fremden Herrn. Was aber ging das den Assessor an? Auch er war ein fremder Herr, und wenn er ihr auch die Ehre erwies, der Schwieger= sohn des Vaters werden zu wollen, was ging den das Geld des Vaters an? Man hatte sich lieb oder hatte sich nicht lieb. Man lebte in Armut oder lebte in

Reichtum. Ach ja, die Mädchen aus wohlhabenden Häusern pflegten eine Mitgift zu bekommen, wenn sie heirateten. Mußte das hübsch sein! Mit so einem Haufen Geld in der Tasche am Arm eines lieben Mannes durch die Straßen zu gehen und zu kaufen was einem gefiel, besonders was ihm gefiel, Geschirr und Tischwäsche und Bilder und Portièren. Doch bei alledem, was ging den Assessor das Geld des Vaters an? Wenn er sich darum kümmerte, dann war er auch kein Gentleman. Ebenso wenig wie Mr. Esseron. Besser gefiel er ihr schon. Aber den Hof machen wollte ihr Esseron gerade so gut wie er. Das merkte sie schon seit Wochen und wünschte sich schon seit Wochen eine gute Freundin oder einen guten Freund, um mit ihr helllaut lachen zu können über die feierliche Miene des verliebten Engländers, über seine Sprache und über seine komischen Blicke.

„Aoh, Miß Vehsen, ich bin ganz närrisch von Ihnen."

Dreimal schon hatte Mr. Esseron mit dem feierlichsten Gesicht das Wort gesagt, während er in ihrem Zimmer die Vorbereitungen zu einer spiritistischen Sitzung traf. Und Ernesta hätte viel zu lachen gehabt darüber, wenn es nur nicht so schwer wäre zu lachen, sobald man allein ist, mutterseelenallein.

Schon die Versuche, in ihr Zimmer einzubringen, verscheuchte ihre Heiterkeit. Da stand freilich schon lange das unbenützte spiritistische Tischchen. Das konnte aber noch lange so stehen. Papa konnte es auch in den Pavillon hinübertragen lassen, wenn er es zu seinen Experimenten nötig hatte. Mama wenigstens hatte es bei aller Sanftmut nie geduldet, daß die Studiengenossen des Vaters in ihr Heiligtum drangen. Ja, als Mama noch lebte, war das ihre Stube und darum ein Heiligtum. Jetzt wohnte nur Ernesta darin.

Es war im letzten Drittel des Mai, etwa vierzehn Tage nach der unvergeßlichen Ringbahnfahrt um Berlin. Ernesta, die ihre Gesangstunde auf den Vormittag verlegt hatte, um den Assessor nicht mehr zu treffen, war gegen zwölf Uhr nach Hause gekommen. Sie mußte sofort das Fenster aufreißen, es war ihr, als ob sie einen fremden Atem in ihrer Stube spürte; es war ihr unheimlich, sie mußte an die Geistererscheinungen des Vaters denken. Dann beruhigte sie sich und forschte nach der Ursache dieses starken Unbehagens.

Es war so gut wie nichts. Die Bücher auf ihrem Schreibtisch — Bücher, in denen sie noch mit Mama gelesen hatte — mußten von fremder Hand berührt worden sein. Auch das Wirtschaftsbuch lag nicht genau an seiner alten Stelle. Frau Kuntze hatte wohl einen Schlüssel gesucht und dabei neugierig herumgekramt. Ernesta wollte sich das verbitten.

Sie nahm ein Butterbrot und ein Glas Milch zum Frühstück zu sich und setzte sich auf den erhöhten Tritt am Fenster, hinter den dicht belaubten Rosenstock. Der zeigte viele Knospen und auch schon eine fast ganz erblühte Rose. Es war eine einfache dunkelrote Art von schwachem Duft, aber Ernesta hatte diesen Rosenstock lieb. Sie lächelte jetzt sogar, während sie zwischen den frischen Blättern hindurch schräg über die Straße nach dem hohen Mietshaus blickte. Ein hübsches Versteck.

Draußen in ihrem Garten blühte der verwilderte

Flieder und ein hoher Goldregenbaum mit hängenden Zweigen. So war es doch Frühling geworden.

Sie schrak zusammen. Sie hatte die schleichenden Schritte Mr. Esserons nicht gehört und wohl auch sein Klopfen nicht vernommen. Er stand mitten in ihrer Stube.

Noch mehr erstaunt als beleidigt erhob sie sich und blickte fragend auf ihn herunter. Mr. Esseron stand bescheiden und korrekt in seiner dunklen Kleidung da. Wie ein Schauspieler oder wie ein junger Geistlicher. Nicht so wie die Herren, denen sie auf der Straße begegnete, und die sie für Gentlemen hielt.

„Ich bin nicht gekommen herein unaufgefordert."

„Ich erinnere mich nicht, Sie herein gebeten zu haben."

Mr. Esseron lächelte.

„Miß Vehsen haben gerufen herein sehr distinkt. Ich habe gehoren herein ganz hell. Ist zu erklären niemals ohne spirits; ist zu erklären sehr einfach mit spirits. Ich haben geklopft, Miß Vehsen waren mit ihren Ohren und Augen draußen, haben geantwortet herein einwendig in sich hinein, und ich haben gehoren herein einwendig in mir."

„Was wünschen Sie, Mr. Esseron?" Ernesta hatte sich's zur Regel gemacht, niemals über die wissenschaftlichen Überzeugungen ihres Vaters zu streiten. Und mit Mr. Esseron mochte sie sich schon gar nicht einlassen. Heute weniger als je.

Esseron antwortete, er wäre von Mister Vehsen geschickt worden, die spiritistische Sitzung heute wieder im Zimmer des Fräuleins vorzubereiten.

„Könnten Sie meinen Vater nicht veranlassen, seine Experimente wieder bei Ihnen im Pavillon vorzunehmen. Sie können sich doch denken, daß mich die Anwesenheit mehrerer Männer . . ."

Effexon unterbrach sie.

„Die spirits, welche wir hoffen zu erscheinen, sind reinlich und körperlos und sind darum wert, in der Nähe einer solchen Dame zu treten auf. Ich bitte Sie, Miß Vehsen, bleiben Sie bei uns, gehen Sie nicht aus dem Wege von den spirits. Den spirits ist gelegen un= endlich viel gerade auf ihre Gesellschaft."

„Den Geistern auch? Und ich glaubte schon, all das, was Sie hier suchen, kümmere die Verstorbenen nicht mehr."

„Oh Miß Vehsen sind unrecht im Gegenteil zu den reinen spirits. Ich bin ein Medium und will haben darum für mich Ihren zauberhaften Dunstkreis. In diesem Dunstkreis ist es auch wohl den spirits. Wenn Sie uns wollten helfen bilden Kette, würde gelingen besser alles. Wenn Sie mir wollten reichen die Hände in die Kette, würde ich haben Erscheinungen zum Schlagen. Von ihren Fingern geht zu mir der stärkste magnetische Fluid. Ich brauche nur zu betreten das Zimmer, wo Sie atmen drinnen und ich gerate in trance."

„Ich muß bitten, Mr. Effexon."

„Sie wünschen, Miß Vehsen? Wofür thun Sie halten trance? Trance ist überirdische Verzückung, trance ist Mediumschaft, trance ist unbewußt."

„Ich will nur hoffen, daß die Geister meine Stube wenigstens nicht in meiner Abwesenheit betreten,

wenn mein Dunſtkreis ſchon eine ſolche Anziehungs-
kraft übt."

„Es iſt ſehr mogelich, Miß Vehſen, daß der
Fluid wirkt nach und zieht herein die spirits, auch in
Ihrer Abweſenheit. Haben Sie gehabt Beweiſe von Er-
ſcheinungen?"

Erneſta wollte nicht davon ſprechen, daß ihre Stube
bei der Rückkunft leiſe Spuren eines irdiſchen Beſuches
gezeigt hatte. Es war auch unmöglich, daß Eſſexon mit
ſeinen Geiſtern die Frechheit gehabt hätte.

„Laſſen wir das, Mr. Eſſexon. Ich habe niemand
hereingebeten, keinen Menſchen und keinen Geiſt."

„Die spirits werden kommen in Kompagnie von
Ihrem ehrenwerten Vater, Miß Vehſen. Wollen Sie
verſchließen Ihre Thür vor ihm? Auch iſt der Pſycho-
graph hier bequemer für unſere Studien."

„Das will ich gerne glauben, daß er Ihnen bequemer iſt."

„Well, Miß Vehſen. Ich will alſo ſagen Ihrem
ehrenwerten Vater, daß Miß Vehſen iſt verſpottlich über
die spirits."

„Sagen Sie meinem Vater, daß meine Stube ihm
jederzeit zur Verfügung ſteht. Mir bleibt nichts übrig,
als mich einſtweilen mit meinem Buch in mein Schlafkabinett zurückzuziehen."

„Oh, Miß Vehſen, nur körperloſe spirits dürfen es
wagen . . ."

„Ich bitte, Mr. Eſſexon."

Erneſta war vom Fenſter herabgekommen, hatte
mit einigem Widerſtreben ein Buch vom Schreibtiſch

genommen und hatte sich in den Nebenraum begeben. Dort schloß sie mit dem Riegel hinter sich zu.

Mr. Essexon mochte etwa fünf Minuten in Ernestas Zimmer allein geblieben sein. Da öffnete Fahlke die Thür der Stube, die er jederzeit betreten durfte. Zu seiner Verwunderung stand der mediumistische Engländer auf einem Stuhl und machte sich mit dem Nagel zu schaffen, an dem das Bild der verstorbenen Majorin hing. Ein feines, mittelmäßig gemaltes, aber gut aufgefaßtes Ölgemälde aus früherer Zeit. Es stellte die Frau des Majors in ihrem Brautkleide dar.

Fahlke blieb überrascht an der Thür stehen. Mr. Essexon ließ sich nicht verblüffen.

„Ich wollte den Nagel untersuchen,“ rief er herunter. Er sprach mit Fahlke, wenn er mit ihm allein war, mitunter ein recht schlechtes Deutsch, aber viel weniger englisch als mit den Herrschaften. „Als ich vorhin kam, baumelte das Bild der Seligen immer hin und her. Dazu rutschte der Nagel immer rein und raus. Und er quitschte wie ein Kind.“

„Ah,“ machte Fahlke, „was man hier aber auch alles erlebt. Wollen wir den Nagel nicht fest machen?“

„Habe ich schon gemacht, lieber Fahlke. Sehen Sie, das Bild rührt sich nicht.“

„Wahrhaftig, Mister, es rührt sich nicht. Was Sie aber auch für eine Macht über die Geister haben! Aber ich wollte nur fragen, ob der Herr Major kommen dürfte.“

„Gleich, lieber Fahlke, stellen Sie nur schnell die Stühle um den Psychographen herum. Drei, Fräulein

Ernesta will wieder nicht. Wie behagt Ihnen die vegetarische Kost?"

Während Fahlke die Stühle ordnete und dabei mit einem Metermaß die Abstände vom Tischchen und der Stühle unter einander genau verglich, ging Mr. Esseron nervös hin und her und machte sich unter anderem, da Fahlke den einen Stuhlfuß um ein einhalb Centimeter vorrückte, mit dem Rosenstock zu schaffen. Fahlke richtete sich aus seiner gebückten Haltung auf, und während er sorgfältig den Psychographen umkehrte und den Bleistift am unteren Ende spitzte, sagte er:

„Ich danke, Mister. Ich lese fleißig mein Gesangbuch. Das stärkt mich im Glauben. Das Gesangbuch hat mir schon in meiner Knabenzeit gut gethan. Sonst habe ich zu schreckliche Träume. Einmal war es ein großes Erbsenfeld. Mir wurde schon ganz schlecht, da fing es an zu blühen, lauter Knackwürste, Mister."

„Jetzt können Sie den Major rufen, lieber Fahlke."

Feierlich setzte sich Mr. Esseron in einen der Rohrstühle, und nach wenigen Minuten kam der Major mit festem Schritt und heftigem Gesichtsausdruck herein. Er hatte sich von Fahlke die Treppe herunterführen lassen, so weit war er entkräftet seit der Führung der strengen Lebensweise. Aber vor Esseron hütete er sich, seine Schwäche zu zeigen.

„Ah, Esseron," sagte er gleich in der Thür, „was werden Sie mir heute wieder vorflunkern. Fahlke, ich bin heute nicht ganz munter, wie steht das Barometer?"

„Und überhaupt der Barometer, Herr Major. Ein richtiger Barometer war es ja nicht. Die sind lang und oben steht schönes Wetter und unten Sturm. Gestern Abend, als ich ihn reinigen wollte, hatte ein neckischer Geist ihn zerbrochen, den guten Barometer."

„Da soll doch gleich . . ."

„Ich muß Sie sehr bitten, Mister Vehsen, daß Sie nicht thun fluchen. Güte des Herzens ist neben Pflanzennahrung das beste Mittel, festzuhalten die spirits.

Der Major brauste auf. „Ich brauche aber mein Aneroidbarometer. Ich traue mich ja nicht mehr das Fenster zu öffnen. Sie verbieten mir auszugehen, Sie verbieten mir zu essen und zu trinken. Aber ich werde doch wenigstens meine wissenschaftlichen Instrumente in Ordnung halten dürfen. Ich bin kein kräftiger Mann mehr, Mr. Essexon."

„Wer ein richtiger Spiritist ist, soll nicht kennen die Furcht vor dem Tode. Wie kann es schmerzen uns zu verlassen diese Erde mit ihren gemeinen und armseligen drei Dimensionen? Wo wir im Jenseits genießen die vier Dimensionen. Spirits haben ein Verhältnis zu den dreidimensionalen Erdenmenschen, wie . . . wie . . ."

Der Major hatte sich ungeniert in einen der Stühle gesetzt und auch Fahlke hatte Platz genommen. Vorsichtig und ruhig, ohne seine Dienerstellung ganz zu vergessen und ohne die schöne Ordnung der Stühle zu verrücken. Jetzt glaubte er eine Bemerkung machen zu dürfen. Denn seine spiritistischen Eingebungen fanden oft Beifall.

„Vielleicht, Mister, wie ein Vierfüßler zu . . ."

„Schweigen Sie, Fahlke, der dreidimensionale Erdenmensch ist blind mit seinen zwei Augen. Der augenlose Spiritist ist hellsehend im trance und in der Geisterschrift.

„Wie kommt es, Mister, daß mein Spirit noch nie ein Transpirit geworden ist?"

„Schweigen Sie, lieber Fahlke."

„Schweig, Fahlke. Woher kommt es aber wirklich, Mr. Esseron, daß die Aussprüche der Geister bei allem Hellsehen und bei allen vier Dimensionen immer so einfältig sind, nehmen Sie 's mir nicht übel?"

„Immer, Mr. Behsen? Ihre Skepsis wird verderben wieder eine Sitzung. Wenn Sie nach so vielen Beweisen noch immer nicht glauben, so geben Sie uns doch Gegenbeweise? Oder suchen·Sie einfach . . ."

„Lieber Mr. Esseron, Sie wollen vielleicht nur davon leben, daß ich glaube, und doch kann Ihnen an meinem Glauben nicht so viel gelegen sein, wie mir selbst. Ach, Sie können mich nicht verstehen. Alles ist fort, was mich an die Erde band, mein Dienst, mein Weib. Die Menschen haben mir sehr weh gethan. Nun wollen mir auch noch die Geister wehe thun. Die Geister sollen mich retten, wenn es Geister giebt."

„Ist es nicht Eigensinn zu zweifeln noch nach so viele manifestations?"

„Herr Major," mischte sich Fahlke wieder ins Gespräch, „wissen Sie noch, wie ich vor acht Tagen um Mitternacht ein verdächtiges Geräusch hörte und in den stockfinstern Garten hinausging, wie ich da von Geisterhand einen Stoß bekam. War das nicht ein schöner Beweis?"

„Aber zum Donnerwetter, das ewige Ohrfeigen und Abklopfen von Buchstaben kann doch nicht meine Wissenschaften ersetzen."

„Mr. Behſen, die spirits haben vielleicht tiefere
Gründe, nicht zu verraten ihren Intellekt. Es ſteht ge=
ſchrieben, auch ſchöne Frauen tragen Schleier.“

„Mit Reſpekt zu ſagen, Herr Major, vielleicht haben
wir bisher immer nur Geiſter von verſtorbenen Schafs=
köpfen kennen gelernt. Ich hoffe doch . . .“

„Schweigen Sie, Fahlke, Ruhe. Wir ſind umgeben
von Geiſtern.“

Unwillkürlich verſtummte der Major, und Fahlke
wurde blaß, folgte aber mit zitterndem Vergnügen jeder
Bewegung Eſſexons. Der ſtierte vor ſich hin, zuerſt unter
den Stutzflügel Erneſtas. Dann in die Ecke hinter ihren
Schreibtiſch.

„Guten Morgen, lieber Bruder,“ ſagte er plötzlich
mit ſeiner gewöhnlichen Stimme. „Ihr wollt heute Rede
ſtehen? Ja? Sehen Sie, Fahlke, den Kleinen mit den
roten Haaren, wie er mit dem Kopfe nickt.“

„Ach ja, Miſter.“

Der Major lehnte ſich ärgerlich zurück.

„Fahlke iſt ein Eſel. Er lügt nicht, aber ich glaube,
er ſieht alles, was Sie wollen.“

„Ich, Herr Major? Nickt er noch immer?“

„Er fordert mich auf durch lebhafte Blicke zu ſpringen
ans Werk. Gleich, lieber Bruder! Herr Major, mir
ahnt eine große Sitzung. Herr Major, ſchlagen Sie
nieder für kurze Zeit nur Ihre Skepſis. Bilden wir
eine Kette. Wir wollen befragen unſern ehrlichen
Tiſch.“

„Nein!“ ſchrie der Major, „ich habe die ſchreibenden
Geiſter ſatt, ich habe die Journaliſten nie leiden können,

und die aus dem Jenseits lügen auch. Ich habe die Geister-Klopferei und -Schreiberei satt."

„Mr. Vehsen, haben Sie nicht verdankt dem klopfenden Tisch und dem schreibenden Tisch die wichtigsten Aufschlüsse aus dem Leben vom Jenseits?"

„Helfen soll mir der verdammte Tisch! Was er weiß, ist mir gleichgiltig. Er hat mir versprochen, den Geist einer Verstorbenen wieder zu zeigen. Ich habe dringend mit ihm zu reden, wo ist er?"

„Herr Major, erlauben gütigst. Kommandieren Sie nicht mit den Geistern wie mit mir. Wer weiß, wer im Jenseits Major ist."

„Maul gehalten oder . . . ."

„Mr. Vehsen, Fahlke ist in sein Recht. Im Jenseits sind die Unterschiede anders als auf Erden. Um so viel störender sich macht geltend Ihre Skepsis bei uns, so viel mehr brauchen wir den Fluid von Mr. Fahlke. Gerade heute setzen Sie nicht aufs Spiel die ganze Sitzung durch Ihre Skepsis. Ich habe noch nie gefühlt so mächtig meinen Perisprit."

„Das giebt es auch, Mister? Ist das ein starker Sprit?"

„Schweigen Sie, Fahlke, und Sie, Esserou, legen Sie mal los."

Wieder wurde es still in der Stube, und Esserou starrte wie überrascht nach der offenen Ofenthür.

„Da kommt der kleine rote Kopf wieder. Du Schelm, bist du durchs Ofenrohr gekrochen? Du willst heute geben einen großen Beweis? Er nickt, wahrhaftig er nickt. Willst du den Major überzeugen völlig?

Er nickt schon wieder. Die gute Stunde ist gekommen. Ungeheure Manifestations stehen bevor uns. Bilden wir Kette.“

Regelrecht legten die drei Männer ihre Hände auf den Psychographen, so daß der rechte kleine Finger des einen den linken kleinen Finger des andern berührte. Der Major verbarg seine Erregung hinter einem spöttischen Lächeln. Fahlke sah glücklich aus. Esseron fragte ganz geschäftsmäßig:

„Schreiben oder klopfen? Er will heute klopfen. Er hat sich im Ofenrohr geklemmt den Finger. Fahlke, Sie haben doch nicht vergessen. Einmal Klopfen bedeutet?“

„Natürlich nein,“ sagte Fahlke.

„Dreimal Klopfen?“

„Ja,“ brummte Fahlke beinahe beleidigt, daß man ihn nach solchen selbstverständlichen Dingen fragte.

„Und zwei Klopflaute?“

„So, so, la, la.“

„Lieber Bruder,“ sagte Esseron nun deutlich in die Tischplatte hinein. „Willst du ehrlich und getreu sprechen mit uns?“

Ohne daß man irgend eine Handbewegung fühlte, klopfte das Tischchen mit einem seiner Füße dreimal.

„Das ist lieb von dir, Bruder.“

„Reizend,“ flüsterte Fahlke mit strahlenden Augen.

„Wird der Major heute endlich seine Skepsis geben auf?“

Wieder klangen drei deutliche Klopflaute.

„Werdet ihr geben Beweise, daß ihr kennt die

geheimsten Gedanken des Majors. Sie haben gehört, Herr Major, er hat geantwortet: Ja."

Plötzlich schrie Mr. Esseron auf. Er fuhr in die Höhe, ohne die Kette zu unterbrechen.

„Sie fassen mich," schrie er, „sie drohen mich zu ziehen unter die Erde. Laßt von mir, ich habe genug von euch. Dem Major sollt ihr geben Zeichen, nicht mir."

Und Mr. Esseron stampfte heftig, als wollte er die Geister von sich abschütteln, mit dem rechten Fuß auf. Da kam das Zeichen für den Major. Ruhig löste sich der Nagel mit dem Bilde der seligen Frau von der Wand los, das schwere Ölgemälde fiel nieder und blieb aufrecht an der Wand stehen. Entsetzt löste der Major die Kette auf und wankte zurück. So war sie ihm erschienen in jener Nacht! Beim Öffnen der Kette tappte Esseron mit den Armen in der Luft umher und fragte: „Was ist geschehen?"

„Das Bild meiner Frau!"

„Das ist kein Zufall . . ."

„Das ist gewiß kein Zufall, Herr Major," rief Fahlke freudestrahlend. „Der Nagel ist noch ganz besonders fest gemacht gewesen."

„Schweigen Sie, Fahlke," rief Esseron erregt. „Jetzt ist überwunden die Skepsis vom Herrn Major. Jetzt ist geworden verdreifacht die Kraft unserer Kette und wir werden zwingen die spirits zu werden handgreiflich mit uns wie noch nie. Ich schwöre, wir werden haben sogleich manifestations. Der Rotkopf ist wieder da! Herr Major, halten Sie fest Ihren Glauben!"

„Ich höre und sehe nichts," sagte der Major leise.

„Ich glaube alles. Nur jetzt nicht aufhören, nur jetzt nicht! Werdet ihr mir helfen? Sie antworten nicht!"

Fahlke grinste vor Vergnügen.

„Der kleine Rotkopf, wenn ich mir das erlauben darf, hat dieses Mal die Freundlichkeit gehabt, auf meinen großen Zeh zu klopfen. Dreimal . . . ja."

„Lieber Bruder," sagte Esseron jetzt auch erregt. „Gebt auch mir ein Zeichen, daß ihr habt erkannt die geheimsten Gedanken von mir. Kette bilden! Der Rotkopf arbeitet schwer! Kette bilden! Nicht loslassen dort! Er will in den Ofen zurückkriechen. Seht ihr. Laßt ihn nicht! Festhalten."

„Eine Rose."

Während der Major und Fahlke unwillkürlich nach der Ofenthür gesehen hatten, war von irgendwoher eine blühende, rote Rose auf den Psychographen gefallen. Jetzt erst ließ Esseron die Kette frei und sprang wie närrisch vom Stuhle auf.

„Glauben Sie endlich, Herr Major, glauben Sie endlich? Hier diese Rose. Während wir hier saßen, blühte sie dort an jenem Rosenstock. Fahlke wird es bezeugen, und Fräulein Ernesta wird es bezeugen, dort blühte sie. Ich aber hatte den Wunsch, sie abzuschneiden und sie Miß Vehsen zu überreichen, als Zeichen meiner Neigung. Ich wagte nicht, ich wagte nicht aus Zartgefühl. Die Geister haben sie abgeschnitten und sie geworfen auf den Tisch von Miß Vehsen. Sehen Sie, Herr Major, hier und hier, der Schnitt ist noch frisch. Thun Sie noch zweifeln, Herr Major, an die manifestations von die spirits?"

Triumphierend hielt Esseron die Rose an den Strauch. Die schräge Schnittfläche paßte genau.

Der Major war bestürzt sitzen geblieben. Jetzt streckte er dem Engländer die rechte Hand entgegen. Mr. Esseron stürzte heran, ergriff sie und drückte sie an sein Herz.

„Ich glaube Ihnen, Mr. Esseron, wir sind von Geistern umgeben, und wir sind Puppen in der mächtigen Hand der Geister."

„Endlich, endlich! Mr. Vehsen, Sie sind geworden gewürdigt von einem großen test. Dieser test hat aber noch mehr ergriffen mir. Es ist gewesen in meinen Gedanken zu überreichen diese Rose Miß Vehsen. Um ihr zu geben ein Zeichen von wie ich bin hingegeben ihr. Ich habe es nicht gewagt, weil ich nichts bin als ein armer Fremdling in diesem Lande. Nun haben es ge= wagt die spirits für mich. Mr. Vehsen, wenn Sie glauben in Wirklichkeit, so werden Sie beweisen die Wahr= heit von Ihrem Glauben noch heute hier."

„Ich bin kein Freund von langsamen Entschlüssen," rief der Major stolz. „Ich bin ein fester Charakter und nicht wankelmütig. Lassen Sie mir meine Verstorbene erscheinen und fordern Sie von mir, was Sie wollen."

Esseron trat dicht an den Major heran, so dicht, als wollte er ihn durch die Nähe seiner scharfen Augen zwingen, ihm zu gehorchen. Wenn Esseron immer Herr seiner selbst war, in diesem Augenblick schien er die Herr= schaft über seine Mienen zu verlieren. Ängstlich, als stehe sein Leben auf dem Spiel oder als hätte er wenigstens alles auf eine Karte gesetzt, starrte er den Major an.

„Was wollen Sie von mir? Wie sehen Sie aus?"

Der Major wich unwillkürlich einen Schritt zurück.

„Va banque!" schrie Efferon, und er schien wirklich alles um sich vergessen zu haben. „Ich allein kann Ihre Tochter retten. Ich allein kann sie in Verbindung halten mit der Verstorbenen. Geben Sie mir Ernesta zur Frau!"

Der Major setzte sich ruhig in den Stuhl zurück und suchte seine Gedanken zu fassen. Wieder wollte der Schlüssel ihm entgleiten.

Mr. Efferon beugte sich über ihn hinab und ließ seine Augen nicht von denen des Majors los. „Geben Sie mir Ernesta zur Frau!"

Der Major glaubte den Schlüssel gefunden zu haben. Der Geist seiner seligen Frau hatte mit dem Tode Ernestas gedroht, wenn Ernesta für die Verbindungen des Jenseits nicht zugänglich war. Gut, aber seit jener nächtlichen Erscheinung war ja der Major dem Geheimnis der Spiritisten auf der Spur. Im Zusammenhang mit seinen andern Studien und Experimenten zur Kulturgeschichte der Menschheit hatte er auch die heutige aufschlußreiche Sitzung begonnen. Die Sitzung mußte weiter gehen.

„Lieber Mr. Efferon," sagte er, „warum haben Sie die Sitzung unterbrochen?

„Verzeihung, Herr Major, aber in diesem Augenblick handelt es sich nicht mehr um das Geisterreich, sondern ganz einfach um eine diesseitige, irbische, ja sogar höchst menschliche Angelegenheit."

„Ich erkenne Sie nicht wieder, Mr. Efferon."

Mr. Efferon holte tief Atem.

„Ich bin ein Mensch, Mr. Vehsen, und kann

nicht sagen mit Sicherheit, ob nicht auch in dieser schwachen Stunde aus mir sprach allein ein jenseitiger Geist. Mogelich. Jedesfalls will ich versuchen zu sein klar. Drängen werde ich Sie nicht, Mr. Vehsen. Wenn Sie nicht haben Vertrauen vor mir, wenn Sie verweigern mir die Hand von Ihre Tochter, so will ich dennoch treu aushalten bei Ihre spiritistischen Experimente. Aber hören Sie, Mr. Vehsen. Ich liebe Miß Vehsen furchtbar leidenschaftlich. Ich werde verwelken vor Kummer und werde verlieren meine mediumistische Kraft. Ich werde haben den besten Willen, aber Sie werden nicht wiedersehen den Geist von der seligen Frau." Es war merkwürdig, aber in diesem Augenblick zog Mr. Esseron seine Taschenuhr hervor und blickte so aufmerksam auf den Zeiger, als hätte er einen Bahnzug zu versäumen. Dann steckte er sie wieder ein und wiederholte: „Sie werden ihn nicht wiedersehen."

Fahlke hatte die ganze Zeit stumm dagesessen, und nur von Zeit zu Zeit mit einem verschämten Lächeln, als ob er fürchtete gekitzelt zu werden, unter das Klavier und nach der Ofenthür geblickt. Jetzt glaubte er sich berechtigt, ein Wort zu sagen.

„Wäre es nicht wirklich das Beste, Herr Major ...?"

„Ruhe, Fahlke!"

Der Major strich sich über die Stirn. Er fühlte sein Gedächtnis wiederkehren.

„Hören Sie mich an, Mr. Esseron. Sie handeln nicht redlich an mir. Sie bringen Ihre Werbung in einem Augenblick vor, wo ich zu allem bereit wäre, um den Geist endlich zu bannen. Seien Sie doch menschlich! Ich darf Ihnen in dieser Stunde nichts versprechen.

Fühlen Sie denn nicht, daß ich nur den Anweisungen der Seligen gehorchen darf?"

Mr. Efferon hob die Arme zum Himmel. „Dann bin ich gewiß von mein Glück. Ich habe es nur noch nicht erzählt. Ich war zu schüchtern. Der Geist der seligen Frau hat versprochen mir, mir zu geben die Hand von Miß Vehsen. Und wenn Sie machen das zur Bedingung, wird meine mediumistische Kraft sich verstärken, und den Geist leibhaftig vor Sie schaffen, daß Sie sollen hören auf ihn."

„Gut," rief der Major, „schaffen Sie mir den Geist zur Stelle, und wenn das schreckliche Werk gelungen ist, wenn ich von Mund zu Mund mit ihm sprechen kann, dann verzichte ich auf jeden eigenen Willen, dann sollen die Geister gebieten über mich und mein Haus. Dann bringen Sie Ihre Werbung wieder vor und vom Jenseits holen Sie sich die Antwort."

„Ich kann nicht danken genug, Mr. Vehsen. Es kommt über mich auf einmal, ich werde siegen, denn die spirits haben genommen meine Sache an zu der ihren. Sehen Sie nur. Der jenseitige Fluid fängt an mir zu fließen vom Nacken durch den ganzen Leib, und fließt heraus, gerade aus durch die Fingerspitzen in den Äther. Ach, mein Herz!"

Mr. Efferon schrie entsetzlich auf. Er warf sich rücklings auf Ernestas kleines Sofa nieder, wand sich zitternd hin und her und hielt dabei beide Arme mit ausgespreizten Fingern von sich gestreckt.

„Sehen Sie die Funken nicht, Mr. Vehsen? Funken ziehen aus meinen Fingerspitzen! Es thut sehr weh. Sie ziehen den Fluid heraus und fließen hinein in einen andern Nervenstrom weit von hier. Der fremde Perisprit vereinigt sich mit dem meinen! Es ist nicht mehr zu ertragen!"

Mr. Esseron stieß mit der Hand und den ausgestreckten Fingern einige Mal weit vor, dann schlug er um sich und berührte dabei zweimal zufällig seine Westentasche, als ob er wieder die Uhr ziehen wollte.

Fahlke wischte sich den Schweiß ab. „Der arme Mister."

Dem Major war der Anblick widerwärtig. Aber auch seiner hatte sich eine ängstliche Spannung bemächtigt.

Mr. Esseron lag nun regungslos da, das Gesicht schmerzlich verzerrt, aber doch noch mit einem Zusatz von Ärger. „Doch nicht stark genug," zischelte er zwischen den fest zusammen gebissenen Zähnen. „Der fremde Perisprit, er will noch stärker gezogen werden. Aber es thut stärklich weh."

Dabei zog Mr. Esseron von Zeit zu Zeit etwas durch die Luft heran. Fahlke blickte unaufhörlich nach Esserons Händen und wartete wie ein Kind darauf, daß etwas käme.

Plötzlich wurde unten die Gitterthür heftig zugeschlagen.

„Na, da sind sie endlich," sagte Fahlke.

Der Ärger schwand aus den Zügen Esserons.

„War das Gitter nicht verschlossen?" fragte der Major.

Fahlke nickte nur lächelnd.

Schwer und ruhig kam es die Treppe herauf, und

ohne anzuklopfen kam es herein. Ein starker vierschrötiger Mann, mit hochgerötetem Gesicht, in den Augen einen munteren und klugen Ausdruck, über den behaglichen Lippen einen schwarzen Schnurrbart. Die Kleidung gut und sauber, doch unmodern, wie der Sonntagsanzug eines Handwerkers. Nur ein roter Atlasschlips verriet Sorgfalt für die Toilette.

„Morjen die Herren. Bin ick hier recht?"

Unsicher erhob sich der Major von seinem Stuhl.

„Ich bin Major a. D. von Vehsen, Sie sind hier in meinem Hause. Was wollen Sie hier? Wie kommen Sie hier herein?"

„Det weeß ick nich, lieber Herr. Ick bin ein janz jewöhnlicher Mensch. Und mir müssen Se so ne Sachen nich fragen. Ick werde also mit meine Schwester Serafine bei Tische sitzen. Einfach aber jut. Sie Spinat mit Schlagsahne oder so wat. Wat ick bin, wat Solides. Ick bin ein janz jewöhnlicher Mensch und mein Name ist Wilhelm Sägebock. Serafine ruft auf enmal: Jeh, Wilhelm. Jeh immer jerade aus, und wo es dir nicht vorbei läßt, da jeh rin, und sag, ick wäre bereit. Sie müssen wissen, Herr Major, Serafine sagt det allens janz anners. Aber ick bin nich jebildet."

„Wer ist Ihre Schwester?"

„Wat soll sie sind. Ein Medium ist se. Wissen Se, Herr Major, so recht jlauben thun ick die Sache nicht und en Spiritist werde ick nie."

„Und wozu ist Ihre Schwester bereit?"

Wilhelm Sägebock kratzte sich hinter den Ohren. „Ja, det soll ick Sie unter vier Ogen sagen."

Der Major schlug mit der Faust auf den Psychographen, daß das kleine Tischchen umzufallen drohte.

„Sagen Sie es vor Allen! Wozu ist diese merkwürdige Dame bereit?"

„Na, wie Se wollen, aber Schreien bin ick nich gewohnt. Also Schwester Serafine hat ne Eingebung jehabt und ist bereit, Sie zu sagen, ob det Fräulein .... na, den Namen habe ich wieder richtig vergessen . . . na, ob Ihr Fräulein Tochter ihren zwanzigsten Geburtstag hier verbringen wird oder . . ."

„Sprechen Sie es nicht aus!"

„Serafine hat ja gleich jesagt, ick sollte . . ."

„Esseyon, was soll ich thun," rief der Major.

Mr. Esseyon hatte den fremden Mann mißtrauisch von oben bis unten gemustert.

„Es scheint zu sein eine einfache Natur," sagte er, „aber die berühmte Schwester Serafine ist sehr verdächtig. Jedes Medium ist verdächtig anfangs. Wie haben Sie gefunden hierher, Mr. Sägebock?"

Sägebock schaute den Frager mit einem humoristischen Ausdruck an.

„Det möchten Sie wohl jerne wissen? Danke erjebenst, weeß ich aber selber nich. Neujierig sind Sie jarnich. Daß ich enen Bierverlag, enen Bierverlag anjroß habe, dat interessiert Sie nich. Wer weeß wo Sie sich Ihr geplantschtes Bier herholen. Und ick muß mein jutes Jeschäft vernachlässigen · der Schwester Serafine zu Liebe. Wer ersetzt mir nun den Schaden? Sie nich! Ja wie ick herjefunden habe, det weeß ick nich. Det 's immer so, wenn Schwester Serafine mir wohin schickt.

Ick jeh und in meiner Unbewußtheit komme ick auf den kürzesten Weg auf die richtige Adresse. Es is so, die Leute auf die Straße weichen mir aus . . ."

Fahlke hatte den Bierverleger mit neidischen Blicken betrachtet. Jetzt unterbrach er ihn wider Willen.

„Das kann ich mir denken, Herr Sägebock," sagte er strahlend.

Sägebock schaute sich seinen Bewunderer eine ganze Weile an.

„Och Spiritist?" fragte er dann. „Richtiger Unsinn! Und ick bleibe dabei, et kann doch Mumpitz sein. Na also, die Leute auf die Straße machen mir Platz und plötzlich jiebt et mir irgendwo vor ner Thür nen Ruck, et schiebt mich hinein und ick jeh in die Wohnung, wo die Thür vor mir aufspringt. Dat 's is die Wahrheit, dat kan ick mit mein Ehrenwort bezeugen. Tet weeß ick aus eigener Wissenschaft, alles andere kann Schwindel sind."

Mister Esseron wiegte seinen Kopf und murmelte nur: „Das ist sehr wunderlich, sehr wunderlich."

„Machen Sie keene faulen Redensarten nich, Sie fremder Herr. Jarnichts is wunderlich, wat Schwester Serafine thut. Ick bin jarnicht wert, ihr Bruder zu sein. Die is echt, dabrauf können Sie Jift nehmen. Ick hab's aber immer jesagt, wo ich jarnichts mehr zu versetzen hätte, da kann sie noch Berge versetzen. Nehmen Sie's nicht übel, Herr Major, ick bin ein jewöhnlicher Mensch, ick mache so meine Witze. Dabrauf können Sie mich auch janz kommun behandeln, aber Schwester Serafine verlangt Rücksicht, wissen Se, nich rühr an. Et is jrade wie mit dat Essen. Sie zarte Pflanzenkost, ick Beefsteak, je blutiger, desto besser."

Jetzt fragte der Major, wo und wann er das berühmte Medium abholen lassen dürfe.

Sägebock lachte laut auf. Man wolle mit ihr Tag und Stunde verabreden? Verabreden wäre nicht mit Serafine. Die käme wann der Jeist sie triebe. Wahrscheinlich heute Abend nach Dunkelwerden.

„Sie begreifen, Herr Major, Sie kann bet Licht nich jut vertragen. Det Licht saugt ihr so zu sagen die Kraft aus dem Leibe. So zu sagen wie die Sonne den Menschen durstig macht. Auch die Stube, wo sie wohnen wird — wenn sie sich hier nämlich häuslich niederläßt, was noch nich gesagt is — auch die Stube muß dunkel gemacht werden können für die Sitzungen. Det is wohl immer so bei die Mediums."

Ganz aufgeregt wollte der Major selbst alle Anordnungen treffen. Esseron aber meinte, der Gartenpavillon wäre ja ohnehin für spiritistische Sitzungen und zum dunkelmachen eingerichtet. Wenn Schwester Serafine, deren Prüfung ihn lebhaft interessiere, wirklich einige Tage bleiben wolle, so wäre der Pavillon der einzige richtige Aufenthaltsort für sie. Leise fügte er in zögerndem Englisch hinzu, man könnte eine wildfremde und immerhin verdächtige Person doch nicht ohne weiteres ins Wohnhaus aufnehmen.

Bei dem Worte ‚verdächtig‘ brauste der Major auf.

„Lassen Sie man," sagte der Bierverleger Sägebock beschwichtigend. „Spanisch versteh ick nich, aber so helle bin ick schon, dat ick merken thu', der fremde Herr traut ihr nich. Laſſen Se man. Der wird ſchon klein werden, ſo klein. Laſſen Sie ſe ruhig in dem Gartenhaus wohnen."

„Alſo gut," ſagte der Major. „Übrigens ſtelle ich mein Haus unter ihren Befehl."

„Det verſteht ſich von ſelbſt. Sie werden da auch keinen Schaden von haben. Sie will niſcht und nimmt niſcht. Ick bin nich ſo verſchämt. Ick wundere mir ſchon lange, dat mir kein Frühſtück anjeboten worden is, mit möglichſt wenig Pflanzen, wenn ick bitten darf."

Alle lachten, Sägebock lachte mit, und der Major ſchickte Fahlke fort, er ſollte den Pavillon für den Gaſt zurecht machen und in der Küche ein Frühſtück gegen die Hausordnung beſtellen. Frau Kuntze werde ſchon was haben.

Ungern und mit traurigem Kopfſchütteln ging Fahlke. Nun ſtellte der Major die beiden Herren ganz korrekt einander vor. Mr. Eſſexon nannte er ſeinen Freund, ſeinen Führer im Geiſterreich, den berühmten Forſcher auf dem Gebiete des Spiritismus. Sägebock hatte Hut und Stock fortgelegt und trat mit den Händen in den Taſchen auf Eſſexon zu.

„Ein Jelehrter alſo? So 'n Unſinn. Mit Vernunft is bet allens nicht zu bejreifen. Die Dümmſten haben oft die ſchönſten Erſcheinungen; und ick wiederum, ick ſehe jarniſcht."

Eſſexon that beleidigt.

„Ach laſſen Sie," ſagte Sägebock, „bereiten Sie ſich lieber auf meine Schweſter vor."

„Der Herr hat Recht," rief der Major. „Ich will einige Stunden in Allan Kardec leſen."

Sägebock lächelte verächtlich.

„Auch so 'n verdrehter Jelehrter, wat?"

Esseron trat vertraulich auf ihn zu.

„Ich nehme Ihnen nichts übel. Ich habe schon gelesen mehrere Aufsätze über die manifestations von Miß Serafine. Da würde es mich nun interessieren doppelt, von dem Bruder authentisch zu erfahren nach richtiger biographikalischer Art."

„Sie meinen wohl so allerlei Schtuß? Aus ihrer Jugend, und so. Meinetwegen bis det Frühstück kommt."

„Ich darf doch zuhören," fragte der Major. Mr. Esseron und Sägebock wechselten einen raschen Blick. „Mir kann's recht sind," sagte Sägebock, „mir is allens engal."

„Mister Behsen, ich glaube Sie sind noch nicht vorbereitet genügend auf das empfindlichste Medium der alten Welt. Ich bin gesonnen, daß sie gut thun zu lesen Allan Karbec, wie Sie selbst haben geschlagen vor so eben."

„Recht hat er, Herr Major, dieser Essigsohn oder wie er heißt. Jehen Sie lesen. Det's is jut, det nimmt den Kopf ein. Vorbereitung muß sind. Jott ick hab schon so Verschiedenes jehört. Bei einem hilft lesen und fasten, bei 'nem andern Cognac."

„Ich werde lesen und fasten," sagte der Major streng. „Man läßt Sie warten. Ich sehe, ich muß selbst nach dem Rechten sehen. Dann ziehe ich mich in mein Studierzimmer zurück und erwarte dort weitere Nachrichten."

Während Sägebock sich behaglich auf Ernestas Sofa niederließ, ging der Major langsam aus der Stube.

Etwa zehn Minuten blieben die beiden allein. Mit gedämpften Stimmen führten sie ein rasches und lebhaftes Gespräch. Dann wurde der Bierverleger Sägebock plötzlich erregt, hob seine Stimme und rief ganz laut:

„Auf deine Freundschaft soll ick mich verlassen, auf dein Wort? Is nich! Einem Spiritisten traue ick nich. Und dir schon jarnich!"

Bevor Mr. Essexon noch antworten konnte, öffnete sich langsam die Thür von Ernestas Schlafzimmer. Ernesta trat ruhig heran, neigte ihren Kopf kaum merkbar gegen Sägebock und sagte:

„Mein Vater ist nicht mehr hier, wie ich sehe. Darf ich die Herren bitten ihre lauten Gespräche vielleicht nicht in meinem Zimmer weiterzuführen."

„Oh, Miß Vehsen haben gehört auch unsere Unter=haltung?"

„Nur die letzten Worte, Mr. Essexon. Sie nennen einander du. Um nicht mehr zu hören, kam ich herein."

„Das is sehr anständig von Ihnen, mein Fräulein. Hören Sie, stellen Sie mich der Dame vor. Ick bin nämlich Sägebock, Bierverleger und Bruder von Serafine. Das müssen Sie ja wissen, daß wir Spiritisten unter•einander uns alle du nennen. Gleiche Brüder, gleiche Kappen."

Ernesta stand immer noch an der Thür ihres Schlaf·zimmers.

„Ich habe nicht die Ehre Spiritistin zu sein."

Sägebock warf dem Engländer einen boshaften Blick zu, trat vor und machte dem Fräulein eine ganz hübsche Verbeugung.

„Gnädiges Fräulein wird sich aber beeilen selber Spiritistin zu werden, wenn erst . . . als Zukünftige dieses Herrn."

Erblassend trat Ernesta mitten in die Stube. Sie hob die rechte Hand und wollte nach der Thür weisen.

„Das ist unverschämt von Ihnen!" rief Esseron Sägebock zu.

„Ach wat!" sagte dieser, „wo Jeister sich reinmischen hört die Ziererei auf."

„Ich verbitte mir jedes weitere Wort . . ."

Esseron selbst hatte die Fassung verloren.

„Mein Fräulein, dieser Herr hat aufgeschnappt Worte, womit Ihr ehrenhafter Vater mir machte Hoffnungen . . ."

Ernesta griff mit beiden Händen nach ihrem Kopf. Mr. Esseron sprach weiter:

„Da durch den fehlenden Takt von diesem fremden Herrn verraten ist das Geheimnis von meinem Herzen, so darf ich nicht leugnen . . ."

„Verlassen Sie mich beide auf der Stelle, verlassen Sie diese Stube."

Mr. Esseron warf den Kopf zurück und schnalzte mit den Fingern.

„Die Werbung, Miß Behsen, haben vorgebracht die spirits für mich."

„Herr, soll ich um Hilfe rufen?"

Ohne eine Spur von Mitleid in seinem humoristischen Gesicht trat Sägebock näher an das Fräulein heran.

„Soll ich rufen helfen? Den Herrn Vater oder vielleicht den Diener?"

„Miß Behsen, diese Rose hier hat abgeschnitten

Geisterhand im Beisein Ihres ehrenwerten Vaters von diesem Rosenstock für Sie vor mich. Die Geistermacht, welche hat bewirkt dieses große Wunder in Gegenwart von Zeugen, wird auch bezwingen Ihr Herz und Ihre Hand, Miß Vehsen."

Ernesta war dem Weinen nahe gewesen. Die letzten Worte brachten sie wieder zu sich.

„Wenn Ihre unsauberen Geisterhände . . ." sie rief es erregt, dann machte sie Anstrengungen Atem zu holen. Plötzlich aber lief sie zum Fenster, sagte wie zu sich selbst: Den Menschen den Verstand, den Rosen die Luft! — packte den Topf mit beiden Händen und warf ihn hinaus, daß er krachend im Garten zerschellte.

Dann lehnte sie sich weinend an den Fensterflügel.

Nach einer langen Pause, während der Mr. Esseron dem Bierverleger drohende Blicke zuwarf, hörte man eilige Schritte. Sägebock sagte noch:

„Das Fräulein scheint wirklich noch keene Spiritistin zu sein." Da stürzte schon Fahlke hinein, blickte nach allen Winkeln und fragte: „War wieder ein neckischer Kobold hier?"

Hinter ihm kam schwerfällig der Major, ein Buch in der rechten Hand, den Zeigefinger zwischen den Blättern.

„Wer stört mich? Wer stört meine Studien?"

Ernesta flog vom Fenster auf ihren Vater zu, sie faßte ihn um den Hals und rief:

„Vater, das ist ja nicht möglich! Vater, das geht über meine Kräfte! Bist du nicht mehr Herr in deinem Haus?"

„Mein liebes Kind!"

„Vater, nicht wahr, du kannst und du willst mich vor Beleidigungen schützen! Vater, du hast ja nur mich auf der Welt, und ich habe nur dich. Du wirst mir beistehen, was auch immer dir diese Betrüger versprochen haben."

„Mein liebes Kind, mäßige deine Ausbrücke. Diese Herren besitzen jetzt mein volles Vertrauen, hörst du, mein unbedingtes, auf wissenschaftlichen Thatsachen begründetes Vertrauen. Auch du wirst sie Wunderbinge vollbringen sehen und dann wirst du bedauern . . ."

„Vater, bei dem Andenken von Mama . . ."

„Siehst du, liebes Kind, eben bei dem Andenken von Mama, sage ich dir, du mußt dich fügen, es geschieht ja alles nur beinetwegen im Sinne unserer teueren Toten."

Ernesta schlug die Hände vors Gesicht und warf sich aufschluchzend in ihren Schreibstuhl.

„Dann ist alles aus! Und niemand, niemand . . ."

Wieder tönten draußen hastige Tritte. Die Thür wurde aufgerissen und Assessor Otto Cremmen kam mit festen Schritten herein.

Ohne Aufenthalt schritt er eilig bis zu Fräulein Ernesta.

„Mein gnädiges Fräulein!"

Dann mit zwei Schritten zum Major. Hier machte er eine kurze Reservelieutenantsverbeugung.

„Assessor Otto Cremmen. Herr Major erinnern sich gütigst. Entfernte Vetterschaft."

Ernesta war errötend aufgesprungen. Der Major suchte in seinem Gedächtnis, wo er den jungen Mann hinthun sollte. Mr. Esseyon faßte sich zuerst.

„Was haben Sie hier zu suchen?“

Bevor der Assessor noch antworten konnte, hatte der Major sich gefaßt.

„Ich habe zu fragen. Ich erkenne Sie ganz gut wieder. Wie war doch gleich Ihr Name?“

„Otto Cremmen, Assessor. Meine Mutter war eine Geborene von Vehsen.“

„Ach ja. Sie hatten auch eine Tante? Wie geht es ihr?“

„Danke, sie ist tot. Ich kam herein, weil ich hier einen Hilferuf hörte. Ich ging gerade vor dem Hause vorüber, zufällig. Der Rosenstock flog just aus dem Fenster, und da die Gartenthür offen stand, und ich um Hilfe rufen hörte, so trat ich uneingeladen ein in das Haus meiner Verwandten.“

Ernesta wandte sich ab und sagte:

„Ich habe nicht um Hilfe gerufen.“

Mr. Essexon faßte den Major beim Handgelenk.

„Ist dieser Eindringling wirklich ein Verwandter? Sie haben mir nie davon gesprochen, daß Sie Verwandte haben?“

Der Major lächelte über die Aufregung der Anwesenden. Ihm war die Erscheinung des jungen Mannes höchst willkommen. Das schien ein ganz vernünftiger Mensch zu sein, dieser Vetter.

„Sein Sie mir willkommen, Herr Assessor,“ sagte er. „Sie hören, daß niemand um Hilfe gerufen hat. Da ist es doch sehr merkwürdig, daß Sie einen Schrei gehört haben. Das müssen Sie doch selbst zugeben, daß es thatsächlich Kundgebungen aus einer anderen Welt giebt, an die die Wissenschaft immer noch nicht glauben will?“

Otto Cremmen machte ein verblüfftes Gesicht. Dann sah er Ernesta an, die ihm immer noch den Rücken zukehrte, aber offenbar an seinen Worten Interesse nahm.

„Ich weiß," sagte er, „Sie sind Spiritist, Herr Major. Ich stelle mich Ihnen als Antispiritisten vor. Ich verfolge seit einiger Zeit die Wirksamkeit der sogenannten Medien, und habe es so weit gebracht, daß ich manche kleinen Kunststücke dieser Herrschaften nachmachen kann. Ich halte es für meine Pflicht, meinen Vetter und seine Angehörigen davor zu hüten, daß sie solchen Spitzbuben ins Garn laufen!"

„O ho, Sie!" rief Sägebock, während Mr. Essexon, um sich Haltung zu geben, nachdenklich in der Stube auf- und niederging. „Oho, Sie Herr, das könnte jeder sagen."

„Es sagt es auch jeder, Herr. Herr Major, ein so kluger und kenntnisreicher Mann wie Sie . . ."

„Ich bitte, Herr Assessor, keine Schmeicheleien."

„Wie Sie befehlen, Herr Major. Ich begreife also nicht wie Sie so schwach und leichtgläubig sein können, sich betrügen zu lassen."

Jetzt stellte sich Mr. Essexon energisch zwischen den Major und den Assessor. Sein Gesicht war fahl, aber seine Bewegungen und seine Stimme waren sicher.

„Mister Vehsen, Sie werden weisen die Thür auf der Stelle diesem Herrn. Er oder wir!"

„Ruhe, Ruhe, lieber Essexon. Die Studien dieses Herrn Antispiritisten sind vielleicht sehr günstig für unsere Experimente."

„Wenn es Ihnen mit der Erforschung der Wahrheit Ernst ist, Herr Major," rief der Assessor um seinen

Vorteil zu wahren, „so dürfen Sie ohne Mitwirkung eines Antispiritisten gar nicht weiter gehen.“

Mr. Essexon wandte sich mit äußerster Heftigkeit gegen den Assessor.

„Wissen Sie auch, Herr Antispiritist, daß die spirits haben schon getötet durch jenseitige Macht eindringliche Störer? Wissen Sie, daß Sie nicht sind sicher vor Ihr Leben.“

„Vor Geistern fürchte ich mich nicht. Und mit Ihnen beiden will ich es aufnehmen.“

„Ruhe, meine Herren,“ sagte der Major fröhlich. „Ich bin der Herr des Hauses. Meine Tochter hatte ganz recht. Mein liebes Kind! Ich habe hier zu ent= scheiden! Lieber Herr Vetter, noch einmal willkommen. Ich beschließe, daß keine Sitzung stattfinden soll ohne die Teilnahme des Herrn Antispiritisten. Wo wohnen Sie, Herr Assessor?“

Ernesta wandte sich wieder dem Fenster zu.

„Ganz in Ihrer Nähe, Herr Major, und ich werde es so einrichten, daß ich jederzeit zu Ihrer Verfügung bin.“

Der Major rieb sich vor Vergnügen die Hände.

„Das ist vortrefflich. Unter der Aufsicht eines Anti= spiritisten werden wir unsere Beweise mit viel größerer Sicherheit sammeln können. Ich bitte, meine Freunde, diese Entscheidung nicht übel zu nehmen. Das ist nicht ein Rückfall in meine Skepsis. Das ist nur eine For= derung meiner wissenschaftlichen Anschauungsweise. Wenn unsere Geister auch in Gegenwart dieses Antispiritisten erscheinen und mit mir sprechen, so ist ein Zweifel end= giltig ausgeschlossen.“

Auch Sägebock hatte eine Weile die Stirn in Falten gezogen. Jetzt lächelte er wieder freundlich, klopfte dem Major auf die Schulter und sagte:

„Denn is jut."

Der Assessor konnte es nicht unterdrücken zu fragen:

„Hieß es nicht eben, er oder wir?"

„Zweitens habe ich dat überhaupt nich jesagt," sagte Sägebock gemütlich. „Und überhaupt es is ja so. Er oder wir, das is janz egal. Die Jeister thun wat sie wollen, einmal durch ihn, einmal durch uns. Sie bilden sich doch nicht ein, Herr Major, en Spiritist wäre wat janz besonderes. Unsinn. Ob Spiritist, ob Antispiritist, wir sind alles janz gewöhnliche Menschen, und wenn Sie wat entlarven, Herr Assessor, auf meine Dankbarkeit und meine Freundschaft können Sie zählen, auf Ehrenwort."

„Diese Gesinnung ehrt Sie, mein Herr," sagte der Major. „Mr. Essexon, ich bitte auch Sie, einen skeptischen Zeugen unserer Triumphe freundlich zu begrüßen. Und auch du, mein liebes Kind, wirst deinen Vetter willkommen heißen."

Jetzt endlich ging Ernesta auf den Assessor zu. Leise errötend reichte sie ihm die Hand und sagte:

„Ich habe wirklich nicht um Hilfe gerufen. Aber wie mein Vater will: seien Sie willkommen, auch mir willkommen."

Otto Cremmen ergriff lebhaft ihre Hand. Er führte sie an seine Lippen, und Ernesta fühlte mit einiger Über= raschung, daß seine Hand heiß war und seine Lippen zitterten. Er sagte laut vor allen Zeugen: „Ich danke Ihnen, Fräulein Ernesta. Und ich schwöre Ihnen in

Ihre Hand, daß ich all meinen Scharfsinn und all meine Kaltblütigkeit daran setzen werde, die unsauberen Geister aus diesem Hause zu vertreiben. Und Sie selbst, Fräulein Ernesta, sollen mir noch einmal zugeben, daß der Glaube an die Menschheit und sentimentale Pietät nicht immer gut sind, daß ein nüchterner ironischer Streber mitunter besser am Platze ist."

Mr. Esseron machte noch einen Versuch den skeptischen Teilnehmer los zu werden.

„Mr. Vehsen," sagte er, „werden können machen interessante Versuche, in welcher Weise wirkt ein preußischer Beamter und Offizier auf den Fluid von die spirits."

Der Major blickte mißtrauisch auf. Ernesta schaute ihn ängstlich an.

„Herr Major, meine Mutter war eine Geborene von Vehsen, eine Hannoveranerin."

„Es bleibt bei meiner Entscheidung."

Fahlke war schon vor einigen Minuten hinausgegangen und steckte jetzt den Kopf durch die Thür.

„Wenn der neue Herr vielleicht frühstücken wollte."

Sägebock suchte nach Stock und Hut. Fahlke half ihm und sagte mit einem glücklichen Lächeln, froh über seinen guten Einfall, ganz vertraulich:

„Kommen Sie nur, der Psychograph ist gedeckt."

IV

Mamas letzter Brief

Seit acht Tagen bewohnte Schwester Serafine den
Gartenpavillon. Die Fliederbüsche zwischen ihm und der
Villa waren abgeblüht und verbargen mit ihrem nach-
gedunkelten Laub das Fenster des Pavillons. Der verwilderte Garten war üppig gediehen. Schon blühten
überall die Rosen auf, die Ernestas Mutter aus dem
Zerfall zu retten gesucht und sorgfältig gepflegt hatte.
Vor Ernestas Fenster stand wieder ein Rosenstock, ein
prachtvoller aber niedriger Strauch von Dijonrosen. Sie
wußte nicht wer ihn hatte hinstellen lassen, aber sie fragte
nicht danach.

Seit acht Tagen gab es täglich spiritistische Sitzungen,
und Assessor Cremmen hatte wahrhaftig Urlaub genommen,
um sich ganz zur Verfügung stellen zu können. Wer
hätte das diesem kalten Streber zugetraut!

Alle Welt war auf das Medium neugierig gewesen,
der Major, Mister Esseron, Frau Kuntze, der Assessor und
Fahlke, jeder auf seine Art.

Doch die Neugierde, so weit sie die Persönlichkeit des Mediums betraf, wurde nicht befriedigt. Noch am Abend nach der Erscheinung Sägebocks war sie plötzlich, ohne daß sie jemand kommen gesehen hätte, im Pavillon. Fahlke war nur so in die Stubierstube des Majors gestürzt, um die Ankunft anzumelden. Wie sie von der Straße hineingelangt sei, wußte er nicht zu sagen. Aufpassen und horchen war nicht seine Sache. Überhaupt mit diesen Mediums. Lauerte man an der Gartenthür, so kamen sie vielleicht durch die Luft. Das war ja auch Nebensache. Genug, der glückliche Moment war da, Schwester Serafine war eingetroffen.

Der Major begab sich sofort in den Pavillon, um seinen Gast zu begrüßen. Als er eintrat, fand er Mister Esseron, Wilhelm Sägebock und das Medium in einem lebhaften Gespräch. Sägebock verstummte bei seinem Erscheinen und Schwester Serafine sagte mit kaum vernehmbarer Stimme:

„Ich muß schweigen. Je mehr Worte ich spreche, und mit je lauterer Stimme, desto mehr Fluidum verliere ich.“

Schwester Serafine war eine hübsche, mittelgroße Erscheinung, recht runblich und gar nicht geisterhaft. Sie trug ein schwarzes Mohairkleid von hübschem Schnitt. Der Stoff war nicht neu und nicht von dem feinsten. Auch die Hände machten nicht den Eindruck, als ob sie immer Arbeit hätten vermeiden können. Das Haar war halb kurz geschnitten und hing offen herunter, es war dicht und schwarz, schien aber nicht sorgfältig gepflegt. Das Gesicht war durch drei übereinander liegende Schleier geschützt.

„Verrückt, was?" sagte Sägebock gleich. „Wenn man sie ansieht, kann sie jarnischt machen. Frauenzimmersachen! Mir würde es nich genieren. Und babei ist sie hübsch, sag ich Ihnen. Na, erröte man nich hinter deine Rolljalousie, Finchen."

Der Major traf seine Anordnungen mit einer Mischung von Enttäuschung und Galanterie. Mr. Esseron sollte eine der Mansarden neben der Studierstube bewohnen, und Herr Sägebock sich nur Tags über, so oft es ihm beliebte, in der Villa aufhalten. Fräulein Serafine Sägebock ...

„Ne, Herr Major, reden Sie ihr nicht so an. Es ist ein ehrlicher Name, und ich habe mich seiner nicht zu schämen. Aber ihr verjeßt das Fluidum, wenn sie ihn hört. Sagen Sie einfach liebe Schwester zu ihr oder Fräulein Serafine. Darin is sie eklich."

Schwester Serafine also sollte im Gartenpavillon nach Belieben schalten. Frau Kuntze sollte für die Dauer des Besuches die Bedienung übernehmen. Aber Fahlke warf dem Major so gekränkte Blicke zu, daß er unwillkürlich hinzufügte:

„Ober darf mein Diener?"

Schwester Serafine antwortete nicht gleich. Sie wandte ihre Schleier dem verlegenen Fahlke zu und ließ einen seltsamen Laut hören, wie das Gurren einer Taube.

„Schwester," sagte Fahlke, „lassen Sie mich bedienen. Ich habe noch nie Geister bedient."

Wieder klang der erste Ton des lachenden Gurrens, dann sagte das Medium mit ihrer unveränderlich leisen

Stimme, in der bei aller Tonlosigkeit irgend ein un=
bestimmbarer Dialekt durchklang.

„Es geht viel Fluidum verloren, wenn ein Medium
nicht geliebt wird von seiner Umgebung. Hat diese Frau
Kunze Liebe für mich? Ist sie gläubig?“

Vorlaut rief Fahlke: „Fleisch ißt sie, Schwester
Serafine.“

„Dann sollst du mich bedienen.“

Fahlke beugte sich in verlegenem Glück und schaute
sich dann triumphierend in der Stube um. So hatte
der Einzug sich abgespielt und schon am nächsten Vormittag
konnte die erste Sitzung stattfinden.

Mr. Esseron und Wilhelm Sägebock hatten noch
einen letzten Versuch gemacht, den Major gegen den anti=
spiritistischen Assessor aufzubringen. Er habe wahrscheinlich
im Einverständnis mit Fräulein Ernesta gehandelt. Der
Major dürfe sich nicht von verliebten jungen Leuten an
der Nase herumführen lassen. Es half ihnen nichts. Der
Major versprach sich von der Mitwirkung des Anti=
spiritisten wichtige Anregungen und ließ ihn herüber
bitten, so oft die jenseitige Kraft Schwester Serafinens
die kleinste Erscheinung verhieß.

Assessor Cremmen ließ sich niemals lange bitten.
Er kam dem Boten gewöhnlich schon mit dem Hute in
der Hand entgegen. Wenn er aber, wie die Spiritisten
behaupteten, um Ernestas willen kam, so war er zu be=
dauern. Das Fräulein verließ ihre Stube kaum mehr,
seitdem der Vater das weibliche Medium aufgenommen
hatte, und des Assessors Versuche, sich dem Mädchen zu
nähern, gefährdeten fast sein ganzes Unternehmen.

„Lieber Herr," sagte der Major, als Cremmen ein=
mal eine Frage nach Ernesta nicht zurückhalten konnte,
„lieber Herr, Sie sind hier einzig und allein als Anti=
spiritist eingeladen, und ich erwarte von Ihrer Loyalität,
daß Sie diesen Beruf ernst nehmen und nicht etwa Privat=
zwecke verfolgen. Nehmen Sie sich ein Beispiel an Mr.
Esseron, der nimmt's ernsthaft."

Cremmen war infolgedessen allein auf den guten
Fahlke angewiesen, wenn er einen Gruß an Ernesta
senden oder etwas über ihr Leben erfahren wollte. Fahlke
war von allen Spiritisten des Hauses der überzeugteste.
Aber er war in manchen Dingen doch ein zu diesseitiger
Mensch geblieben, und wenn ihm Fräulein von Vehsen
um ihres Unglaubens willen leid that, so bekümmerte es
ihn doch auch, daß der Herr Major so hart gegen sie
war, und sie mit Strenge zu ihrem Glücke leiten wollte.

Cremmen mußte manche Stunde an die Unterhaltung
mit Fahlke wenden und mußte namentlich des Abends
lange mit ihm vor der Villa auf und nieder wandeln,
bevor er einigermaßen eine Vorstellung vom Leben der
Familie erhielt. So vergeistigt Fahlke auch schon war,
die Verurteilung zur Pflanzenkost spielte immer noch die
größte Rolle in allen Unterhaltungen. Er habe sogar
in der letzten Zeit Anfälle von Widerspruchsgeist in sich
gefühlt. Ihm sei nicht recht wohl geworden beim Anblick
der ewigen grünen Schüsseln. Einer der Studenten aber
habe seine bessere Seele wieder wach gerückt. Grün sei
ja schon für die Augen gut, um wie viel mehr erst für
die Seele und für den Magen. Und der jüngere der
beiden Studenten habe ihm sogar mit eigener Handschrift

einen neuen Vers in sein Gesangbuch hineingeschrieben. Fahlke hatte ihn rasch behalten.

> „Wo man Fleisch ißt, laß dich niemals nieder,
> Ochsophagen machen keine Lieder.
> Genieße Obst und Körner, höchstens Milch,
> Böse Menschen leben nicht so billig.“

Diese tugendhafte Kost sei eine schwere Prüfung. Fräulein von Vehsen gewöhne sich langsam das Essen ab und sähe nicht zum besten aus. Der Herr Major komme so von Kräften, daß es einen Hund jammern könnte, und wenn man nicht wüßte, was der Lohn sei, man könnte eines Tages vor Zorn die Speisekammer anzünden. Besonders jetzt, wo Frau Kuntze für sich und für den lasterhaften Herrn Sägebock ganz offen= kundig vor aller Augen und Nasen koche und brate. Aber was war zu thun? Wenn die lieben Geister es nun einmal wollten!

Cremmen gewann das Zutrauen Fahlkes von Tag zu Tag mehr. Er sei kein so eingefleischter Ochsophage, wie man glaube.

„Ja, Herr Assessor,“ erwiderte Fahlke einmal. „Aber Sie sind doch ein böser Mensch. Sie sind doch Anti= spiritist.“

„Gerade daraus sollten Sie doch sehen, lieber Fahlke, daß ich auch eine Art von Spiritist bin.“

Angenehm überrascht blieb Fahlke stehen. Sie hielten in ihrer Promenade unter der Gaslaterne und Fahlke sagte nachdenklich:

„Also Anti bedeutet immer eine besondere Art?“

„Ja wohl, lieber Fahlke. Cigarre gefällig?“

Fahlke lächelte: „Sie sind ein Schlauer. Sie wissen womit Sie mich fangen können, aber bestechen lasse ich mich nicht. Wenn ich bitten dürfte, eine von den leichten. Danke ergebenst, Sie sind sehr gütig. Also Anti bedeutet eine besondere Art? Ei ja, ei ja, was man nicht alles lernt. Aber es freut mich doch, daß ich mich in Ihnen nicht getäuscht habe. Ich habe mir's immer gedacht, der Herr Assessor ist ein guter Mensch."

„Wenn Sie das denken, lieber Fahlke, und Sie denken ganz richtig, Sie denken überhaupt hervorragend klar — dann sollten Sie mich doch ein wenig unter= stützen."

Mit einem Ausdruck von todestrauriger Pfiffigkeit blickte Fahlke den Assessor an.

„Sie glauben doch nicht, daß man mich foppen kann, Herr Assessor? Auch hat es mir die Kuntzen gesagt. Auf das gnädige Fräulein haben Sie es abgesehen. Und von biesseits, wo ich nur ein armer Diener bin, stünde ja nichts im Wege. Aber von jenseits, wo ich mir schmeichle zu den ausgezeichneten Geistern zu gehören, da haperts. Nein, Herr Assessor, schlagen Sie sich das aus dem Kopf, oder werden Sie ein richtiger, geben Sie das Anti auf."

Fahlke wischte sich die Augen, wischte immer stärker und brach plötzlich in bittere Thränen aus.

„Zu denken, daß wir vielleicht den zwanzigsten Ge= burtstag auf ihr biesseitiges Begräbnis gehen werden, vom gnädigen Fräulein. Und wenn sie wirklich die Frau dieses Jammermenschen werden müßte, lieber das, als tot."

Und es kam heraus, dieser Engländer, der biesseitig angesehen wohl ein Lump war und nur durch eine der jenseitigen unberechenbaren Launen ein Vertrauter der Geister war, dieser Mister machte sich Rechnung auf die Hand des gnädigen Fräulein. Und es würde wohl nichts anderes übrig bleiben. Verhältnisse, Herr Assessor! schon die diesseitigen Verhältnisse endigen gewöhnlich recht traurig. Wie erst die jenseitigen Verhältnisse. Ach, wenn ich nur erzählen dürfte.

Er erzählte was er wußte, nicht alles, aber genug, um den Assessor in Schrecken zu setzen, aber ihn auch auf die richtige Fährte zu leiten. Der Herr Major habe vor Monaten eine Erscheinung der seligen Gnädigen gehabt. Die Gnädige habe mündlich und schriftlich ihren Willen kund gethan. Fahlke wisse nichts Genaues, denn der Herr Major sehe in ihm nur immer den diesseitigen Esel, und Karline sei fortgegangen ohne zu reden.

„Karline?"

„Na ja, das Mädchen, das der Herr Major unmittelbar nach der Geistererscheinung aus dem Hause gejagt hat."

Nun hatte der Assessor festen Boden. Es glaubte wenigstens den Zusammenhang zu ahnen. Ein spitzbübisches Dienstmädchen im Bunde mit einem raffinierten Geisterseher, die beiden hatten den schwachsinnigen Major so weit gebracht. Cremmen versorgte den guten Fahlke mit Cigarren und kehrte für heute befriedigt nach Hause zurück.

Vom ersten Augenblick an hatte er mit seinem geübten Juristenauge erkannt, daß Schwester Serafine ein ganz harmloses, von ihrer Macht überzeugtes und vielleicht sogar irgendwie hypnotisch wirksames Geschöpf war.

Das gute Ding hatte überdies, wie es schien, einen starken Eindruck von ihm selbst empfangen. Das arme Mädchen. Es war ja kein Wunder. Nicht als ob er ... Aber die Nerven immer hysterisch aufgeregt, die ewigen Kasteiungen und dann der neue Verkehr mit einem selbstbewußten, lebenssicheren, na und so weit ganz patenten jungen Mann, sie brauchte ihn nicht erst mit ihren ausgefranzten Spiritisten zu vergleichen, um richtig zu wählen. Wie sie in seiner Gegenwart zitterte und bebte. Nicht vor einer Entdeckung, dazu war ihr ganzes Auftreten zu ungefährlich. Sie machte die paar Kunststücke, die alle Spiritisten machen. Und sie machte sie gut. Cremmen hatte in seinen Büchern die physikalischen Erklärungen alle dieser Taschenspielerkunststücke nachgelesen. Nicht nachmachen konnte er die Tricks, aber erklären konnte er sie dem Major, wissenschaftlich, physikalisch. Und wenn sie wirklich an ein Band, dessen Enden der Major und der Assessor hielten, zwei sogenannte Geisterknoten schlang, wenn dieses naturwissenschaftlich und mathematisch unerklärliche Kunststück am Ende wirklich zu den Dingen gehörte, von denen unsere Schulweisheit sich nichts träumen läßt, so nahm sie es nicht einmal übel, wenn der Assessor die Bezeichnung Geisterknoten ablehnte. Nein, vor einer Entdeckung zitterte dieses arme, gute Mädchen nicht. Man wird sie eines Tages in eine Heilanstalt für Nervenkranke schicken, ihr dann einen kleinen Laden einrichten und es dulden, von ihr als ein Wesen höherer Art angestaunt zu werden. Schade, daß von ihren Zügen auch nicht eine Linie zu sehen war. Die Stimme klang nicht übel. Und so demütig, wenn er sie anfuhr.

Assessor Cremmen nahm sich vor an den Sitzungen der Schwester Serafine weiter eifrig teilzunehmen, seine ganze Aufmerksamkeit aber von nun an dem Engländer und jener Karline zuzuwenden. Aus der Vergangenheit heraus mußte dieses Paar entlarvt werden.

Am nächsten Tage hatte Cremmen abermals eine lange Unterredung mit Fahlke. Er setzte ihm auseinander, daß nach der Meinung der strengsten amerikanischen Spiritisten, Austern keine Fleischnahrung seien, Champagner kein geistiges Getränk, und daß auch für minder Bemittelte ein Kompromiß mit den strengen Speisegesetzen möglich wäre.

„Na ja, Hühnerfrikassee," meinte Fahlke, „aber das ist auf die Länge auch weichlich."

Der Assessor versprach den Major zu einer milderen Auffassung umzustimmen, und kam dann sofort auf Karline zu sprechen. Er kannte jetzt zur Genüge den Gedankengang der Spiritisten, insbesondere die wenigen Gedanken Fahlkes, und fing gleich damit an, daß er das Mädchen gegen einen unbegründeten Verdacht in Schutz nahm.

„Das kommt oft vor, daß unschuldige Hausbewohner spiritistisch begnadeter Familien in den Verdacht kommen, Unfug getrieben zu haben, weil alle Erscheinungen an ihre Nähe gebunden sind. Aber es ist doch ganz klar, daß solche Hausgenossen eben unbewußte Medien waren, und zu den Erscheinungen wohl ihre Nähe erforderlich war, nicht aber ihr Mitwissen. Das ist klar wie Wurstbrühe."

„Herr Assessor, wie darf ich Ihnen danken? Das

war von der ersten Stunde an meine Überzeugung; und der Mister hat es mir auch gesagt. Aber auf den gebe ich nicht viel. Ja, Herr Assessor, Karline war rein, soweit ein Stubenmädchen diesseitig rein sein kann. Und was für Erscheinungen verdanke ich ihr! Wenn wir drüben stundenlang im Pavillon um den Tisch herumsaßen, geschah oft gar nichts. Schön war das Kettebilden freilich, denn niemand brauchte sich zu rühren."

„Der Tisch rührte sich wohl auch nicht, lieber Fahlke?"

„Nein, Herr Assessor, selten. Aber nachher in der Küche, wenn wir uns um den Küchentisch herumsetzten, die Kuntzen, die doch gar keines hat und ich, dessen Fluidum, unter uns gesagt, nur schwach ist, und Karline kam dazu und legte ihre Hände nur mit darauf, das hätten Sie mit ansehen sollen. Die lieben, kleinen Geister wimmelten nur so unter dem Tisch, und wenn wir die Lampe auslöschten auch über dem Tisch. Alle hatten sie es auf mich abgesehen, die lieben Brüder. Frau Kuntze saß mit und schaute gern zu, aber sie wurde gleich grob, wenn ihr ein Bruder auf die Füße trat oder ihren falschen Zopf abriß. Da hielten sich die lieben Geisterchen nur noch an mich. Wir hatten manche scherzhafte Stunde in der Küche, Kartoffeln flogen nur so herum und alte Knochen. Karline wollte sich immer auslachen wie ein Kobold. Sie war jung und unerfahren, aber Fluidum muß sie gehabt haben, mehr als wir alle zusammen."

„Und die mußte aus dem Haus nach der großen Erscheinung?"

„Ja, und wenn es nicht der Herr Major gewesen

wäre, ich wäre auch nicht geblieben. Nichts hat sie mit=
genommen, nichts als mein diesseitiges Herz. Keine Wert=
sachen, Herr Assessor. Ich selbst habe ihren Koffer fort=
getragen. Sie war ein gutes Mädchen auch im dies=
seitigen Verhältnis. Und oft hat sie mir in den Wochen
darauf gesagt: Fahlke bleiben Sie, hat sie gesagt. Ge=
rade, wenn ich fort bin, hat der Major sie nötig. Der
Major hat gar kein Fluidum. Sie haben doch wenigstens
etwas davon."

„Ei, lieber Fahlke, Sie haben also Karline wieder=
gesehen? Das ist ja sehr interessant. Weiß der Major
davon?"

„Verraten Sie mich, Herr Assessor, oder schweigen
Sie, wie Sie wollen. Wir legen diesen Dingen keine
Wichtigkeit bei."

„Ich will schweigen, wenn Sie mir alles erzählen,
was Sie von Karline wissen."

„Nur Gutes, Herr Assessor. Es lag ihr daran,
mir zu beweisen, daß sie ein ehrliches Mädchen sei und
ein echtes Medium. So kam sie von Zeit zu Zeit heim=
lich hierher und verbarg sich für ein paar Stunden irgend=
wo in der Villa." Falke lächelte überlegen.

„Nun?"

„Sie war ein echtes Medium. So oft Karline mit
ihrer diesseitigen Person leibhaftig in der Villa war,
hatte der Major kleine Erscheinungen aus dem Jenseits.
Na, was sagen Sie nun?"

„Und wann hörte das auf?"

„Fragen Sie nicht. Um Weihnachten herum. Sie
hatte mir die Ehe versprochen. Wir hätten unser gutes

Brot gehabt. Karline dachte an ein Speisehaus — kein vegetarisches Speisehaus, Herr Assessor! Da plötzlich um Weihnachten herum hat Karline einen Dienst im Ausland angenommen, hat mich verlassen. Vielleicht sehen wir uns erst im Jenseits wieder. Und ich hatte doch gehofft, sie diesseitig mein zu nennen."

„Und seitdem hat der Major keine Erscheinungen mehr gehabt?"

Fahlke lächelte mitleidig.

„Kinderspäße. Was können denn die andern? Klopfen und schreiben, und schreiben und klopfen, Lampen schwingen, Knoten machen und Harmonika spielen. Kleinigkeiten, d. h. ich will nichts gesagt haben. Alles echt und schön. Aber an Karline darf ich dabei nicht denken. Sehen Sie, Herr Assessor, heute Abend sollen wir eine große Sitzung haben, Sie sollten erst gar nicht eingeladen werden, und sollen vor allem von nichts wissen. Hätten Sie mich nicht an Karline erinnert, ich wäre andächtig zur Sitzung gekommen. Aber so. Wissen Sie, Herr Assessor, Geister sind es ja, aber man will doch auch etwas für die Diesseitigkeit haben, was fürs Herz."

„Fahlke, der Vater verlangt nach Ihnen!" Ernesta war an der Schwelle des Hauses erschienen und stand sonnenbeleuchtet unter einem Gehänge von dunklen Gaisblattzweigen. Sie sah blaß und traurig aus. Der Assessor war glücklich, ihrer endlich ansichtig zu werden. Während Fahlke mit einer plötzlichen Änderung seiner ganzen Haltung dem Fräulein und dem Assessor eine untergebene Verbeugung machte und ins Haus eilte, rief Cremmen:

„Verschwinden Sie nicht wieder, Fräulein Ernesta, ich bitte um eine Audienz."

Mit traurigem Lächeln schritt Ernesta drei Stufen herunter und trat auf ihn zu.

„Spotten Sie nicht, Herr Assessor. Von mir kann niemand etwas erbitten. Ich bin das ärmste Geschöpf."

„Fräulein Ernesta, Sie haben mir bewiesen, daß Sie keine Sympathie für mich haben. Haben Sie nicht wenigstens ein bißchen Vertrauen?"

„Ich möchte wohl, und ehrlich, ich kam herunter, weil ich Sie sah. Aber Sie haben sich mit einer Lüge in das Vertrauen des Vaters geschlichen. Das trennt mich wieder von Ihnen."

„Ich habe nicht gelogen, Fräulein Ernesta. Ich will diese spiritistischen Schwindler wirklich entlarven, wie ich es ausgesprochen habe."

„Sind Sie denn wirklich ein Antispiritist?

„Aber, mein gnädiges Fräulein, ich bin eben ein vernünftiger Mensch. Das ist ein und dasselbe. Übrigens beschäftige ich mich seit einiger Zeit fast ausschließlich mit den spiritistischen Erscheinungen und mit der Geschichte der bedeutendsten Betrüger, und hoffe mich wirklich mit Recht einen Antispiritisten nennen zu dürfen?"

„Und das thaten Sie mir zu Liebe?"

„Ihnen zu Liebe, Fräulein Ernesta."

„Ich wünsche Ihnen Glück, Herr Assessor. Ich weiß nicht mehr, was ich von meinem Vater denken soll. In Einem hatten sie jüngst recht. Ich bin wirklich hilflos, ganz hilflos! Haben Sie schon etwas erreicht?"

„Mehr als ich hoffen durfte, Fräulein Ernesta. Ich

glaube auf der richtigen Fährte zu sein. Ich halte das Netz, das Ihren Vater umstrickt hält."

„Und Sie wollen ihm helfen? Sie können es?"

„Ja, und damit ich nicht mehr Dank ernte als ich verdiene: Ich kann sehr einfach helfen."

„Meinem Vater?"

„Wenigstens seinen Interessen. Der arme Fahlke hat mir wichtige Verdachtsmomente gegen ein ehemaliges Dienstmädchen geliefert. Ich benachrichtige einfach die Polizei. Und die ganze Bande wird binnen kurzem aufgehoben sein."

Ernesta setzte sich auf die alte, wurmstichige Bank von Wurzelholz unter ihrem Fenster nieder. Sie stützte ihren Kopf in beide Hände. Nach einer Weile blickte sie auf, so hoffnungslos, daß Cremmen erschrak.

„Sie werden ein vortrefflicher Staatsanwalt werden, Herr Assessor. Ja wohl, nur schnell die Polizei. Noch heute womöglich und ein paar Kriminalkommissare in dieses Haus, wo Mama gestorben ist. Sie sind wirklich ein kluger Mann! Die Polizei wird die Schwindler verhaften, sie werden nach einem lustigen Prozeß verurteilt werden, und mein Vater wird dastehen als eine Zielscheibe für den Witz von Berlin. Sie vergessen nur eines, Herr Assessor, daß mein Vater der Polizei nicht glauben wird, daß er von den Hexenkünsten nach einer solchen Rücksichtslosigkeit überzeugter sein wird als je."

„Aber, liebes Fräulein, wir erreichen doch die Hauptsache: die Schwindler werden unschädlich gemacht."

„Ach ja, ich vergaß, das ist die Hauptsache! Daß nur kein Goldstück aus dem Geldschrank verloren geht!

Mein Gott, ich habe noch an eine Nebensache gedacht. Diese Spiritisten trennen mich von meinem Vater, und ich fürchte, Ihre Kriminalkommissare werden mit ihrem festen Griff das nicht zurechtrücken, was zwischen mir und dem Vater anders ist, als es sein sollte, was entzwei zu brechen droht zwischen uns. Und Sie denken ans Geld, immer nur ans Geld. Warum verbünden Sie sich denn nicht lieber mit Mister Esseron als mit mir?"

„Warum wollen Sie mich beleidigen, Fräulein Ernesta? Sie müssen doch sehen und fühlen, daß ich es besser meine als meine Worte."

„Weil ich mich nicht mehr zu bergen weiß vor Angst und vor Scham. Nun wollen sie gar in meine Stube eindringen, der Engländer und das Frauenzimmer!"

„Der Schwester Serafine thun Sie Unrecht, liebes Fräulein. Das ist ein armes, gutes Geschöpf, vielleicht selbst ein Opfer des Spiritismus. Ich bin auf einer andern Spur."

„So verhindern Sie es, daß man mich aus meiner Stube treibt. Heute Abend soll dort so eine Sitzung stattfinden. Mister Esseron ordnet schon Tisch und Stühle. Und gerade unter dem alten Bilde von Mama soll Ihr Medium Platz nehmen. Warum können Sie das nicht verhindern?"

Ernesta blickte von ihrer Bank wie ein hilfloses Kind zu dem Assessor auf. Cremmen fühlte auf einmal Mitleid mit ihr und überlegte länger als seine Gewohnheit war, wie er ihr das sagen sollte, was er ihr sagen mußte. Er setzte sich endlich neben Ernesta nieder, faßte ihre Hand und sagte leise und eindringlich:

„Wenn es Ihnen Ernst ist, den Herrn Major an den Schritten zu verhindern, die dieses Haus so sehr verwirren, so wird das wohl möglich sein. Ihr armer Vater befindet sich unter einem psychologischen Zwange, der ihm nur zu seinem eigenen Schaden gereichen kann. Es wäre ein Glück für ihn selbst, wenn ihm die Freiheit des Handelns eingeschränkt würde. Wenn es Ihnen also Ernst ist, Fräulein Ernesta, so wollen wir, wie das Gesetz es vorschreibt, zum besten ihres Vaters einen ernsten Schritt unternehmen. Er ist ja zum Kinde geworden in der Hand dieser Spiritisten. Er ist unmündig geworden. Ihn entmündigen ..."

Bis zur Aussprache des letzten Wortes hatte Ernesta den Assessor gespannt aber verständnislos angesehen. Jetzt sprang sie auf. Mit einer raschen Handbewegung verbot sie jedes weitere Wort. Langsam ging sie an dem Pavillon vorüber in die Tiefe des Gartens hinein. Cremmen glaubte, daß ein Blick ihn aufforderte ihr zu folgen.

Auf einem schmalen, mit Unkraut überwucherten Weg zwischen hohen Gaisblattstämmen und Buchenunterholz schritt Ernesta bis ans Ende des Grundstücks. Erst dicht vor dem hohen Plankenzaun blieb sie stehen und erwartete den Assessor. Als er bis auf einen Schritt an sie herangetreten war, hob sie die Hände und sagte schnell:

„Sie brauchen mich nicht für dumm zu halten. Ich habe Sie ganz gut verstanden. Man liest ja davon in Romanen. Und auch in den Familien soll es ja vorkommen. Das also ist gesetzlich? Das wäre kein Verbrechen?"

In der Meinung, er habe das Mädchen so leicht zu bestimmen gewußt, rief Cremmen ganz zuversichtlich:

„Es wäre nicht nur kein Verbrechen, es wäre einfach korrekt, das Gesetz ermächtigt Sie dazu und auch der strengste Moralist dürfte Ihnen keinen Vorwurf machen.“

Ernesta schlug die Hände zusammen und lehnte sich schwach gegen den Plankenzaun.

„So ist also die Welt! So sind die Männergesetze! Es wäre also wirklich kein Verbrechen, wenn ich, das Kind, eines Tages zum Vater träte und spräche: Du hast mich erzogen und gebildet und hast mich so weit gebracht, daß ich klüger geworden bin als du, jetzt überlaß mir die Rute, jetzt hast du zu gehorchen. Und du, Mama, du hast mich mit der Liebe deines Lebens Schumann spielen gelehrt und jetzt sind deine Hände schwach geworden, du selbst spielst nicht mehr schön. Ich verschließe das Klavier vor dir, wie du es vor mir verschlossen hast als ich noch ein Kind war; wenn du aber wieder klimpern willst, her beine Hände und die Rute darauf. Ich weiß, ich weiß, Herr Assessor, Sie denken nicht an solche Dinge, Sie denken an die großen feierlichen Angelegenheiten. Ich soll meinem Vater verbieten Geld aufzunehmen und Geld auszugeben. Das Kind soll dem Vater verbieten. Und ich will Ihnen etwas sagen, Herr Assessor. Zum zweiten Mal stehen Sie vor mir in einer ernsten Stunde. Zum zweiten Mal wollen Sie mich zu etwas überreden, was Sie gewiß für gut halten. Und zum zweiten Mal schicke ich Sie fort, trotzdem ich wahrhaftig einen Menschen brauche, wie kein Mensch sonst einen andern braucht.“

Sie schlug mit der flachen Hand gegen den Plankenzaun.

„So ist die Zukunft vor mir verrammelt. Ich möchte fliehen und kann nicht. Herr Assessor, haben Sie denn keine gute Mutter gehabt, daß Sie das nicht verstehen?"

„Aber, liebes Fräulein, Ihr Vater ist krank, sehr krank, das müssen Sie doch einsehen."

„Ich fange an, es zu begreifen. Meine arme Mutter! Was muß sie gelitten haben! Aber Ihnen danke ich nicht dafür, daß Sie mich darüber aufgeklärt haben. Und wenn ich es auch weiß. Es nützt Ihnen nichts. Hört man denn auf, seine Angehörigen zu pflegen, wenn sie krank sind? Aus welchem Lande sind Sie denn, Herr Assessor? Wenn mein Vater noch Offizier wäre und käme aus dem Feldzug nach Hause mit der furchtbarsten Wunde und könnte nicht leben und nicht sterben, und die Wunde könnte nicht heilen, und ich müßte die Wunde waschen und verbinden jahraus, jahrein, täglich, stündlich, dürfte ich jemals in einer Stunde sagen: Gesetz, befreie mich, ich will nicht mehr Krankenwärterin sein. Sind denn die Männer zu dumm, um das zu verstehen? Hat denn Ihre Mutter niemals an Ihrem Bette gesessen, wie Sie noch ein Kind und krank waren? Hat Ihr Vater niemals den Kopf besorgt zur Thür hereingesteckt?"

„Ich wiederhole Ihnen, Fräulein Ernesta, daß das Gesetz gegen solche Kranke...."

„Dann ist das Gesetz krank! Wenn mir nicht anders zu helfen ist, so bin ich verloren!"

Ernesta drohte umzusinken, sie verlor vor Jammer fast das Bewußtsein. Cremmen faßte sie stark um den Leib, zog sie an sich und legte dann wieder unsicher ihren Arm in den seinigen.

„So vertrauen Sie mir doch, Fräulein Ernesta. Ich versichere Sie, ich bin anders geworden. Ich ertappe mich auf ganz unpraktischen und romantischen Gefühlen.“

„Ach Sie,“ sagte Ernesta und weinte. Aber sie legte ihren Arm doch wieder mit Bewußtsein fest in den seinigen. Und er wurde fast verjüngt.

„Hören Sie, Fräulein Ernesta, so weit ist es mit mir gekommen, daß ich Ihnen meine Zeit und meine ganze Erfahrung widmen möchte auch ohne jede Hoffnung auf Lohn.“

„Das ist lieb von Ihnen. Es ist ja auch nicht möglich. Es muß mir doch jemand helfen.“

„Vielleicht ist es das bekannte romantische Gefühl, das ich so ungern in mir aufkommen lasse, vielleicht ist es auch nur die Lust am Kampf. Ich sagte Ihnen schon, ich bin dem Schwindel auf der Spur, und wenn Sie mir ein wenig helfen wollen, so kann ich am Ende mit der Gesellschaft ohne Polizei fertig werden. Nur ein bißchen Drohen müssen Sie mir erlauben.“

„Ach Gott, ich vertraue Ihnen so gern.“

„Dann, liebes Fräulein, will ich Ihnen mitteilen, daß mein Verdacht sich immer schärfer gegen ein Dienstmädchen richtet, das einmal hier im Hause war und dann plötzlich fortgejagt wurde.“

„Karline? Der würde ich allerdings jeden tollen

Streich zutrauen. Aber schlecht war sie nicht, das glaube ich nicht."

„Sie ist eine abgefeimte Spitzbübin. Wissen Sie, was in der Nacht vor der Entlassung hier im Hause vorging?"

„Nein, Vater war eben aufgeregt, und Mr. Esseron muß Vaters Zustand irgendwie mißbraucht haben. Seit jener Nacht gestattet ihm mein Vater im Hause viel mehr Freiheiten als sonst. Ich fange an, mich zu fürchten vor diesem Engländer. Ich verstehe jetzt auf einmal das Unglück meiner Mutter. Und verstehe ihre letzte Sorge um mich. Da fällt mir was ein, aber Sie werden es nicht brauchen können."

„Betrifft es die Karline?"

„Doch auch. Niemand von uns ahnte, daß Mamas Tod nahe war. Sie selbst hat es wohl gewußt. Einmal gegen Abend ruft sie mich an ihr Bett, weint unhörbar und sagt dann ruhig und so deutlich als es ihr möglich war: Ehre deinen Vater. Sei gut zu ihm und wache über ihn. Er ist gut, aber er wird dir keine Stütze sein. Sei tapfer. Ich höre noch jeden Ton. Dann sprach sie davon, ich würde in dem ernstesten Augenblick eines Mädchenlebens allein wählen müssen."

„Liebes, liebes Fräulein Ernesta."

„Lassen Sie jetzt. Dann mußte ich ihr eine Feder bringen, sie wollte an Vater schreiben. Mir wurde sehr bange. Ich bat, den Vater selber rufen zu dürfen. Sie aber wollte schreiben. Ich müßte den Brief aufbewahren und ihn dem Vater übergeben, wenn ich es für richtig hielte. Ich gab ihr endlich nach. Sie schrieb langsam und unter großen Beschwerden. Ihre Schriftzüge waren kaum mehr zu erkennen. Sie schrieb: ‚Ich gehöre nicht mehr der Erde an.‘ Dann beschwor sie ihn, bei allem Glück und allem Unglück ihres Zusammenlebens, mich lieb zu haben. Es wurde ihr immer schwerer, noch kamen die Worte aufs Papier: ‚Wenn sie fürs Leben wählen soll, so will ich . . .‘ Sie konnte nicht mehr. Schweißtropfen traten unter ihrem Haar hervor. Ich bemerkte in diesem Augenblick zum erstenmale, daß Mama graues Haar hatte. Und wie ihr Gesicht verwandelt war! Ich kann heute nicht mehr, sagte sie, verwahre das Blatt gut. Bringe es mir morgen früh wieder, recht früh, recht früh. Jetzt bin ich müde. Ich kam früh wieder, recht früh. Mama war tot.“

Ernesta hing sich dicht an Cremmens Arm und weinte, um vieles beruhigter, still vor sich hin.

„Mein teures Fräulein, Sie haben recht. Der Brief ist von großem Wert. Besonders für mich. Und was hat Karline damit zu thun? Verzeihen Sie, wenn ich als Jurist Ihren Schmerz störe!“

„Ach das Mädchen muß einmal in meinem Schreibtisch gekramt und ihn gefunden haben. Sie war immer sehr neugierig. Als sie von mir Abschied nahm, spielte sie auf den Brief an. Ich habe oft bedauert, sie nicht wieder gesehen zu haben.“

„Seien Sie lieber froh, daß Sie sie los sind. Das Netz wird immer vollständiger. Sie werden sehen, wir kriegen die Bande. Mich aber sollten Sie doch etwas freundlicher behandeln, Fräulein Ernesta. Dieser letzte Brief beweist mir, daß Ihre Mutter die Lage ebenso beurteilt hat wie ich.“

„Nicht ebenso, Herr Assessor! Mama liebte den Vater.“

„Aber Mama liebte doch auch Sie.“

„Ach Sie thun mir so oft weh.“

Ernesta ließ Cremmens Arm los und nach wenigen Sekunden war sie wieder im vorderen und lichteren Teile des Gartens. Der Assessor folgte ihr rasch und hatte wohl noch mancherlei auf dem Herzen. Als sie aber vor dem Pavillon anlangten, fanden sie Gesellschaft. Redakteur Runge und die beiden Studenten der Theologie warteten, wie sie sagten, auf Herrn Sägebock, der ihnen von seiner Schwester Bescheid bringen sollte. Der Major erschien im ersten Stockwerk an seinem Fenster und rief herunter:

„Da sind Sie ja, Herr Antispiritist. Nehmen Sie sich zusammen. Heute Abend um sieben Uhr große Sitzung im Zimmer meiner Tochter. Sie sind höflichst geladen.“

Erregt schlug er das Fenster zu und verschwand.

Ernesta warf dem Assessor noch einen bittenden Blick zu, reichte ihm die Hand und ging ins Haus. Den Gruß der Studenten und des Redakteurs erwiderte sie kaum.

Die beiden Studenten waren elegant gekleidete junge Leute. Niemand in der Villa kannte sie eigentlich bei ihrem wahren Namen. In dem Verein waren sie als die Herren Fisch und Kreisel eingeführt worden. Cremmen bemerkte schon nach seiner ersten Unterredung, daß das Kneipnamen waren, und daß wenigstens der eine der beiden Studenten den spiritistischen Unfug nur zum Spaß mitmachte. Er war auch der Dichter einiger vegetarischer Lieder. Er wurde Fisch genannt, war etwas kleiner als sein Genosse und hatte einen Schmiß quer übers glattrasierte Kinn. Kreisel hatte ein unverletztes Gesicht, und schien wenigstens den Vegetarismus ernst zu nehmen. Humor hatten beide.

Karl August Runge war ein kleines, zierliches Männchen, kaum dreißig Jahre alt und machte in seinem strengen Jägerkostüm einen drolligen Eindruck. Als hätte er sich von Kopf bis Fuß in enge Tricots von Kamel- wolle gesteckt.

Cremmen erfuhr auf seine Frage, daß der Major in einer plötzlichen Laune die Beteiligung dieser Herren an der Familiensitzung abgelehnt habe, und daß man um die Intervention von Schwester Serafine gebeten habe. Im Pavillon mochte darüber Beratung stattfinden. Wenigstens kam Herr Sägebock nicht so bald wieder.

Zwischen dem Assessor und den Studenten hatte sich gleich in den ersten Tagen ihrer Bekanntschaft ein stilles Einverständnis ergeben. Er sagte es ihnen auf den Kopf zu, daß sie an den ganzen Schwindel nicht glaubten. Das lehnte namentlich Fisch entrüstet ab. Auf eine Ent- larvung wollten sie sich nicht einlassen. Es blieb dem Assessor unklar, ob sie am Ende doch in einigen Punkten gläubig waren, oder ob sie von einer Entlarvung das Ende des Ulks befürchteten. Aber mit Cremmen gemein- sam machten sie sich oft über die andern Teilnehmer des Zirkels lustig und sorgten dafür, daß es in den Sitzungen mitunter etwas zu lachen gab. Besonders auf Runge und den Barbier hatten sie es abgesehen.

„Hören Sie, Herr Doktor,“ sagte Fisch jetzt zu Runge, „ich glaube Sie sind nicht ganz rejell. (Er sprach das Wort genau so aus wie es Runges Gewohnheit war, mit einem j in der Mitte.) Das vegetarische Liederbuch muß doch eine neue Auflage erlebt haben? Wo bleibt mein Honorar?“

„Bester Herr Fisch,“ rief Runge, aufgeregt wie immer, „ich bin kaum auf meine Kosten gekommen. Fünftausend Exemplare habe ich drucken lassen, rejell. Und kaum tausend sind verkauft.“

Cremmen nickte dem Studenten zu und sagte:

„Das ist der beste Beweis, daß der Vegetarismus keine Zukunft hat. Wenn er nicht einmal in der Form von Poesie zieht, wie soll man erst die Speisen genießen.“

„Herr,“ rief Runge, „aller Segen kommt von der vegetarischen Lebensweise. Von der Moral gar nicht zu reden. Aber reden wir von der Moral. Um einer dünnen Fleischbrühe willen schreit Brudermord auf Brudermord zum Himmel. Oder nicht? Wie ich einmal in einem Leitartikel der Spiritisten-Leuchte gesagt habe: die Menschheit wird entweder vegetarisch werden, oder sie wird gar nicht werden. Wenn erst die Menschheit zur Pflanzenkost zurückgekehrt ist, dann wird mit allem Komfort ausgestattet unter dem Banner des Friedens ein großes, starkes, keusches, unsterbliches Geschlecht die Erde fruktifizieren ohne Mord, ohne Gelehrsamkeit, ohne Krieg und ohne Krankheit. Der Staat müßte sich ins Mittel legen — oder nicht?“

„Ganz Ihrer Meinung,“ sagte Fisch, „aber Sie

sind nicht konsequent. Noch humaner wäre es, wenn Sie ein Baumwollener wären und kein Schafwollener."

Runge gab sich einen Ruck, daß er fast vom Boden emporsprang.

„Die Schäfchen werden zu ihrer eigenen Lust im Sommer geschoren. Lassen Sie sich etwa nicht scheren? Es ist menschlich sich scheren zu lassen. Wenn wir uns einfach und prunklos in Wolle hüllen, so wird ein paradiesisches Zeitalter zur Geltung gebracht. Unter der Wolle lebt, wie es so herrlich heißt, ein großer und guter, ein weiser und weicher, ein wohlwollender Mensch. Diese Wolle saugt alle unsere Laster und Gebrechen auf."

Kreisel schlug dem Kollegen Fisch auf den Magen.

„Das muß eine saubere Wolle sein," rief er.

„Lieber Herr Doktor," sagte Cremmen. „Wenn Sie durch den Vegetarismus schon groß und unsterblich und was weiß ich alles sind, was hat denn Ihre Wolle noch an Ihnen zu saugen?"

„Seine Wolle wird verhungern," rief Fisch. „Tragen die Geister auch Wolle?"

Runge sprang nun wirklich in die Höhe.

„Aller Segen kommt von den seligen Geistern. Ist der Verkehr zwischen den Lebenden und den sogenannten Verstorbenen erst ordentlich geregelt nach den Grundsätzen einer modernen Verwaltung, so teilen sie uns schon in der Gegenwart alle epochemachenden Erfindungen und Entdeckungen der Zukunft mit und unser Geschlecht wird zur höchsten Blüte . . ."

„Ganz recht, oder nicht," sagte Cremmen. „Aber Sie beantworten meine Frage nicht, Herr Doktor. Wenn eines so gut hilft wie das andere, warum begnügen Sie sich dann nicht mit einem dieser Wunder? Entweder mit den sogenannten Verstorbenen oder mit Schafwolle oder mit Erbsen und Sauerkohl?"

Kreisel trat dicht an Runge heran.

„Rungechen, der Herr Assessor macht sich über Sie lustig. Aber wir meinen es ernsthaft. Seine Frage ist nicht dumm."

Runge kratzte sich auf dem Rücken seines Wolltricots.

„Eines schickt sich nicht für alle," sagte er. „Das Wollene ist nur für die Wohlhabenden. Vegetarier kann man nur mit einem sehr gesunden Magen werden. Zum Spiritismus gehört kein Geld und keine Gesundheit, sondern nur ein offener Kopf."

Hierauf trat Fisch an Cremmen heran.

„Uzen Sie unseren lieben Doktor nicht. Er ist ein Gelehrter. Er ist Mediziner, Physiologe, Philosoph und Physiker zugleich. Ich staune nur wie er alle diese Wissenschaften hat bewältigen können."

„Das ist leicht," sagte Runge und rieb vergnügt die Kniee aneinander. „Die neue Schule besteht im Zurück- lernen. Ich habe ein ganzes Jahr zurücklernen müssen, weil ich bis Tertia war."

„Herr Doktor," sagte Cremmen ernst. „Ich ver- sichere Sie, die Herren Studenten spotten. Sie scheinen gar nicht zu wissen, daß Sie sich mit all Ihren Welt- beglückungsplänen mit der Wissenschaft in Widerspruch setzen."

„Wir hoffen es," sagte Runge stolz. „Die heutige Wissenschaft ist nichts weiter als der Unsinn in System gebracht, oder nicht? Was heute für Thorheit gilt, das wird die freie Wissenschaft der Zukunft sein."

„Ich beuge mich," sagte Cremmen. „Dann gehört Ihnen allerdings die Zukunft."

„Ich danke Ihnen!" rief Runge. Kreisel prustete und Fisch stieß einen Heullaut aus. Dann machten beide wieder ernsthafte Gesichter.

Mr. Essexon und Sägebock kamen nun aus dem Pavillon heraus.

„Ich habe zu machen die Herren eine betrübliche Mitteilung. Schwester Serafine will nehmen Rücksicht auf die Gefühle von Mr. Vehsen, und verweigern den beiden jungen Herren die Teilnahme an der Sitzung. Es kann sich handeln vielleicht um Ereignisse vor die Familie von Mr. Vehsen."

„Ach was, wir bleiben," sagte Fisch.

Da ging Sägebock langsam und vierschrötig auf ihn los.

„Meine Schwester hat gesagt, Sie werden gehen. Meine Schwester hat einen kräftigen Bruder."

„Ich bitte um Ruhe," sagte Essexon. „Die Herren werden sich zurückziehen freiwillig."

„Komm," sagte Kreisel. „Wir wollen warten bis der Major sich anders besinnt."

Arm in Arm verließen die Studenten den Garten.

„Und ich?" fragte Runge verzagt.

„Sie dürfen bleiben, hat sie gesagt. Sie sollen alles aufschreiben was vorkommt. Wenn Sie sich aber unnütz machen, so hänge ich Sie mit Ihrem Strumpfkostüm an den nächsten Nagel."

„Wollen Sie Fräulein meinen Dank für die gütige Erlaubnis übermitteln."

Cremmen verabschiedete sich von den Herren und versprach zur festgesetzten Stunde wieder da zu sein.

„Punkt sieben!" rief ihm Sägebock nach.

„Haben die Geister ihr Programm eingeschickt?" rief Cremmen zurück.

„Ach wat, wenn meine Schwester sagt punkt sieben, so jehts punkt sieben los. Verstehen thue ich's auch nicht, aber et is so."

Schlag sieben Uhr versammelte sich die Gesellschaft in Ernestas Zimmer. Sie selbst hatte dem Major entschieden verweigert, an der Sitzung teilzunehmen, entsetzt als der Major ihr Nachrichten von der Mutter versprach. Auch nebenan in ihrem Schlafgemach wollte sie nicht bleiben. Im Garten wollte sie das Ende abwarten.

In Ernestas Stube waren die Wetterrouleaux heruntergelassen, so daß nur wenig Licht eindringen konnte. Dem Fenster gegenüber saß etwas abseits der Major. Er wollte nicht immer Kette bilden, wollte die Erscheinungen ungestört von den übrigen über sich ergehen lassen. In der dunkelsten Ecke der Stube, halb verdeckt von einem großen Schrank, war ein Sitz für das Medium zugerichtet. Noch feierlicher als sonst nahm Schwester Serafine in ihren dunklen Schleiern dort Platz, über ihren Kopf bis zu den Knieen herunter war heute noch ein besonderer goldgestickter schwarzer Schleier geworfen. Eine spanische Wand wurde vor sie hingeschoben.

Um das spiritistische Tischchen nahmen Platz: Mr. Esseron, Fahlke, Runge, Sägebock und der Assessor. Dieser wollte außerhalb der Kette bleiben, aber Mr. Efferon legte Wert darauf, den Antispiritisten in den magnetischen Rapport aufzunehmen. Cremmen hätte seine Hände gern frei gehabt und berief sich auf seinen Skeptizismus. Durch ihn würde doch gerade nach der Lehre der Spiritisten Fluidum vergeudet. Ungeduldig legte sich der Major ins Mittel. Der Antispiritist sollte statt seiner Kette bilden helfen oder fortgehen. Cremmen fügte sich und der Major lehnte sich in seinen Stuhl zurück.

Beinahe eine Viertelstunde saßen die Teilnehmer stumm da und hielten sich an den Händen. Niemand unterbrach die Stille. Nur wenn ein Möbel knackte oder Schwester Serafine seufzte, lächelte Fahlke vergnügt und ließ auch wohl ein frohes Ah hören. Endlich wurde Schwester Serafine unruhig, stöhnte lauter auf und flüsterte noch leiser als sonst:

„Wir sind bereit."

Rasch rief Runge: „Ich bitte die Herrschaften um Entschuldigung. Aber die Interessen des Blattes gehen denen des Herrn Majors vor. Ich muß Alexander von Humboldt noch etwas fragen. Vorige Woche bei Piesekes im Keller, wo das große Medium aus Leipzig da war, gab er eben die schönsten Auskünfte über die Kindererziehung im Jenseits; da wurde ihm schwach. Humboldt kann Weißbiergeruch nicht vertragen. Ich möchte mir also die Frage erlauben . . . ."

„Ich werde leiten die Sitzung mit Erlaubnis von Mr. Vehsen selbständig. Ich bitte Herr Runge, nehmen Sie an Geduld. Sie wissen alle, daß die Schwester Serafine ist ein phänomenales Sprechmedium, welches sich kann werden gesteigert mit viel Fluid zu physical manifestations von großer Verblüffung vor uns. Wir haben heute viel Fluid. Die Schwester Serafine hat heute die Skepsis von Herrn Assessor zum multiplizieren anstatt zu dividieren von der Summe."

„Hinaus mit ihm!" brummte Sägebock.

„Wir werden gut thun zur Schonung von das phänomenale Sprechmedium zu beginnen mit tests, welche sind die einfachsten."

„Ich denke," sagte Cremmen, „das Einfachste wäre doch Alexander von Humboldt zu fragen."

Das Medium flüsterte: „Was immer der Assessor befiehlt, ob im Ernst, ob im Scherz, wir sind bereit ihm zu gehorchen."

„Unser Medium ist verstanden ein. Ich meine die Brüder vom Jenseits, welche sind anwesend hier, sind verstanden ein. Meine Herren, Schwester Serafine ist ein Sprechmedium. Was ist das? Das ist, die seligen spirits bedienen sich nicht ihre Hände um zu schreiben damit, sie bedienen sich ihres Mundes um zu sprechen damit. Schwester Serafine ist im trance und weiß nicht was sie spricht."

„Das glaube ich," sagte Cremmen. Schwester Serafine seufzte.

„Sie weiß es auch nicht nachher, Herr Antispiritist."

„So streiten Sie doch nicht," bat Fahlke. „Wenn das noch lange dauert, so kommen die spirits auch bei mir in trans, und dann weiß ich auch nicht mehr was vorgeht."

„Wir sind bereit," flüsterte Schwester Serafine weich und hingebend.

„Halt, noch einen Augenblick!" rief Runge. „Ich muß die rechte Hand zum Schreiben freihaben und mit der linken allein Kette bilden. Es geht ganz gut. Herr Sägebock, schieben Sie die rechte Hand etwas weiter, und Sie, Herr Assessor, die linke."

Mit dem kleinen Finger der linken Hand berührte Runge die harten Finger Sägebocks, mit dem Daumen die Hand des Assessor. Dicht vor sich hatte er einen Block mit weißem Papier gelegt und einige gespitzte Bleistifte zum Stenographieren.

„Es verdirbt die Augen, aber es thut nichts. Wolle muß helfen."

„Auf dem Kopf!" murmelte der Assessor.

„Still," sagte Runge, „jetzt bin ich auch bereit. Nun passen Sie aber mal auf. Ist Alexander von Humboldt da? Nun werden Sie was zu hören bekommen!"

„Kann ich mir denken, der Tod ist das Ende des Lebens oder so was ähnliches."

Aus der Ecke hinter der spanischen Wand her kam es mit schlecht gespielter schwächlicher Greisenstimme:

„Der Tod ist nicht das Ende des Lebens."

Runge gluckste vor Vergnügen und schrieb. Fahlke fragte bescheiden und wandte sich damit halb nach dem Major um:

„War der Offizier?"

„Lieber Bruder Alexander," rief Esseron, „es ist sehr interesting vor mich zu sprechen mit dir. Hat deine diesseitige Wissenschaft dir gebracht im Jenseits Nutzen irgend welchen?"

Die Stimme Humboldts erwiderte, diesmal etwas lauter, so daß man einen leisen Anklang an süddeutschen Dialekt vernehmen konnte.

„Meine irdische Wissenschaft hätte mir hier nur geschadet. Ich hatte viel zu vergessen. Glücklicherweise war ich alt geworden und hatte schon auf Erden ein schlechtes Gedächtnis bekommen.“

„Jetzt weiß ich nicht, hat dieser Humboldt seinen Dialekt im Bavariakeller oder im Hofbräu erlernt,“ meinte Cremmen.

Humboldt fuhr fort, aber plötzlich kaum hörbar, lispelnd:

„Dann bin ich in die jenseitige Schule mit den Kindern zusammen gekommen, die gleich nach der Geburt gestorben sind. Denen hatte die sogenannte Wissenschaft noch nicht das Hirn ausgerenkt.“

Runge schrieb eifrig. Er stenographierte noch schlecht.

„Lauter reden, Humboldt!“ rief er.

„Ich möchte auch darum gebeten haben, Herr von Humboldt,“ sagte Cremmen. „Was haben Sie in dem jenseitigen Kindergarten gelernt?“

Mr. Esseron verbarg seine Unruhe und seinen Ärger kaum mehr.

„Der Herr Assessor entwürdigt unsere Geheimnisse...“

Die leise Stimme des Mediums aber antwortete:

„Wenn er fragt muß ich antworten. Er hat mehr Macht über mich als ihr alle. Ich habe mit den Kindern gelernt die Geisterschrift und das Geistereinmaleins. Auf den vier ersten Zahlen beruht die Welt. Auf eins, zwei, drei beruht die diesseitige Welt, auf eins, zwei, drei, vier die jenseitige. Auf eins, zwei beruht die physikalische Welt der Pflanzen und Steine. Alles nur gerade und krumme Linien.“

„Nicht so schnell, Humboldt,“ rief Runge.

Das Medium fuhr fort: „Lang und breit wie Bettlaken ist die Welt in der zweiten Klasse. Die Dicke kommt erst in der dritten.“

„Ach ne, wie das einfach ist,“ sagte Fahlke.

„Ich muß mir aber doch bitten aus . . .“

„Ja, lieber Fahlke.“

„Der Humboldt kennt ihn!“

„Du bist auch erst in der dritten Klasse oder Dimension. In der vierten Dimension wirst du tief werden. Die vierte Dimension ist die Tiefe.“

Immer eifriger schreibend rief Runge:

„Die Herren müssen es mir nachher alle bezeugen! Humboldt hat gelacht.“

Das Medium fuhr fort: „Lachen ist bei uns das Zeichen von Hochachtung.“

Nun nahm wieder Cremmen das Wort.

„Einfacher können Sie uns die vier Dimensionen nicht erklären, verehrter Herr?“

„Ich bin sehr unzufrieden,“ sagte Esseron aufs höchste gereizt, „mit dir oder mit das Medium. Ich fürchte, daß die Anwesenheit des Herrn Assessor . . .“

„Hinaus mit ihm,“ brummte Sägebock.

„Laßt mich mit dem Assessor Zwiesprach halten. Die vierte Dimension ist die verkehrte Form.“

„Ach ja,“ machte Fahlke.

Humboldt fuhr fort:

„Rechts ist links und links ist rechts. Den rechten Handschuh kann man drüben auf die linke Hand ziehen. Das ist das deutlichste Bild.“

Runge fragte hastig: „Und wie denken Sie . . . Bitte, Herr Assessor, ich kann unmöglich zugleich hören und schreiben und fragen. Bitte fragen Sie nach Pflanzenkost und Wollkleidung."

„Ich will leiten die Sitzung. Ich ersuche dich, lieber Bruder Alexander, zu sagen deine ernsthafte opinion über Vegetarismus."

Humboldt erwiderte nach einem leisen Gurren des Mediums wieder etwas lauter:

„Wer Fleisch genießt vergeht sich gegen das sechste Gebot. Er begeht Brudermord, manchmal auch Schwestermord. Doch auch wer sich von Pflanzen nährt begeht die Sünde Kains. Wir sind auch mit den Pflanzen verwandt."

Fahlke fuhr auf, daß er beinahe die Kette zerrissen hätte.

„Du grundgütiger Himmel, was sollen wir dann essen?"

Humboldt sagte: „Die Elemente: Feuer, Wasser, Luft und Erde."

Runge brach vor Erregung eine Spitze nach der anderen ab.

„Herrlich, herrlich!" rief er. „Eine neue Epoche. Nun zur Wolle."

Cremmen stand auf und löste die Kette.

„Lieber guter Fahlke und Sie, Herr Major, und Sie, Herr Runge im Tricot, merken Sie denn nicht, daß das Medium sich über uns lustig macht. Daß es sich gar nicht die Mühe nimmt uns ehrlich zu betrügen?"

„Hinaus mit ihm!" sagte Sägebock.

Fahlke wandte sich dem Major zu.

„Aber es ist doch alles sehr belehrend."

Der Major lachte in seinem Lehnstuhl still vor sich hin.

„Die Geister machen eben Unterschiede," sagte er. „Mir dürften sie nicht so kommen. Aber nur weiter."

Runge brach wieder eine Bleistiftspitze ab und rief dann heftig:

„Sie scheinen wirklich nicht recht verstanden zu haben, Herr Assessor. Die ungeahnte Mitteilung über die Straf= fälligkeit der Pflanzenkost deckt sich wunderbar mit den neuesten Bestrebungen der Wissenschaft. Sie wissen vielleicht nicht, man will jetzt Nahrungsmittel aus Baumstämmen herstellen, ach so, na ja, Sie meinen, das sind auch Pflanzen, aber auch aus Steinen. Das war die Klaue Humboldts. Jetzt weiß ich erst, warum mich oft bei meiner Pflanzenkost ein tiefes Gefühl des Unrechts packte, als spräche aus dem milden Gemüse eine warnende Stimme zu mir."

Fahlke schlug leise mit der flachen Hand auf den Tisch.

„Mir hat es auch nie geschmeckt. Und jetzt will ich auch was sagen, wenn beides sündhaft ist, Fleisch und Bohnen, so kann man ebenso gut Fleisch essen."

Sägebock hatte mit Mr. Esseron ein paar Worte gewechselt, war dann an die spanische Wand herangetreten und hatte mit harter Stimme etwas herüber gerufen. Dann kam er zurück und Esseron sagte:

„Kette bilden, das Medium erwacht uns sonst."

Rasch wurde die Kette wieder geschlossen und aus der Ecke tönte ein ganz fröhliches und jugendliches Lachen. In unverfälschtem Münchener Dialekt rief das Medium:

„Hab' ich euch steigen lassen, ihr Narren? Der Humboldt ist nach zwei Minuten wieder fortgegangen. Dem ward ihr zu dumm. Mit Fahlke läßt er sich in keinen Dischkursch ein, hat er mir gesagt. Dann bin ich an die Reih' kommen. Ich bin der Geist vom Eulenspiegel und habe mal lachen wollen."

„Herrlich, herrlich," rief Runge. Und Esseron sagte ruhig:

„Das kommt vor oft. Es giebt spottlustige Geister auch im Jenseits, welche wollen stören die Sitzung. Wir sollten sein versichert dagegen gesetzlich."

„Es ist nur merkwürdig," meinte Cremmen, „daß Eulenspiegel und Humboldt den gleichen Dialekt sprechen. Ich wußte nicht, daß sie Landsleute sind."

„Sie werden nicht machen verlegen den Spiritismus. Um sich zu machen hörbar brauchen die spirits die Lippen und die Zunge von das Medium. Sie nehmen an die Sprache von das Medium, also nehmen sie auch an die Mundart. Wenn ich wäre Sprechmedium anstatt Schreibmedium, würden müssen sprechen die spirits englisch."

„Sie haben recht," antwortete Cremmen, „verlegen ist der Spiritismus nicht zu machen."

Der Major hatte mit steigender Heiterkeit die Sitzung verfolgt. Er lachte über die kritischen Bemerkungen des Assessors ebenso wie über den Enthusiasmus Runges. Jetzt plötzlich schlug seine Stimmung um. „Ich bitte mir mehr Rücksicht aus," sagte er heftig. „Auf meinen Wunsch hat heute die Sitzung stattgefunden. Ich bin nicht dazu da, um die Streitigkeiten anzuhören. Wenn Sie weiter Unsinn machen wollen, so empfehle ich mich Ihnen."

„Well!" sagte Mr. Esseron. „Ich bitte dich sehr, lieber Bruder Eulenspiegel, packe ein deine schlechten Späße. Ich bitte dich sehr darum, sonst verklage ich dich bei deinem Bruder, du weißt schon."

Esseron sagte das mit ernster Drohung und Sägebock fügte grob hinzu: „Wir verstehen keinen solchen Spaß."

Aus dem Winkel tönte es leise und traurig: „Ich will ja gehorchen, ich will einen anderen Geist holen."

„Den Geist meiner seligen Frau, daß Sie es nur alle wissen," rief der Major.

„Den will ich nicht holen," tönte die Stimme. „Über den habe ich keine Gewalt."

„Du wirst ihn holen!" sagte Esseron scharf und drohend.

„Ich kann nicht."

„Du mußt."

Wieder schien sich der Major eines anderen zu be= sinnen. „Nein," rief er, „lieber nicht, jetzt nicht, lieber nicht vor diesen Zeugen."

„Gerade jetzt," sagte Esseron. „Vor den Geistern sind wir alle Brüder. Wer weiß, ob wir haben jemals so viel Fluid, um zu zwingen den Geist. Die Gelegen= heit ist gut, Mr. Vehsen. Nützen Sie sie. Hören Sie, das Medium arbeitet schwer in seiner Brust. Es ist ein neuer Geist gefahren in das Medium."

Hinter der spanischen Wand hörte man Schwester Serafine wirklich schwer atmen.

„Ich kann nicht!" klang es mit natürlicher Stimme heraus. Und mit ebenso natürlicher Stimme schrie Sägebock sie an: „Gott sei dir gnädig, wenn du nicht kannst!"

Assessor Cremmen hatte ein unbehagliches Gefühl. Die arme Schwester Serafine litt offenbar ganz ernsthaft und körperlich. Er hatte tiefes Mitleid mit ihr.

Da sprach Sägebock, als ob er den Geistern zu befehlen hätte, ein langgezogenes drohendes „He?“ Das Medium räusperte sich.

Ganz anders als die bisherigen Scherze, zögernd, unlustiger begann der Geist, der jetzt aus Schwester Serafine sprach.

„Da bin ich wieder in den Räumen, die ich auf Erden bewohnt habe.“

„Können Sie erkennen Ihre selige Frau, Mr. Vehsen?“

Der Major antwortete nicht. Er hatte beide Hände vors Gesicht geschlagen.

„Ich sehe dich, mein Gatte. Hier auf dieser Schwelle hast du mir die Stirn geküßt als Ernesta eingesegnet wurde und hast gesagt . . .“

„Wiederhole es nicht!“ schrie der Major. Er hatte die Hände sinken lassen, war hinten über in seinen Lehnstuhl zurückgefallen und starrte mit großen Augen in die Luft.

„Und hast gesagt, von nun an sind wir beide alte Leute, von nun an alles für Ernestas Glück.“

„Mr. Vehsen, ist das richtig?“

Schlotternd nickte der Major mit dem Kopfe.

„Mr. Vehsen, ich bin furchtsam, daß Sie es nicht halten aus.“

„Ich will,“ sagte der Major und ballte die Hände zu Fäusten.

„Mein Gemahl, weißt du noch? Hier in diesem

Zimmer, vier Wochen vor meinem sogenannten Tode, du weintest, der Arzt hatte dich vorbereitet."

„Es ist wahr! Es ist wahr!"

Runge schrie und murmelte: „Großartige Bestätigung für das Geisterreich."

Assessor Cremmen fühlte sich immer unbehaglicher; waren es die zitternden Finger Runges, war es die kalte Hand Esserons, die Kette machte ihn nervös, zum mindesten. Es schien ihm als ob er nicht mehr denken könnte, wie er wollte. Es war ihm durchs Gehirn geschossen, wo Schwester Serafine diese Nachrichten herhaben konnte. Von Ernesta? Unsinn: Von dem gläubigen Spiritisten Fahlke? Unsinn, auch wenn er hinter den Thüren gehorcht hätte. Fahlke war treu. Und Frau Kuntze kümmerte sich doch um das ganze Treiben nicht. Aber Cremmen vermochte dem Gedanken nicht nachzugehen. Er wurde ganz verwirrt. Betrogen wurde hier jemand, das war nach wie vor sicher. Aber wer war der Betrüger? Schwester Serafine nicht. Das unglückliche Geschöpf stand offenbar wirklich unter einer schrecklichen, höheren Macht. Der Betrüger war Mr. Esseron, daran war kein Zweifel. Welche Kraft aber stand ihm zu Gebote?

Der Major suchte Luft zu schöpfen. Zweimal versagte ihm das Wort. Stotternd kam es endlich hervor:

„Willst, willst ... du ... mir, mir, mir ... Frage beantworten?"

Hinter der spanischen Wand hörte man wieder ein leises Keuchen.

„Nebel!" schrie Esseron.

„Ich bin nicht gekommen, um zu antworten. Ich bin gekommen, um meinen Willen auszusprechen."

„Sprich deinen Willen aus!"

„Meine Herren," rief Cremmen. „Es ist zu viel für den Major! Martern Sie ihn nicht länger."

Wie mit zurückgehaltenem Ton tönte es aus der Ecke:

„Auch ich bin zu sehr erschüttert durch das Wieder=sehen. Ich sag' es allen, die hier versammelt sind, auch dir, du mächtiger Engländer: Ich kann nicht, ich kann nicht. Ich wollte auch körperlich erscheinen und leibhaftig, aber es ist zu viel."

„Oho, das ist neu," sagte Sägebock.

Essexon stand auf und vergaß völlig, daß er damit die Kette löste.

„Schwester Serafine," sagte er mit unheimlich hartem Ton, „zum letztenmal! Du weißt du mußt, wir haben Mittel, dich zu zwingen. Die leibhaftige Erscheinung laß für später, aber das Zeichen! Du weißt, ich zwinge dich sonst! Das würde weh thun, jenseits. Das Zeichen, das zu greifen ist mit der Hand. Du kannst ja schreiben!"

Mr. Essexon zuckte krampfhaft mit den Fingern und setzte sich wieder. Assessor Cremmen, der nicht mehr unter dem Bann der Kette stand, hatte den Eindruck, einen Verbrecher bei der Arbeit vor sich zu haben.

Sägebock schien nicht eingeweiht. Er war offenbar ebenso harmlos wie Schwester Serafine. Gutmütig sagte er: „So was ist mir bei Finchen noch nicht vorgekommen. Am Ende ist sie gar kein Medium, sondern nur ein dummes Frauenzimmer."

Aus dem Winkel tönte es zur Antwort:

„Es fällt mir schwer, aber ich will. Ich will leibhaftig erscheinen."

Eine furchtbar lange Pause erfolgte. Aller Augen waren nach dem dunklen Winkel gerichtet, woher Stöhnen und Rascheln und ein wunderbar feines Klingeln herübertönte. Selbst Cremmen fühlte etwas wie Furcht. Der Major hatte sich weit vorgebeugt und dabei noch die linke Hand wie zur Abwehr vorgestreckt. Fahlke war glücklich im voraus.

Da plötzlich gab es unter dem Tischchen einen schallenden Schlag, das Tischchen flog in die Höhe und von der Decke herab auf das Tischchen oder vom Tischchen in die Luft, niemand hätte es mit Sicherheit anzugeben vermocht, flatterte ein weißes Blatt nieder.

Assessor Cremmen griff zuerst danach. Er war selbst erschüttert, aber hatte die Empfindung, daß er zunächst Kontrolle üben müßte.

Mr. Esseron war allein sitzen geblieben. Ruhig sagte er:

„Das wird sein ein Brief aus dem Jenseits. Das kommt selten vor. Das ist ein Brief, der ist geschrieben oben im Jenseits. Er ist niedergekommen durch die Decke hierher. Die Decke muß gewesen sein offen."

„Merkwürdig," sagte Sägebock. „Das hätte ich nie jeglaubt, wenn ich es nicht mit eigenen Ogen jesehen hätte. So 'n Aas. Donnerwetter! Steckt deutlich ne braune Hand durch die Decke durch und läßt das Blatt fallen. Herr Major, Sie müssen mich nachher die Decke untersuchen lassen! Hätte ich nie nich jeglaubt?"

Runge überstürzte sich im Schreiben.

„Herr Fahlke, haben Sie es gesehen?"

Fahlke blickte ganz verblüfft drein. „Ich? Gesehen? Ja, ja wohl. Braun war die Hand und fünf Finger hat sie gehabt."

„Feurige Finger," sagte Sägebock so ruhig, als ob er ‚belegte Stulle‘ gesagt hätte.

Fahlke blickte ihn von der Seite an. Ängstlich und unsicher wiederholte er: „Ja, feurige Finger."

Inzwischen hatte der Assessor das Blatt aus dem Jenseits gelesen. Er schien nicht recht zu begreifen. Da riß ihm der Major, der sich endlich hatte erheben können, den Brief aus der Hand. Sofort sank er wieder auf den Stuhl zurück.

„Ja," sagte er und fuchtelte mit der rechten Hand in der Luft umher, als wäre nun jeder Widerspruch sinnlos. „Die Handschrift meiner Frau. Die Handschrift aus ihrer letzten Lebenszeit. Das ist keine Fälschung. Auch ihr Papier."

„Wir werden wollen wissen, was geschrieben hat der selige Geist der Frau von Behsen."

Völlig willenlos las der Major.

„Ich gehöre nicht mehr der Erde an. Ich beschwöre dich bei der Liebe zu unserem Kinde. Ich beschwöre dich bei der Erinnerung an unsere Liebesjugend, an dein Unglück und an mein Leid . . ."

Der Major ließ den Arm sinken. Mr. Effexon nahm ihm gleichmütig das Blatt aus der Hand und las weiter:

„An mein Leid, mein lichtloses Leben, daß du deinen Willen zwingst und ihr ein guter Vater bist. Du sollst dein Unglück besiegen und du kannst es. Ich habe sie zu einem gehorsamen Kinde erzogen. Wenn sie aber einmal fürs Leben wählen soll, so will ich . . .“

Assessor Cremmen griff sich nach dem Kopf. Natürlich, das waren die Worte. Der Brief war echt. Das war Ernestas Brief. Esseçon fuhr fort:

„So will ich durch meinen eigenen Mund ihr den Gatten bestimmen. Weh’ ihr und dir, wenn ihr mir nicht gehorcht. Ich will als seliger Geist mein geliebtes Kind auf Erden umschweben oder sie noch in diesem Lebensjahr ins Jenseits zu mir nehmen.“

Eine feierliche Stille entstand. Dann stöhnte der Major auf und wiederholte immer nur: „Wer hilft mir, wer hilft mir!“

Plötzlich stieß der Assessor den Tisch zurück und sprang auf.

„Die Kette ist zerrissen!“ schrie Runge.

„Das Medium ist geworden gewacht auf.“

Schwester Serafine stürzte hinter der spanischen Wand hervor. Es war als wollte sie sich dem Major zu Füßen werfen. Auf dem Wege faßte Sägebock sie beim Handgelenk. Sie stieß einen Angstruf aus und blieb stehen. Der Assessor trat mit geballter Faust an Sägebock heran.

„Lassen Sie Schwester Serafine in Ruh!“

Sägebock ließ das Medium nicht los und wandte sich dem Assessor zu.

„Wat denn? Wat wollen Sie hier? Befehlen wollen Sie mir? Wer sind Sie denn? Mit Filzpariser wissen Sie! Nicht an die Wimpern.“

„Unter dem Druck von Sägebocks Hand war Serafine bis an Cremmen herangeschlichen.

„Ich bin unschuldig," sagte sie leise und demütig.

Cremmen legte seine Hand auf ihren Kopf und sagte wohlwollend:

„Ich weiß es, mein liebes Kind, Sie sind gut. Sie können auf mich rechnen. Aber jetzt, verzeihen Sie, ein bringendes Geschäft... Herr Major, meine Herren, der Brief ist nicht gefälscht, er ist gestohlen."

Der Aufstand, der durch das Erwachen der Schwester Serafine entstanden war, wollte sich nicht legen. Alle sprachen durcheinander. Der Major allein war sitzen geblieben und wimmerte nur: „Bitte, bitte, meine Herren, so lassen Sie mich doch mit meiner Frau allein."

„Jetzt wird es zu bunt!" schrie Esseron heiser vor Wuth. „Mr. Vehsen, wollen Sie entfernen den Assessor, der ist beleidigend vor uns."

„Bitte, bitte, meine Herren, ich will allein sein mit meiner Frau."

Cremmen eilte zum Fenster und zog mit raschem Griff das Rouleau auf. Ernesta ging langsam hinter dem Pavillon auf und nieder. Sie hielt ein weißes Tuch vor den Augen.

„Gnädiges Fräulein!" rief Cremmen mit lauter Stimme, „Sie müssen sich überwinden und hereinkommen. Ihre Aussage ist nötig, den Dieb zu entlarven."

Ernesta warf verächtlich den Kopf in die Höhe und antwortete nicht.

„Kommen Sie, gnädiges Fräulein, der Brief ihrer Mutter ist gestohlen . . . Herr Major, nehmen Sie endlich Ihren klaren Kopf zusammen, und hören Sie, was Ihre Tochter aussagen wird."

Elastisch erhob sich der Major.

„Hier bin ich Herr im Hause und mein Kopf ist immer klar. Herr Sägebock, führen Sie Ihre Schwester hinunter, wenn sie erwacht ist. Herr Runge, hinaus. Hinaus, sage ich. Ich habe Ihre Dummheiten satt. Hinaus, Fahlke."

Als alle zögerten, blickte der Major wild um sich, als suche er nach Waffen. „Hinaus!" schrie er. Fahlke zog den beleibigten Runge mit sich fort. Sägebock folgte mit Schwester Serafine. Schon waren die ersten aus der Thür und Sägebock und Serafine wollten eben hindurch, als Ernesta hereinflog.

„Was ist mit meinem Brief? Was haben sie mit meinem Brief gemacht?"

Schwester Serafine riß sich von Sägebock los und streckte die Hände nach Ernesta aus. Diese bemerkte es nicht. Schnell hatte Sägebock die Schwester umgefaßt und aus der Stube geführt, beinahe getragen.

In Ernestas Zimmer blieben außer dem Major und seiner Tochter nur Mr. Esseron und der Assessor zurück. Sie standen um den Major, der zärtlich der Tochter die Hand entgegenstreckte.

„Ja, ja, mein liebes Kind, ein Brief von deiner Mutter. Ein echter Brief. Ich soll dir ein guter Vater sein, mein liebes Kind."

Mr. Esseron war dem Assessor zuvorgekommen und hatte dem Fräulein mit einer kalten, frechen Verbeugung den Brief gereicht.

„Nicht wahr," sagte Cremmen, „bis zu diesem Worte ist der Brief echt? Von da ab ist er gefälscht."

Ernesta sank in die Kniee und lehnte ihren Kopf auf des Vaters Schoß.

„Vor nichts schrecken sie zurück! So schlechte Menschen! Die Gräber reißen sie auf um eines Goldreifs willen, den die Toten vielleicht am Finger tragen."

Ebenso kalt nahm Mr. Esseron das Blatt wieder aus Ernestas Hand.

„Dieser Brief ist adressirt an Mr. Vehsen."

„Herr Major!" rief Cremmen. „So rütteln Sie sich doch auf. Dieser Brief aus dem Jenseits befand sich vor kurzem im Besitz Ihres Fräulein Tochter. Ihre selige Frau hat ihn wenige Stunden vor ihrem Tode geschrieben, und ihn an der Stelle abgebrochen, wo sie für Ihre Tochter Freiheit der Wahl verlangt. Der Schluß mit der Drohung ist eine Fälschung. Den Inhalt des echten Briefes hat mir Fräulein von Vehsen vor wenigen Stunden selbst erzählt."

Mr. Esseron schien völlig ruhig geworden. Den Major beobachtete er mißtrauisch. „Oh, es ist sehr mogelich, daß Miß Vehsen hat erfahren den Brief voraus. Daß Miß Vehsen hat gehabt eine Erscheinung für sich."

„Herr Major," rief Cremmen immer bringlicher. „So hören Sie denn nicht? Mr. Esseron hat eine Fälschung vorgenommen und sicherlich den Brief auf den Tisch eskamotiert."

„Es ist sehr mogelich, daß der Herr Assessor hat gesehen den Brief kommen von unten. Wir, Herr Sägebock, Herr Runge und Herr Fahlke haben gesehen kommen den Brief von oben. Das ist oft, daß Antispiritists werden gefoppt von spirits."

„Herr Major, halten Sie es für möglich, daß ein edles Weib, wie Ihre Frau, sich nach ihrem Tod mit solchem hergelaufenen Volk einläßt? Und daß sie kein Zeichen hat für Ihre Tochter?"

„Vater," sagte Ernesta schluchzend und suchte nach des Majors Händen, „glaubst du deinem Kinde nicht mehr, als den Fremden? Ist es so weit gekommen? Mußt du wählen zwischen mir und Gespenstern? Ich bin dir immer eine gehorsame Tochter gewesen, aber heute kann ich nicht mehr schweigen. Du bist unter diesen Händen ein Schrecken geworden für dein Kind und ein Spott für die Welt. Was thut's! Aber du sollst das Andenken Mamas nicht schänden lassen."

Schwer atmend antwortete der Major:

„Ja, ja, die Mutter. Du und der Assessor, ihr habt alles miteinander abgekartet. Wie stehst du mit ihm, daß du ihm von dem Brief erzählt hast? Du siehst, ich bin ganz klar, sogar schlau. Dein Assessor hat die Sitzung gestört."

„Mr. Vehsen," sagte Esseron schnell, „die Erscheinung wäre geworden leibhaftig bei so viel Fluid, wenn der Assessor nicht hätte gestört. Und sie wird werden leibhaftig noch einmal."

„Vater, glaubst du mir nicht?"

Esseron sagte:

„Es ist doch sehr merkwürdig, Mr. Vehsen, daß Ihre Frau hat geschrieben an Ihre Adresse, wenn Sie waren im Nebenzimmer damals vor ihrem Tode. Es ist sehr merkwürdig, daß Miß Vehsen nicht hat gegeben den Brief an seine Adresse."

Cremmen hob die Faust.

„Es ist nicht wahrscheinlich, Herr Antispiritist, daß Mr. Vehsen wird sein sehr erfreut von unserem Boxen."

„Glauben Sie, Essexon, daß die Erscheinung bald kommen wird?"

„Wenn wir zusammenhalten das Fluid, können wir haben die leibhaftige Erscheinung noch in dieser Nacht. Ich muß nur gehen zu Schwester Serafine und sie stärken, weil sie ist sehr schwach. Und ich muß gehen einladen die anderen Herren vom Verein, weil körperliche manifestations sind mogelich unter viel spiritists auf einmal."

„Vater," schrie Ernesta außer sich und umklammerte die Kniee des Majors. „Vater, siehst du denn nicht, daß dich Lüge umgiebt von allen Seiten. Alles, alles ist Lüge! Eines nur ist wahr. Noch hast du mich lieb, und noch habe ich dich lieb. Vater, sieh zu, daß das nicht auch noch Lüge wird. Vater, sieh mich an und sieh die anderen an. Ich bin dein Kind und sie sind Masken. Vater, sie machen dich krank. Schicke sie fort und laß mich bei dir! Du sollst gesund werden! Ich will nie einen anderen Gedanken haben. Ich will dir eine gehorsame Tochter sein!"

Der Major legte seine zitternde Hand auf Ernestas Kopf.

„Du bist mein liebes Kind. Ich zweifle nicht an dir. Sie sind alle Hallunken. Aber das verstehst du nicht. Die Mutter wird entscheiden. Die Mutter wird selbst kommen, noch diese Nacht."

„In meinem Beisein," sagte Cremmen fest.

„Mr. Vehsen, der Assessor wird wieder stören die Sitzung. Geben Sie doch endlich auf Ihr Mißtrauen und schicken Sie fort diesen Herrn.“

„Vater!“

„Hier bin ich Herr im Haus, Herr Essexon. Der Assessor wird dabei sein; ich will doch auch einen anständigen Menschen zum Zeugen haben dafür, daß die Geister wirklich kommen.“

IV

Die Entlarvung

Die Sonne war schon hinter den Bäumen des zoologischen Gartens untergegangen, als die Herren erregt Ernestas Stube verließen. Mr. Efferon wünschte, der Major sollte sich für die Ereignisse der Nacht in Einsamkeit vorbereiten. Er selbst habe noch viel zu thun, um Schwester Serafine das verloren gegangene Fluid zu erseßen und die übrigen Mitglieder des Zirkels zusammen zu rufen.

Der Major hatte Efferons Arm genommen und sagte höflich aber bestimmt:

„Lieber Mr. Efferon, gehen Sie nur ruhig Ihren Geschäften nach. Sie wissen, was ich von Ihnen denke. Sie haben mit der Serafine zu thun, weil die, ich weiß nicht warum, plößlich nicht mehr mitthun will, und weil Sie sie zwingen wollen. Gut, das ist mir recht. Sie wollen die Mitglieder des Vereins zusammenladen, weil Ihnen an Ihrem Triumph mehr liegt, als an meiner Seelenruhe. Gut. Ich behalte mir meine Entschlüsse vor.

Aber jetzt habe ich mit dem Herrn Assessor zu reden und lasse mir keine Vorschriften machen."

Mr. Essexon warf einen kalten Blick auf den Assessor und ging dann trotzig über den Kiesweg nach dem Pavillon. Als er die Thür öffnete klang für wenige Sekunden die grobe Stimme Sägebocks und das Weinen der Schwester Serafine heraus. Essexon schloß rasch hinter sich ab und dann wurde es eine Weile ganz still. Assessor Cremmen wollte ein wenig horchen, aber der Major führte ihn lächelnd fort. Dabei komme gar nichts heraus; daß diese Kerls, die aus dem Spiritismus Profession machen, Spitzbuben seien, daran habe der Major nie gezweifelt. Er wolle nicht wissen, wem die Geister erscheinen, sondern ob Geister sind.

Er führte den Assessor, auf seinen Arm gestützt, seitab vom Pavillon und redete mit ihm herzlich und väterlich. Ob der Assessor sich nicht entschließen könne, an den Spiritismus zu glauben. Dann wäre ja alles geordnet. Der Major hätte für seine spiritistischen Experimente einen anständigen Menschen im Hause, die Geister würden einem so tüchtigen jungen Mann gewiß viel lieber erscheinen als dem gelbgierigen Essexon. Und sein Haus wüßte er auch lieber in der Hut eines Deutschen, wenn auch eines Preußen, als in der eines hergelaufenen Engländers.

Cremmen dachte an Ernesta und es ging ihm durch den Kopf, daß er nur zuzugreifen brauchte, um wirklich alles zu ordnen. Er warf das ganze Spiritistenpack aus dem Hause, nahm die Stelle des Mr. Essexon ein, heiratete Ernesta und fand sich mit dem Vater gutmütig und gebuldig so lange ab, bis der Major eben ein neues Steckenpferd zu reiten begann. Cremmen sagte sich, daß diese Lösung für Ernesta gewiß die erwünschte wäre. Und er war nahe daran der Versuchung zu erliegen. Er wäre nicht der erste Schwiegersohn gewesen, der seinen Schwiegervater vor der Hochzeit ein wenig über seine Gesinnungen täuschte. Nur sein Bildungsstolz empörte sich gegen den Handel. Ja, wenn es sich noch um religiöse oder politische Gegensätze gehandelt hätte! Aber so! Mit dem Glauben an die Übersinnlichen konnte man keinen Kompromiß eingehen.

Und so lehnte der Assessor selbstbewußt ab, sich bekehren zu lassen; er hielt sein erstes Programm aufrecht. Er wollte die Spiritisten entlarven. Fand er dann dafür den Lohn, daß er zu dem Hause von Vehsen in noch nähere verwandtschaftlichere Beziehungen trat . . .

Der Major drückte seinen Arm fester an sich.

„Sie gefallen mir immer besser. Lieber . . ., nicht wahr, Ihre Mutter war eine geborene Vehsen? Ja, was ich sagen wollte, wir müssen einander unterstützen. Ich bin einer geheimen Verbindung zwischen allen diesen Spiritisten, ich bin einer geheimen Regierung auf der Spur. Sie wissen doch, daß Bismarck im Frühling 66 mit amerikanischen Medien zusammen gearbeitet hat. Das erklärt alles. Weil Sie so charakterfest sind und nicht einmal um meiner Tochter willen Ihren Antispiritismus aufgeben, will ich Sie in das Geheimnis einweihen. Es handelt sich also darum, das Medium während einer körperlichen Manifestation gewissermaßen hinter Schloß und Riegel zu bringen, und zu verhindern, daß man betrogen wird. Sie wissen doch, wie es dabei zugeht? Das Medium sitzt gefesselt auf einem Stuhl. Es kann sich nicht rühren. Zu gleicher Zeit erscheint der Astralleib eines seligen Geistes, unseren körperlichen Augen sichtbar, an einer Stelle, wo das Medium sich nicht befinden kann. Wie aber sich in der Dunkelheit Gewißheit darüber verschaffen, daß das Medium die Knoten nicht gelöst hat?"

Der Major blickte den Assessor mit seinem klügsten Erfinderlächeln an.

„Ganz einfach," sagte Cremmen, „ein handfester Mann faßt den seligen Geist beim Kragen oder bei seinem muffigen Astralleib, zündet Licht an und hält das Medium in seinen Händen so lange, bis er es ganz bequem un= mittelbar darauf mit den Fäusten bearbeiten kann."

Der Major lächelte ironisch.

„Nicht übel für einen Antispiritisten. Aber die Rech= nung hat ein Loch. Einmal werden die verdächtigen Teil= nehmer einer solchen Hauptsitzung beim Kettebilden so gesetzt, daß rechts und links von ihnen noch kräftigere, überzeugte Spiritisten Platz nehmen. Das Überrumpeln wird also erschwert. Sodann aber ist es bekannt, daß ein echtes Medium den Tod davon haben kann, wenn die Geistererschei= nung während des Traumzustandes brutal gestört wird."

„Unsinn!"

„Herr Assessor," rief der Major und ließ Cremmens Arm los. „Ich bin Major von Vehsen und rede keinen Unsinn. Ich fordere auf der Stelle . . ."

„Ich bitte von Herzen um Verzeihung, Herr Major; ich hatte einen Augenblick vergessen, daß Herr Major diesen Glauben teilen."

„Sehen Sie, Herr Assessor, wie schwach Ihr Gedächtnis ist. Nun geben Sie mal Achtung. Es ist kein Unsinn. Es ist sogar ganz logisch. Die Spiritisten verstehen es nur nicht. Esseron ist ein Esel. Wovon lebt denn der Astralleib des Geistes? Doch nur von der Seele des Mediums, die während des Traumzustandes den Körper des Mediums verlassen hat und sich im Astralleib des seligen Geistes aufhält. Sie begreifen doch? Wenn nun der Astralleib vom Körper des Mediums durch brutale Eingriffe von Menschenhand plötzlich abgeschnitten wird — merken Sie sich das Wort abgeschnitten — so müssen doch schwere Seelenstörungen die Folge sein, ja der Tod des Mediums kann augenblicklich eintreten. Abgeschnitten ... abgeschnitten ... ich kann nur den Schlüssel nicht finden ... Wissen Sie, wie wenn ein Telegraphendraht abgeschnitten wird. Und nun werde ich Ihnen das Modell meiner Mediumfalle zeigen. Sie besteht aus weiten Drahtgittern. Im Dunkel lösen sich diese Drahtwände, oder wie sie es nennen wollen, von der Zimmerwand los und schließen unmerklich das Medium ein. Betrügt das Medium, so kann es durch das Drahtgitter nicht heraus. Ist es aber echt, so mag seine Seele ganz gemütlich mit dem Astralleib in Verkehr bleiben. Und dazu, lieber Freund, sind die weiten Maschen des Drahtnetzes."

Der Major lachte herzlich bei der Erinnerung an seine Erfindung.

„Ich weiß nicht mehr wer es war, aber irgend wer hat von Unsinn gesprochen. Lieber Herr Assessor, der Spiritismus ist nur zu echt. Wenn nur die Spiritisten nicht solche Spitzbuben wären."

Ob der Assessor wollte oder nicht, er mußte den Major in sein Arbeitszimmer begleiten und das Modell besichtigen. Er konnte es mit gutem Gewissen loben und benutzte die gute Stimmung von Ernestas Vater, um sich wenigstens als Mensch von seiner besten Seite zu zeigen.

Inzwischen war aus dem Gartenpavillon von Minute zu Minute stärker ein Geräusch gedrungen, als ob die Inwohner in einen recht irdischen Streit geraten wären. Auch wer nicht horchte, konnte die scharfe Stimme Essexons heraushören. Der Zank schien zwischen ihm und dem harmlosen Bruder Sägebock geführt zu werden. Der Major machte den Assessor noch kurz bevor sie ins Haus traten mit einer spöttischen Handbewegung auf das unanständige Betragen aufmerksam.

Fahlke hörte den Streit bis in die Küche und trat traurig in den Garten. Es war doch recht unfreundlich vom Bruder Sägebock in Gegenwart der zarten Serafine so roh aufzutreten. Nur einmal lauschte Fahlke, ob er nicht die Stimme Serafinens vernähme. Als er keinen Laut von ihr erhorchen konnte, setzte er sich betrübt nieder. Was die beiden unfreundlichen Männer miteinander verhandelten, interessierte ihn nicht.

Es begann schon zu dunkeln als Essexon mit Sägebock, beide noch immer streitend, den Pavillon verließen und ohne Fahlke zu bemerken nach der Stadt gingen. Fahlke hörte noch wie Mr. Essexon dem Bruder Sägebock an der Gitterthür zurief:

„Bis Mitternacht wird nichts passieren. Sie schlafen bei Nacht. Ich brauche deine Warnung nicht.“

Gleich vor der Villa trennten sie sich. Essexon ging

eilig nach der Stadt zu, Sägebock langsam in die nächste Seitenstraße hinein.

Jetzt hätte Fahlke für sein Leben gern gewußt, was Schwester Serafine nach so aufregenden und wunderbaren Erscheinungen treibe. Er ging, ein vegetarisches Liedchen trällernd, vor dem Pavillon auf und nieder. Plötzlich schrak er zusammen wie ein ertappter Dieb. Frau Kuntze war herangekommen und trug auf einem großen Brett Schokolade und Milchreis für Schwester Serafine herbei und eine Schüssel mit Schinken nebst vier Bierflaschen für Bruder Sägebock. Frau Kuntze sagte nichts, aber sie blickte den Diener doch verächtlicher an, als er sich's gefallen lassen durfte.

„Überhaupt," sagte er, „ein Medium, müssen Sie wissen, Kuntzen, ist nicht als ein Frauenzimmer zu betrachten. Und wenn ich hier auch Gefühle habe, so sind sie nicht so."

„Ne, Fahlke, dat sollte mir auch wunder nehmen, wenn Sie bei so 'ne Kost noch so 'ne Gefühle hätten."

„Überhaupt, Kuntzen, habe ich hier brinnen die Bedienung und bitte nicht zu sticheln."

„Na, kommen Sie man mit. Ich will mal rin gehen und mir auch wahrsagen lassen. So ne Ungerechtigkeit, allens für die Herrschaften, die teuersten Sachen. Zu der ollen Kaffeehexe in der Lützowstraße gehe ich nicht mehr, die hat mir belogen."

Vor Fahlke, der sich noch rasch vom Ärmel etwas Staub gewischt hatte, ging Frau Kuntze in den Pavillon.

Die Gartenthür führte in ein geräumiges Wohnzimmer, daneben lag nur noch ein kleines Schlafkabinett.

Im Wohnzimmer auf dem alten verblichenen Sofa saß Schwester Serafine mit dem Taschentuch in der Hand. Es dunkelte bereits. Als die Thür sich bewegte zog sie rasch die Schleier über ihr Gesicht. Wenn sie geweint hatte, so war jetzt in ihrer Haltung nur noch Trotz zu erkennen.

„Bringen Sie mir meine irdische Nahrung," sagte sie mit leiser und dumpfer Stimme.

„Ne," bat Frau Kuntze. „So nich! Wissen Se, herumlaufen wie auf'm Maskenball und dazu reden wie bei 'ner Beerdigung, dat giebt mir kein Zutrauen."

„Lästern Sie nicht, Kuntzen."

Während Fahlke mit seligem Augenaufschlag an der Thür stehen geblieben war, ordnete Frau Kuntze den Tisch und sagte:

„Na, ich bin nich undankbar. Jemüse is jut. Wolle is auch jut. Dat spart Wäsche. Aber mit die Jeister bleiben Sie mir vom Leibe. Ich bin eine intelligente erfahrene Frau. Wenn man wahrsagen will, muß man doch aus was wahrsagen. Die Jeister aber wollen aus jarnischt was wissen. Dat is doch nicht möglich."

Man sah es der Schwester Serafine ordentlich an, wie sie heiterer wurde. Sie schob die Schleier ganz keck über den Mund hinauf und trank behaglich ihre Schokolade. Dann aß sie ein wenig Milchreis und unterhielt sich inzwischen mit Frau Kuntze über die Wahrsagerinnen, die diese kannte. Da gab es viel zu erzählen, in allen Stadtteilen Berlins hatte Frau Kuntze gute Adressen. Die eine aus dem Kaffeesatz, die andere aus den Karten, die dritte aus der Hand. Die mit den Karten blieben doch immer die besten. Da hatte man doch was in der Hand. Frau Kuntze wurde immer lebhafter und gab die interessantesten Fälle zum besten. Zweimal war ihr ein längerer Traum richtig gedeutet worden. Einmal hatte man ihr den Tod einer Freundin vorausgesagt, und richtig war im selben Jahr die Portiersfrau von gegenüber gestorben. Nur beim Lotterielos hatte die Wahrsagerin noch nie geholfen. Frau Kuntze spielte ein Zehntel von einem Viertel mit, aber da halfen keine Karten. Ja Ziffern kamen schon heraus, aber sie spielte ja doch jahraus jahrein ihr altes Los, und das wollte partout nicht rauskommen. Ob Schwester Serafine vielleicht . . .

Schwester Serafine hatte inzwischen die kaum hörbaren Seufzer Fahlkes mit ähnlichen Tönen beantwortet, und bald ließ sich wieder ihr behagliches Gurren hören. Sie zog die Schleier wieder herunter und erklärte sich bereit, ein bißchen wahrzusagen, aus der Hand.

Frau Kuntze wischte ihre dicke Rechte an der Schürze ab und streckte sie hin. Schwester Serafine betastete die Finger lange und sagte dann endlich:

„Die Nummer wird herauskommen, aber nur mit siebzig."

Frau Kuntze wollte das Medium für diese gütige Auskunft bezahlen, und die beiden Weiber stritten eine Weile in gewählten Ausdrücken darüber, ob eine Wirt=schafterin sich von einem Medium eine Prophezeihung schenken lassen dürfe oder nicht. Endlich gab Frau Kuntze nach und steckte ihr Viergroschenstück wieder ein. Da wurde hastig die Thür aufgerissen; Bruder Sägebock kam zurück. Er behielt den Hut auf dem Kopf und fragte polternd, warum nicht Licht gemacht würde. Fahlke beeilte sich, die Mittelflamme, die den Raum genügend beleuchte, anzustecken. Herr Sägebock schien aufgeregt.

„Na, du scheinst ja wieder ganz lustig zu sein, Finchen. Aber jetzt ist genug gespaßt. Herr Fahlke und Sie, aller= schönste Frau Kuntze, jetzt habe ich mit meiner Schwester Geschäfte. Dalli, Dalli. Aha, Schinken und Bier! Recht angenehm.“

„Ach, lieber Bruder,“ flüsterte Serafine, „laß mir den guten Fahlke noch eine Weile hier. Du siehst, er erheitert mich und giebt mir viel Fluidum. Ich werde es nachher brauchen. Ich bin ja wieder ganz gut.“

Herr Sägebock hatte sich niedergesetzt. „Na, meinet= wegen,“ sagte er, während er die erste Bierflasche mit einem unnachahmlichen Handgriff entkorkte. „So lange ick esse, rede ich ohnehin nicht gern von 's Jeschäft. Habt ihr Geister citiert, geht's gut?“

Schwester Serafine schien plötzlich wieder ihren Traumzustand zu haben. Sie lehnte sich müde zurück und sagte laut mit tiefer Stimme: „Ein Bier, ich halt's nicht mehr aus!“

„Na nu!“ rief Frau Kuntze, und Fahlke schlug entsetzt die Hände zusammen. Schwester Serafine wieder= holte: „Ein Bier, ich habe Durst.“

Bruder Sägebock schenkte ein Glas voll und reichte es der Schwester.

„Ja, ja, lieber Fahlke, das ist nun der Geist des Bruder Peter. Der ist nicht gerade ein Säufer. Aber er trinkt gern einmal ein Glas, und wenn sie es ihm nicht giebt, so wird er in ihrem Innern unangenehm.“

„Ja, aber, lieber Herr Sägebock, sie trinkt es ja!“

Sägebock tippte sich auf die Stirn. „Sie begreifen das wirklich nicht? Bruder Peter ist doch ein seliger Geist. Will er also trinken, so muß es doch ein körperliches Medium in sich rin gießen. Viel versteh ich nicht von die Geister, aber dat is doch klar.“

„Das muß der Schwester Serafine doch recht unangenehm sein.“

Sägebock schenkte der Schwester noch ein Glas ein und sagte, während sie langsam austrank:

„Da, prost, Bruder Peter. Ich gönn's dir. Dat sag ich dir aber, wenn du heute zu viel Durst hast oder jar um Mitternacht die Erscheinung störst, so will ich dir den Durst so austreiben, daß du es durch das dickste Medium hindurchspürst. Hast du mir verstanden?“

Serafine hatte ausgetrunken, setzte das Glas hin und sagte gemütlich: „Ja wohl, ich gehorche ja schon, Bruder Sägebock.“

„Ach, Herr Sägebock,“ sagte Fahlke, „wenn's heute gerade so gut geht, dürfte ich mir auch eine Frage erlauben?“

„So lange ik esse, wat Sie wollen.“

„Ich möchte Sie fragen, lieber Bruder Peter . . .“

Serafine gurrte und Sägebock lachte laut heraus.

„Na, den fragen Sie lieber nicht. Der ist auch wohl wieder fort. Der trinkt immer nur Stehseidel. Fragen Sie den Alexander den Jroßen von heute abend, oder wie der Professor gehießen hat.“

„Sie meinen Humboldten,“ sagte Fahlke geringschätzig. „Aber der kennt schwerlich meine Verhältnisse.“

„Na, Fahlke, lassen Sie nicht die Löffel hängen.

Fragen Sie irgend eines Ihrer verstorbenen Familien=
mitglieder. Heute ist Serafine gut aufgelegt. Heute finden
Sie wen Sie wollen in ihr."

„Herrjott!" rief Frau Kuntze. „Det Frauenzimmer
ist ja een Hotel. Ja, Fahlke, fragen Sie mal die Ver=
storbenen."

Fahlke dachte nach. „Ich will jemanden fragen, der
ganz und gewiß tot ist. Meinen seligen Urgroßvater."

Schwester Serafine gurrte ein paarmal, dann sagte
sie leise: „Ich bin bei dir, mein lieber Urenkel."

Fahlke lauschte wie einer himmlischen Musik und
lächelte überrascht.

„Also wir stammen auch aus Bayern. Ganz und
gar seine Stimme."

„Aber Fahlke!" rief Sägebock. „Sie können mir
wirklich leid thun. Haben Sie ihn denn jekannt."

„Nein, Herr Sägebock, aber es klang so natürlich."

Die dumpfe, leise Stimme fuhr fort. „Was möcht'st
denn von mir wissen, mein lieber Urenkel. Im Leben
habe ich gar nichts gewußt. Jetzt aber weiß ich alles. Das
kommt vom Sterben. Möcht'st erfahren wie das zugeht?"

„Nein, lieber Urgroßvater. Nur eines möchte ich
wissen. Ist sie noch am Leben, und wo lebt sie und
denkt sie noch an mich?"

Schwester Serafine machte ein paar kurze Bewegungen
als wollte sie ein Schlucken unterdrücken. Dann kam es
wieder dumpf heraus:

„Du willst ihren Namen nicht nennen. Aber ich
kenne deine Gedanken. Du meinst Karline. Sie lebt
noch und denkt an dich in Amerika, ganz weit hinten."

Fahlke setzte sich kraftlos neben Sägebock an den Tisch, schneuzte sich, wischte sich die Thränen ab und schnupperte nebenher verlangend nach dem Schinkenduft.

„Kuntzen," sagte er unter Thränen, „haben Sie's gehört?"

Frau Kuntze war kopfschüttelnd dabei gestanden. Als aber der Urgroßvater Fahlkes von selbst den Namen Karlinens nannte, faßte sie ihr Tablett und mit dem Ruf: „Mir jrault's!" wischte sie jetzt zur Thür hinaus.

Weich und liebevoll klang es wieder:

„Du aber graulst dich doch nicht? Soll ich dir den Geist deiner Karline ein bißchen herüber holen?"

„Aber, Herr Urgroßvater, das ist doch nicht möglich, sie ist doch nicht tot, um Gottes Willen, sie wird doch nicht tot sein?"

„Liebes Kind, du bist dumm. Karline ist selber ein starkes Medium; und wenn ein Medium im Trans ist, so hat es auch einen Geist. Und so einem Geist kann es doch einerlei sein, ob er mal von Amerika hier herüberblitzt."

„Ach Gott, ich möchte sie ja gern wieder einmal sprechen. Aber ich bin nicht vorbereitet. Nur ein bißchen langsamer, wenn ich bitten darf."

Schwester Serafine regte sich nicht auf ihrem Platz. Aber unter ihren Schleiern erklang es ganz laut und vergnügt mit natürlicher Stimme:

„Grüß dich Gott, Lebrecht."

Fahlke faßte entsetzt Herrn Sägebocks Hand. Der rief: „So lassen Sie mir doch essen. Wegen so wat! Schwester Serafine kann eben allens."

Fahlke ließ ihn los und trat bis an die Stubenthür zurück. Dort faltete er die Hände und sagte nichts als „Karline", aber er sagte es so innig und so lang gezogen, namentlich das „I", als ob der Ton bis Amerika aushalten müßte.

„Magst mich denn noch immer?"

„Karline, wie kannst du nur so leichtsinnig fragen auf eine so große Entfernung? Karline, es wäre längst möglich gewesen! Der Herr Major hätte uns die Einrichtung geschenkt und die Konzession hätte ich auch bekommen. Karline, denkst du denn nicht mehr daran, dich an meiner Seite niederzulassen?"

„Behüt dich Gott einstweilen, lieber Fahlke, ich habe zu thun."

„Karline, bei mir solltest du nichts zu thun haben. Ich würde dich auf den Händen tragen. Was hast du denn zu thun? Bist du denn nicht mehr Medium?"

„Ich habe in Amerika viel Abenteuer erlebt. Ich bin Medium gewesen und Dienstmädchen und Pfarrer und wieder Medium. Jetzt spiele ich Komödie. Man wartet schon auf mich."

„Ich habe länger warten müssen, Karline."

„Ich hab dich lieb, behüt dich Gott."

Fahlke stürzte auf Schwester Serafine zu und streckte die rechte Hand aus als wollte er Karline in Europa zurückhalten. Da Serafine aber unbewegt sitzen blieb, bat er höflich um Entschuldigung und wollte sich erschüttert niedersetzen. Das duldete aber wieder Bruder Sägebock nicht.

„Ne," sagte er. „Vor 's Sitzen ist Plötzensee da.

Hier machen Sie die Thür gefälligst von braußen zu. Ich habe noch den Kasten zu bauen und mit Finchen mancherlei zu reden."

„Geheimnisse?" fragte Fahlke schelmisch.

„Na, dat können Sie sich doch an die fünf Finger abzählen, dat es Geheimnisse sind, wenn ich Sie vorher rausschmeiße. Dalli, dalli, also."

Fahlke vermochte sich noch immer nicht loszureißen.

„Bruder Sägebock," sagte er, „Sie sagen, Sie hätten den Kasten zu bauen. Nicht wahr, für die Erscheinung? Bitte, lassen Sie mich helfen. Haben Sie doch Vertrauen zu mir. Wenn auch ein Kniff dabei nötig ist, ich bin zuverlässig, ich bin gläubig."

Sägebock schaute Fahlke lange und kopfschüttelnd an.

„Sie sind 'ne Nummer," sagte er endlich. „Wahrhaftig schade, daß Sie nicht viel Geld haben. Aber raus müssen Sie doch und ein wenig plötzlich, wie der Schutzmann in der Krausenstraße immer sagte."

Traurig schlich Fahlke hinaus. Noch in der Thür hörte er Sägebock sagen, „der ist wirklich die höchste Nummer". Dann schloß er hinter sich ab und setzte sich vollkommen erschöpft auf die Bank unter dem Fenster des Gartenpavillons. Ihm war eigentlich schwindlig. So ein bißchen seekrank, als ob er seine Karline auf der großen Reise von Amerika begleitet hätte. Und dann die Aufregung des Wiedersehens. Er hatte sich an viel gewöhnt, seitdem die Geister ihn beehrten. Aber andererseits war er doch wieder ein wenig geschwächt durch das ewige Grünzeug. Und nun gar diese Überraschung. Die Thränen traten ihm zu häufig in die Augen und sein Verstand verließ ihn zu oft. Er konnte gar nicht denken. Er konnte nur immer Karlinens „Behüt dich Gott" nachtönen lassen in seinen Ohren. Ja das war ihre Stimme gewesen, er hätte sie aus Hunderten heraus erkannt, wenn auch Schwester Serafine, vielleicht nur weil sie ihm gar so gut gefiel, selbst durch ihre Stimme an Karline erinnerte.

Während er so da saß und nichts dachte, glaubte er natürlich von Zeit zu Zeit Karlinens Stimme wieder zu hören. Jetzt war es aber wieder Schwester Serafine. Fahlke hörte nicht zu. Fiel ihm gar nicht ein. Der Bruder Sägebock klopfte und hämmerte seinen Kasten zurecht. Da war gewiß ein unschuldiger Kniff dabei. Währenddessen sprach er mit Schwester Serafine über den Mister und nannte ihn einen Spitzbuben. Das gefiel Fahlke, und er hörte erst recht nicht zu. Dann klang wieder Karlinens Stimme, ober es war Serafine, die freundlich von Fräulein Ernesta sprach. Das Fräulein wäre so sehr zu bedauern; man solle ihr doch nicht wehe thun. Die guten Menschen.

Plötzlich wurde Fahlke doch so weit aufgerüttelt, daß er hörte. Sägebock redete seiner Schwester zu, doch wieder einmal zu sterben. Jetzt wurde es graulich.

„Ja, das sagst du so," sagte Serafine. „Du denkst, ich fall um und bin tot. Aber du weißt am besten, wie mich das Sterben immer hernimmt."

„Finchen," sagte Sägebock, und seine Stimme klang ganz einschmeichelnd. „Thu's mir zuliebe, et soll auch janz jewiß dat letzte Mal sinb. Weißt du nicht mehr wie du gelacht hast und wie von wir leben konnten, wie wir in Hamburg in der Stille deine Leiche beiseite schafften."

Schwester Serafine antwortete lachend:

„Na ja, aber in London wollte mich der verrückte Doktor sezieren, um mein Fluidum auf Flaschen zu ziehen."

„Finchen, sag selber, hab ich dir sezieren lassen?"

Fahlke kniff vor Vergnügen die Augen ein. War das ein Leben! War das ein Vergnügen auf der Welt zu sein. Er erlebt Gespenstergeschichten wie andere Leute Kleider klopfen. Und diese Schwester Serafine! Die starb so mir nichts dir nichts wie andere Frauenzimmer sich schlafen legten. Fahlke klopfte sich auf beide Beine vor Lust, und auch um ein ehrliches Lebenszeichen von sich zu geben.

Sägebock aber hämmerte wieder und sagte: „Na, Finchen, hab ich dir da nicht 'nen proppern Sarg zurechte jeklopft!"

„Was wird Esseron dazu sagen," fragte Serafine.

„Ik hab ihn nicht jefragt," antwortete Sägebock. „Der ist nur scheinklug. Ein dummer Kopp is er. Die Polizei kennt ihn. Der wird nächstens wieder festgelegt werden. Wir müssen ihn schießen lassen. Uns kann die Polizei nichts anhaben. Du bist ein unschuldiges Wurm und ich bin ein ganz gewöhnlicher Mensch."

„Sag mal, Wilhelm, wie viel kann denn der Esseron kriegen?"

Fahlke erhob sich rasch und entfernte sich leise. Es freute ihn ja, daß die wackeren Geschwister Sägebock über den Mister vernünftig dachten. Er wollte aber nicht länger zuhören. Gespenstergeschichten ja, aber Polizei= geschichten, das wäre eine Gemeinheit gewesen.

Fahlke kehrte ins Haus zurück, und als ob die Nähe

des Majors ihn an seine Pflichten erinnert hätten, kam ihm auf einmal der Gedanke, er müsse ein warnendes Wort sprechen. Nichts wiedererzählen, aber doch geschickt den guten Herrn Major aufklären. Er klopfte an die Thür des Arbeitszimmers und trat auf ein wütendes Herein ordonnanzmäßig in die Stube, wo der Major und der Assessor unter der großen Hängelampe über ein Maschinchen gebeugt saßen.

„Was will der Tölpel?" schrie der Major.

„Zu Befehl, Herr Major. Ich wollte nur melden: ich habe eine Eingebung gehabt. Bruder Sägebock und Schwester Serafine sind wahrhaftige Menschen, aber der Mister ist ein Spitzbube."

Der Major und der Assessor blickten einander überrascht an und Cremmen sagte:

„Es ist wirklich ganz widernatürlich, mit welcher Sicherheit in diesem beschränkten Kopf sich mitunter plötzlich die schwierigsten Gedankenprozesse vollziehen."

„Ja, ja," sagte der Major lebhaft. „Ich habe auch schon daran gedacht, solche Naturen durch eine Umkleidung von feinen Drähten zu den empfindlichsten Barometern zu machen. Vor einem Gewitter werden wahrscheinlich ihre Fingerspitzen magnetisch. Wir wollen darüber Experimente anstellen. Sie müssen mir helfen, Herr . . ."

Fahlke wurde freundlich entlassen und die beiden Herren studierten weiter die kleine Mausefalle für mediumistischen Schwindel.

Es war schon gegen elf Uhr und im Garten vollkommene Finsternis, als Assessor Cremmen herunterkam, um im Auftrag des Majors die Vorbereitungen zu der bevorstehenden Geistermaterialisation in Augenschein zu nehmen. Auf sein Klopfen wurde er ohne weiteres in den Pavillon eingelassen. Sägebock hieß ihn mürrisch willkommen und zeigte ihm ohne Zögern, wenn auch ohne scheinbares Interesse, die ganze Einrichtung. Im großen Raume, dessen Licht nicht ganz ausgelöscht werden sollte, standen Stühle um einen Tisch bereit, zum Kettebilden. Die Thür zum Schlafkabinett war ausgehoben und durch eine dichte schwarze Portière ersetzt. Im Schlafkabinett selbst, dessen Fensterladen geschlossen waren und wo absolute Dunkelheit herrschte, stand vor der Portière, aber doch zwei Fuß von ihr entfernt, ein gewöhnlicher Holzstuhl. Dort sollte Schwester Serafine unter der Aufsicht des Antispiritisten festgebunden werden.

Schwester Serafine, welche seit dem Eintritt Cremmens immer lautlos neben ihm hergegangen war, setzte sich jetzt mit einem tiefen Seufzer, wie zur Probe, auf den Stuhl. Sägebock reichte dem Assessor dicke Stricke und zeigte ihm, wie die Verknotung gemacht werden müßte.

Cremmen ging ganz eifrig daran, das Medium versuchsweise festzubinden. So oft er aber dabei ihre Kniee berührte oder ihre Hüfte oder ihren Hals, zuckte das arme Geschöpf magnetisch zusammen und ihn überkam ein tiefes Mitleid mit diesem Opfer einer neuen und unerklärlichen Naturerscheinung.

„Schwester Serafine," sagte er mit dem Tone eines Beschützers, „leiden Sie?"

„Ich leide unsäglich," flüsterte Serafine, und drückte ihm wie in einer magnetischen Zuckung die Hand.

Cremmen geriet in Verlegenheit. Das arme Geschöpf. Und nicht ganz ohne Selbstzufriedenheit fragte er wieder:

„Leiden Sie durch Ihren hypnotischen Zustand — denn Sie müssen wissen, mein Fräulein, es ist Hypnose, worin Sie sich befinden und nicht der sogenannte trance — also ich fragte: leiden Sie durch Ihren hypnotischen Zustand oder quält Sie was anderes."

Wieder drückte ihm Serafine zuckend die Hand und flüsterte:

„Heute morgen, ich lag noch im Traumschlaf, da sah ich einen Feind, der kein Feind war. Eine gute Frau kam zu ihm und brachte ihm sein Frühstück. Sie sprach von einem Einjährig-Freiwilligen und von ihren Töchtern. Mein Feind ging auf und ab und stieß mit dem Fuße an einen Hund, der nicht bellen konnte. Eine schöne Orientalin schaute von oben zu. Die Frau ging hinaus und ihre Tochter kam herein. Mein Feind streichelte ihr die Wange und sagte ihr etwas Liebkosendes. Seit diesem Augenblick thut mir das Herz weh."

Cremmen war vollkommen verwirrt. Wenn Schwester Serafine die kleine Geschichte — sie hatte sich genau so bei Frau Buschhardt heute morgen zugetragen — wenn Serafine das dem Major oder Ernesta erzählt hätte, um ihm zu schaden, er wäre gewiß auf den Einfall gekommen, dahinter eine neue spiritistische Spitzbüberei zu wittern. Aber Serafine klagte ihr Leid so unbewußt, daß es ihn rührte. Das arme Geschöpf. Vielleicht war sie sich über ihre Gefühle noch gar nicht klar. Jedenfalls war es höchst interessant, daß also das Versetzen in ferne Räume im Traumschlaf wirklich möglich war.

„Ruhen Sie aus, liebes Kind," sagte er und streichelte die harte Hand Serafinens. „Sie werden keine ruhige Nacht haben."

Serafine drückte noch einmal beide Hände Cremmens an ihr Herz, dann verschwand sie seufzend im Dunkel des Schlafkabinetts, und Sägebock kehrte mit zwei Schritten in den Saal zurück. Cremmen folgte ihm mit widerstreitenden Gefühlen. Sägebock setzte sich an den Tisch und schenkte sich die letzte Flasche Bier ein.

„Entschuldigen Sie, Herr Assessor, aber et langt nicht mehr für zwei. In dem vermaledeiten Kohlhaus wird nicht einmal mein Durst respektiert."

Cremmen beobachtete den Bruder Serafinens scharf. Daß er eine ganz gemeine, sinnliche Natur war, das gestand er ja selber ein. Es fragte sich nur, ob er ebenso wenig wie Schwester Serafine an den Intriguen des Mr. Essexon beteiligt war, oder ob dieser Mensch sich mit dem Engländer verbunden hatte, die geheimnisvollen Kräfte des armen Geschöpfes zu mißbrauchen.

„Wo steckt denn Mr. Essexon," fragte Cremmen mit gut gespielter Gleichgültigkeit.

„Wo der Pfeffer wächst, wenn's nach mir geht," sagte Sägebock.

„Mich wundert nur, daß Ihr Freund nicht selbst alle Vorbereitungen beaufsichtigt. Es könnte ihm doch nicht lieb sein, einmal entlarvt zu werden."

„Is mir janz ejal, Herr Assessor."

„Na, na, Sägebock, thun Sie nicht so. Sie sind doch sein Freund."

„Der Teufel is sein Freund. Ich will mit die janze Sache nichts mehr zu thun haben."

„Auf einmal!"

„'n schlechter Kerl is er. Er rujiniert meine arme Schwester und preßt ihr das bißchen Fluidum, oder wie die Geschichte heißt, aus wie den Saft ner Citrone. Und allens für sich. Um 'ne reiche Partie zu machen. Fein bin ick nich, aber so wat is nich mein Fall. Sie müssen es ja auch bemerkt haben! Dat arme Fräulein, so 'nen Narren zum Vater."

Mißtrauisch sagte Cremmen: „Mich interessiert die Sache allerdings. Ich begreife nur nicht, weshalb Sie sich darüber aufregen."

„Aber Herr Assessor, man ist doch 'n Mensch! Dem schlechten Kerl gönn' ich das hübsche Mädchen nicht."

Unwillkürlich sprang Cremmen auf. „Sie sind ein Ehrenmann, Herr Sägebock."

„Sie auch, Herr Assessor. Sehen Sie, meine arme Schwester kommt immer mehr herunter bei die Gespenster. Wissen Sie, ich bin doch recht kräftig, ein gesunder Junge, was man so sagt, ich habe nicht Gespenst gelernt, aber wenn ich alle Nacht erscheinen und spuken müßte, da käme ich mit zehn Liter Echtem nicht aus."

„Ja, warum decken Sie denn den Schwindel nicht auf?"

„Schwindel, Herr Assessor, dat is nich, dat wissen Sie so gut wie ich, dat was dran is. Ick habe oft selbst geholfen, wenn Finchen festgebunden wurde. Wie dort in der Bude auf 'nem Stuhl. Man hat sie festgebunden wie ein Paket und die Strippen versiegelt wie 'nen Geld- brief. Aber haste nicht gesehen, gleich kommt das Gespenst von so 'nem verstorbenen seligen Geist hier vor den Vorhang drei, vier, fünf Schritte vom Stuhl entfernt, und indessen liegt Finchen auf dem Stuhl in süßem Schlummer."

„Aber, lieber Herr Sägebock, das ist doch nicht möglich. Ich zweifle durchaus nicht an der Unschuld Ihrer Schwester. Ich bin fest überzeugt, daß sie alle Handlungen in einem Traumschlaf begeht. In einer Hypnose, wenn Sie wissen, was das ist."

„Na, bin auch nicht neugierig."

„Also ich zweifle nicht an der bona fides Ihrer Schwester. Vielleicht würde sie von ihrem Metier lassen, wenn sie wüßte, daß ihre Kraft von diesem Engländer mißbraucht wird. Denn daß sie hier ist und dort zu gleicher Zeit, das ist doch unmöglich."

„Ja, ja, Herr Assessor, aber etwas ist doch dran. Sie spukt vor dem Vorhang und schläft hinter dem Vorhang. Ich hab's ja oft mitgemacht. Übrigens is sie so fest gebunden, daß sie sich unmöglich von die Strippen befreien und nachher wieder rinkriechen könnte, und nach der Vorstellung sitzt sie wieder da, still wie 'n Geldbrief, wie gesagt, mit fünf Siegeln."

„Das muß ein Taschenspielerkunststück Essexons sein."

„Na ja, Herr Assessor, aber Essexon kümmert sich ja gar nicht ums Binden und um den Kasten. Wissen Sie, Herr Assessor, wenn Sie recht hätten, ick wäre der Erste, dem Engländer meine Faust unter die Nase zu halten, und ein bißlen nahe. Schon dem armen Finchen zuliebe. Die wird bald keinen Troppen Fluidum mehr im Leibe haben. Wovon soll sie dann leben? Sie ist doch kein Dudelsack nicht, daß sie von der Luft leben könnte."

„Lieber Herr Sägebock, es würde mich herzlich freuen, wenn ich dazu helfen könnte, Ihre Schwester in eine geordnete Lebensbahn zu lenken. Ich nehme Anteil an ihr, wahrhaftig, wenn ich auch ein tieferes Interesse bestreiten muß."

„Poussieren wollen Sie nicht, meinen Sie? Will ich Ihnen auch nicht raten, Herr Assessor. Na, wissen Sie, bet is so. Mit Gewalt müßte man ihr raus reißen. Sie dürfte Ihnen selbst nicht mehr an den ollen Krempel glauben. Entlarven müßte man ihr. So is sie, dann wird sie et sein lassen."

Cremmen ging heftig in der Stube auf und nieder. Was er von glücklichen Entlarvungen gelesen hatte, ging ihm durch den Kopf. Plötzlich blieb er bei Sägebock stehen, faßte ihn an der Schulter und flüsterte ihm zu:

„Sie sind ein ehrlicher Mensch. Raten Sie mir. Wenn nachher Ihre Schwester vorgeblich auf dem Stuhle festgebunden sitzt und hier vor dem Vorhang ein Gespenst erscheint, sollte ich da nicht radikal vorgehen? Das Gespenst festhalten, Licht machen lassen und ihrer Schwester klar beweisen, daß sie nur in einem Zustand der Hypnose auf rätselhafte Weise die Stricke gelöst hat, daß aber durchaus ihr Geist ihren Körper nicht verlassen hat? Ehrlich, soll ich's thun?"

„Ich thät's, Herr Assessor, aber es ist verboten!"

„Natürlich ist es verboten! Die Herren Spiritisten wollen sich nicht auslachen lassen! Aber leiser."

„Finchens wegen? Die hört und sieht nischt. Die

ist wieder in höheren Regionen. Ne, Herr Assessor, sie sagen, et ginge nicht. Sie sagen, das Medium könnte den Tod davon haben, wenn's angefaßt wird und gerade außer sich ist."

„Ja, Herr Sägebock, das habe ich gehört, aber ich kann es nicht glauben."

„Es klingt ja wie der bare Unsinn, Herr Assessor, aber sie sagen, wenn man so 'n seligen Geist zu sehr erschreckt, so entflieht er und nimmt die Seele von 's Medium mit. Und in den Stricken bleibt dann das Medium ohne Seele sitzen, als wie so 'n leeres Futteral. Verrückt, sechs Dreier der Liter."

„Verrückt!" wiederholte Cremmen zuversichtlich. „Das haben die Spiritisten nur erfunden, um ängstliche Menschen von einer raschen That zurückzuhalten."

„Wir aber sind keine ängstlichen Menschen, Herr Assessor, was, wir?! Herr Jott, wenn ick mir sage, daß ich mir von diesem Engländer vielleicht habe utzen lassen! Weiß der Henker, ich probier's selber. Ich lasse mir nicht länger vor 'n Narren halten!"

„Nein, Herr Sägebock, ich will's thun, halten Sie mir nur einen Augenblick die verdammten Spiritisten vom Leibe."

„Natürlich, Sie wollen's thun, Sie wollen der große Mann sind, Sie wollen den Dank kriegen vom Vater und von die Tochter. Na, hören Sie, Sie jehen aufs Janze."

„Also abgemacht, Herr Sägebock?"

„Ach Jott, ach Jott, Herr Assessor, was sind dat für Sachen. Das ist mir nicht an der Wiege vorgesungen worden, det ich meinen ehrlichen, harten Schädel mit so ausgefallene Räubergeschichten soll anbohren lassen. Wenn nun aber die Spiritisten recht haben? Wenn der selige Geist mit der einzigen Seele meiner leiblichen Schwester davonläuft, was dann? Was fang' ich dann mit 's Futteral an? Herr, ick liebe meine Schwester, Sie wissen jarnicht, wie sehr. Das Sie ihr nichts thun!"

„Aber, Herr Sägebock, wenn das Gespenst davon= laufen will, wir holen es wieder ein, wir haben junge Beine."

„Herr Assessor, thun Sie, was Sie nicht lassen können. Dat sag ich Ihnen aber: Geschieht was, so ge= schieht was. Wir Sägebocks halten sehr auf Familie."

Cremmen suchte den herzlichen Bruder dadurch zu beruhigen, daß er ihm irgend eine bürgerliche Hantierung für Serafine in Aussicht stellte. Man ließ sie nach den neuesten Grundsätzen der Wissenschaft von ihrer hysterischen Hypnose heilen und dann wurde sie in der Telegraphie oder bei der Post untergebracht oder bekam durch Ernestas Verwendung ein Stück Geld zu einem hübschen Putzgeschäft oder sie lernte Trikottaillen oder so was. Sägebock wurde wieder ganz zutraulich und ging sogar darauf ein, mit dem Assessor die Tischordnung festzusetzen. Der gute Herr Antispiritist sollte zwischen Sägebock sitzen und dem lustigen Studenten, dem Fisch. Der käme ja doch nur zu den Spiritisten, wenn im Theater nichts los wäre. Der andere, der Kreisel, sei nicht Fisch, nicht Fleisch, der könne noch einmal selber Spiritist werden. Grünes esse er schon. Die anderen Herren, die zu erwarten seien, verstehe Wilhelm Sägebock nicht. Höchstens den Runge, weil der sein Geschäft damit mache. Aber der Professor! Und gar der Maler! Ein Künstler! Eben wollte Sägebock des weiteren seine Meinung über die Kunst und über die anderen neuen, teuren Einrichtungen in den Bierlokalen aussprechen, da kam etwas lärmend Mr. Esseron mit dem Maler und dem Barbier herein. Er habe Zeit gefunden, alle Herren vom engeren Zirkel zu verständigen und die beiden eifrigsten gleich mitgebracht.

„Mir ahnt, die heutige Nacht werde die Entscheidung bringen für den Spiritismus auf dem Kontinent."

Seine Haare lagen nicht so ordentlich gescheitelt wie sonst, sein Atem ging schwer.

„Bruder Esseron," sagte Sägebock, und ein starker Zug von Bosheit glitt über seinen behäbigen Mund, „wissen Sie, was für ein Geist in Sie gefahren ist? Ist es nicht ein Weingeist? Spanischer Weingeist?"

„Nicht kleinlich!" rief Esseron. „Ich mag sein besessen heute von tausend Teufeln oder Geistern. Das Jenseits wird sein mächtig heute in dem Schwachen! Wir werden unterkriegen die kleingläubigen Geldsäcke und Geistesprotzen und unsere Hände nicht leer zurückziehen, meine Herren und Brüder, nach dem Griff ins Jenseits von der Erde."

Inzwischen waren gleich hinter Esseron die beiden Intimen hereingetreten. Der Maler, ein schöner älterer Mann mit grauem Haar und grauweißem Schnurr- und Knebelbart, ein vorzüglicher Modellkopf etwa für einen französischen General, trug ein braunes Sammetjackett und einen breiten weißen Schmetterlingsschlips. Er warf den kleinen Filzhut und sein Stöckchen jugendlich in die Ecke und rief so nachlässig, wie andere Leute guten Abend sagen: „Gutes Fluidum!“

Der kleine, immer vorlaute und dabei immer wie zum Rückzug bereite Barbier hing seinen schwarzen Chlinder an einen Nagel, strich seine paar letzten rotgrauen Haare von hinten her über den Scheitel und rief freundlich:

„Gutes Fluidum, meine Herren, wie geht's, wie steht's? Gutes Fluidum, meine Herren und Herr Sägebock?“

„Gutes Fluidum, Herr Professor,“ antwortete Sägebock trocken. „Gutes Fluidum, Janske.“

Der Barbier ging auf Cremmen zu, als wollte er ihm die Hand reichen. Er klopfte aber, als der Assessor die Bewegung nicht erwiderte, etwas Staub von dem Ärmel des Antispiritisten.

„Noch immer nichts entlarvt, Assessorchen? Immer noch nichts entlarvt?“

Sägebock hatte Mr. Esseron mit einem derben Ruck in die Ecke gezogen und sagte dort zu ihm: „Du bist in einem netten Zustand. Wenn sich dir eine Fliege nur auf die Nase setzt, fällt sie betrunken um. Ich verstehe nun nicht ...“

„Langweile mich nicht!“ sagte Esseron vergnügt. „Ich brauche das vor großen Sitzungen. Ich habe sonst keine Eingebungen. Ich will alles nachsehen und dann wollen wir den Tisch zurecht rücken. Den Assessor nimmst du neben dich.“

„Hat ihm schon.“

Der Maler hatte das Gaslicht höher geschraubt, seinen Stock und sein Hütchen auf der Kommode gefälliger zurecht gelegt und ging jetzt rasch auf Cremmen und den

Barbier zu. Der ungläubige Assessor war Luft für ihn. Aber den Barbier faßte er mit seinen großen, schönen Händen um die eckigen Schultern und sagte zu ihm:

„Was Sie mir da auf dem Herwege erzählt haben, lieber Janske, das läßt mich nicht mehr los. Mit Ihrer Erlaubnis möchte ich versuchen, das Bild so zu skizzieren, wie Sie es gesehen haben. Beschreiben Sie noch einmal genau, aber nur, was Sie wirklich gesehen haben, so als ob Sie es auf der Leinwand vor sich gemalt sähen. Geben Sie sich mal 'n Stoß.“

Sägebock und Esseron hatten indessen den Tisch einige Schritte vor der Portiere aufgestellt und die Stühle so herumgeordnet, daß die schmale Seite nach dem Kabinett zu frei blieb. Jetzt nahm der Maler einen Stuhl wieder fort, setzte ihn unter das Gaslicht, nahm Platz und zog das Skizzenbuch hervor.

„Also beschreiben Sie, lieber Janske, ganz dumm als ob ich nicht da wäre. Sie können natürlich gar keine Vorstellung davon haben, was für ein Bild dabei vor mir aufgeht.“

„Ergebens zu dienen,“ sagte der Barbier. „Sie brauchen gar nichts zu erfinden, Herr Professor. Sie brauchen nur nach meinen Angaben zu zeichnen, und es wird so echt sein wie eine Photographie, sag ich Ihnen.“

Cremmen blieb neugierig hinter dem Maler stehen; aber zugleich beobachtete er den Tisch und dachte über den Platz nach, von dem aus er den Überfall am besten ausführen konnte.

Der Maler hatte sich mit übergeschlagenen Beinen zurechtgesetzt und fragte lebhaft:

„Also lauter Hände? Nichts als Hände?“

„Bitte ergebenst, Herr Professor, Köpfe und Leiber waren nicht zu sehen.“

Der Maler hielt die Hände einen Augenblick vor seine schönen braunen Augen.

„Gut, gut,“ sagte er; „es ist ein Unglück, daß ich das Gesicht nicht selbst hatte. Nehmen Sie's mir nicht übel, Janßke, aber es ist schmachvoll, sich von 'm Knoten, wie Sie sind, ein unsterbliches Werk schenken zu lassen.“

„Bitte ergebenst, Herr Professor. Wenn Sie kein so großer Maler wären, wahrhaftig, es kriegte es ein anderer. Also, es war alles ganz deutlich zu erkennen. Im Hintergrund 'ne große Halle, Sie wissen, klassisch, griechisch, stilvoll, so wie das Brandenburger Thor. Aber ohne die vier Gäule oben. Vorne 'ne Statue, um die steinernen Hände zu sehen. Neben der Statue der Julius Cäsar. Nichts als die Hände. Nein, bitte Herr Professor, ein bißchen weiter rechts, so, nichts als die Hände zu sehen. Beide Hände zur Decke emporgestreckt und jeder Finger schrie: Auch du, mein Sohn Brutus?“

„Na!“ rief der Maler und zeichnete eifrig. „Schreit der Zeigefinger genug?“

„Bitte ergebenst, Herr Professor, das kann niemand so wie Sie. Sie sollen auch das Ganze malen. Also um diesen Julius rum waren ... wie viel Verschworene waren es doch? Nicht mal das wissen Sie? Herr Assessor, wie viel Verschworene waren bei der Ermordung vom Julius Cäsar?“

„Was weiß ich, einundzwanzig, glaube ich,“ sagte Cremmen aufgestört.

„Also zweiundvierzig Hände. Einzelne waren ganz genau zu erkennen. Der Cassio hatte eine plumpe, braune Faust. Der Brutus hatte lange, vornehme Finger, wie ein Friseur, ergebenst zu dienen. Jeder Verschwörer hatte einen blanken Dolch in der Hand, die einundzwanzig Dolche waren auch zu sehen. Fast alle wurden in der rechten Hand gehalten zum Stoß von oben herunter, sehen Sie, Herr Professor, so, bitte ergebenst. Nur zwei von den Mördern waren links.“

Der Maler hielt inne, endlich faßte er sich rasch und malte zwei linke Hände.

„Noch weiter herum standen die griechischen Senatoren und Bischöfe. Natürlich lauter Hände. Sehr viel goldene Ringe. Die eine Hälfte stand entsetzt vom Leibe ab. So! Bitte ergebenst, Herr Professor, da müssen Sie mich erst ansehen! So! Na, endlich! Die andere Hälfte applaudierte!“

Der Maler zeichnete immer eifriger.

„Ihnen ist das Gesicht nur so gekommen,“ sagte er, „aber ich werde erst etwas daraus machen. Die Kunst und die Wissenschaft wird das Bild bewundern müssen. Und ich werde Ihren Namen nicht verschweigen.“

Assessor Cremmen hatte höflich schweigend zugesehen. Als der Maler aber die Skizze nahezu vollendet hatte, sagte er doch:

„Wollen Sie nicht für alle Fälle darunter schreiben, daß das die Ermordung Cäsars vorstellt? Man muß der Phantasie der Beschauer doch ein wenig zu Hilfe kommen.“

„Leider,“ sagte der Maler ironisch und klappte sein Skizzenbuch zu. „Wenn die Menschen erst etwas mehr

Sinn für Gesichte aus dem Jenseits hätten, so könnten wir Leinwand und Farbe sparen." Ich brauchte meine Bilder dann nur mit meinem inneren Auge zu sehen, und sofort sähen sie auch die anderen. Dann wäre es ein Glück, Maler zu sein. Unabhängig von den Farben, von den Modellen, vom Licht und unabhängig von unserer armen Hand."

„Wenn es so weit gekommen ist," sagte Cremmen, „so will ich mir auch eine Bildergalerie anlegen. Bis dahin ..."

Der Maler bedauerte wieder den Antispiritisten beachtet zu haben und stand auf. Cremmen wandte sich an den Barbier: „Hören Sie, Janske, ich will ein Jahres=abonnement bei Ihnen nehmen, aber Sie müssen mir sagen, wie Sie zu solchen Eingebungen kommen."

Bevor der Barbier noch ergebenst gebeten hatte, den Betrag für das Abonnement gleich zu erlegen, öffnete man ·fest und sicher die Thür. Wie im Gänsemarsch schritten die beiden Studenten hintereinander herein.

„Gutes Fluidum, die Herren," sagte Fisch.

„Gutes Fluidum und 'n Abend," sagte Kreisel.

„Gutes Fluidum," murmelten die Anwesenden durcheinander.

„Gutes Fluidum," tönte es herablassend von der Schwelle. Der Professor, ein hagerer Mann mit einem strengen Gesicht, blieb stehen und machte einem hier noch unbekannten Herrn Platz. „Mein Schwager," fing er vorstellend an und fügte etwas unsicher hinzu, „Doktor Müller."

Doktor Müller, ein glattrasierter, zufrieden und

verständnislos aus den Augen sehender Mann von etwa vierzig Jahren, verbeugte sich linkisch.

„Ich habe mir erlaubt, meinen Schwager mitzubringen, weil er theoretisch bereits vollkommen und exakt auf den Spiritismus vorbereitet ist und ohne Zweifel nach der ersten bedeutungsvollen Sitzung sich voll und ganz als Bekenner zu den Unseren zählen wird.“

Während Mr. Essexon den Fremden begrüßte, und Sägebock ihn von weitem daraufhin prüfte, ob keine Polizei zu wittern war, zupfte der Barbier den Assessor an einem Westenknopf.

„Bitte ergebenst, Herr Assessor, weil Sie mein Abonnent sind, wissen Sie, wie der heißt? Ich auch nicht. Aber Müller heißt er nicht. Müller, das ist immer so ein falscher Name, weil so viele wirklich so heißen. Das aber weiß ich, der Professor hat nur einen einzigen Schwager, und der ist Pastor. Einer von den ganz Frommen. Aber trotzdem dumm.“

„Das kann gut werden,“ sagte Cremmen, der immer nervöser wurde, je zahlreicher die Zeugen seiner großen That sich versammelten.

„Und der Professor selbst? Ist der auch dumm?“

„Na, Herr Assessor, er soll ein sehr tüchtiger Lehrer sein, wissen Sie, Rechnen und Naturgeschichte bis in die Prima. Auf dem Gymnasium darf er vom Spiritismus nicht mehr reden, und wenn er davon schweigt, soll er sehr tüchtig sein.“

„Herr Gott, Janske, Sie reden ja wie ein Antispiritist.“

„Bitte ergebenst, Herr Assessor, ich weiß schon, was ich zu denken habe. Bildung ist jut und Intellijenz und Wissenschaft sind notwendig. Aber Spiritismus, Herr Assessor, das ist das Schöne. Wissen Sie, bitte ergebenst, das ist das Schöne für uns arme Leute. Wenn ich Geld hätte! Oder Professor wäre!"

Der Gymnasiallehrer hatte seinen Schwager mit Esseron allein gelassen. Er faßte den Studenten Fisch unter den Arm und sagte:

„Wir wollen den spiritistischen Herrn Maler schneiden, der sich übrigens widerrechtlich Professor titulieren läßt. Denken Sie nur, der malt, was Spiritisten im Traumzustand gesehen haben wollen. Ein Narr. Nun aber gefälligst noch einmal. Ich kann mir die Details Ihrer Maschine nicht deutlich genug vorstellen."

„Pruh!" machte Kreisel, der immer zuerst den Lach= krampf bekam. Er machte das meisterhaft. Nur der erste Ton konnte für eine Art Magenlachen genommen werden, wenn es auch schon mehr ein ersticktes Husten war. Dann aber ging Kreisel auch schon im selben Augenblick in einen dumpfen, musikalischen Ton auf die Silbe Pruh über. Er wollte das von Fafner gelernt haben. Sofort hustete auch Fisch etwas dumpf, wie durch ein Sprachrohr. Dann sagte er:

„Herr Professor, hüten Sie sich. Erfindungen sind immer eine langwierige Sache. Und wer weiß, ob der Geist Galileis echt war."

„Schwatzen Sie nicht. Wie nannte er das Ding doch gleich?"

„Einen Spiritometer."

Der Lehrer strich sich einige Male mit dem Handballen ums Kinn.

„Es muß ein anderer Name gefunden werden. Der Spiritometer oder Spiritusmesser ist bereits für eine andere Technik in Anwendung gelangt. Aber einerlei, Name ist Schall und Rauch. Fahren Sie fort."

„Es ist also ein ungeheurer Glascylinder. So dick etwa wie eine Potsdamer Stange, und so hoch, na, was meinst du, Kreisel, wie hoch hab' ich's dir geschildert? Na, wie ein Anstich von zwölf Potsdamer Stangen übereinander. Der Cylinder ist geaicht."

„Pruh!" machte Kreisel.

„Er würde in Bier gerechnet etwa fünf Liter fassen, enthält aber nach Galileis Rechnung ohne Borte fünfhunderttausend Geister."

Der Lehrer rieb sich das Kinn.

„Einfachheit ist immer das Zeichen rationeller Rechnung. Das wären hunderttausend Spirits auf einen Liter. Ist es aber auch experimentell nachgewiesen?"

„Pfundig!" rief Kreisel auf zwei tiefe Noten. „Pfundig, über alle Maßen pfundig."

„Kreisel," sagte Fisch, „wenn deine hysterischen Anfälle sich nicht legen, wird man dich schließlich nicht mehr in anständige Gesellschaft mitnehmen dürfen. Sei still oder kriech in die Klappe. Ich bitte, Herr Professor, der hohe Glascylinder wird ganz luftleer gemacht. Unten steckt er in einem hermetisch geschlossenen Becken voll von konzentriertem Nervenfluidum. Je nachdem nun der Dampf in dem luftleeren Raume steigt oder fällt, kann man die Menge der anwesenden Spirits einfach an den Aichstrichen ablesen."

Kreisel hatte sich mit dem Gesicht gegen die Wand gekehrt und stieß unartikulierte Laute aus.

„Kreisel," sagte Fisch, „wenn du mich heute ansteckst, ermorde ich dich."

In Kreisels Schultern zuckte es krampfhaft. Plötzlich warf er sich Fisch in die Arme und schluchzte sich an seiner Brust aus.

„Verzeihe mir, Bruder, es ist stärker als ich."

Auch Fisch schütterte ein wenig, dann reichten sich die Studenten die Hände und wurden wieder ruhig.

Der Lehrer war sinnend stehen geblieben. „Ein solches Instrument wäre an sich nicht undenkbar. Hat sich Galilei aber nicht über die Herstellung des konzentrierten Nervenfluidums ausgesprochen?"

„Nein," sagte Fisch ruhig, und blickte an Kreisel vorüber die Wand an. „Ich habe mir auch gleich gedacht, daß die Herstellung des konzentrierten Nervenfluidums die einzige Schwierigkeit sein wird. Aber ein Mann, wie Sie ..."

„Ich danke Ihnen, ich werde nicht ruhen und nicht rasten."

„Und nicht rosten," sagte Kreisel dumpf. Fisch schritt dicht an Kreisel vorüber dem Maler zu und flüsterte: „und nicht rösten. Jetzt hör' aber auf."

Der Maler ließ sich sofort überreden, sein Skizzenbuch zu zeigen. Er legte den Intimen natürlich zuerst die Ermordung Julius Cäsars vor. Kreisel schrie auf, aber es gelang ihm, den Naturlaut sicher in ein übermäßiges Ah der Bewunderung hinüber zu führen. Der Maler hatte für seine Skizze die Leiber durch seine Striche

angedeutet, die er dann im ausgeführten Gemälde fort-
lassen wollte.

„Es ist merkwürdig,“ sagte Fisch nach einer Pause,
„daß ein Mann wie Julius Cäsar mit einer solchen Handvoll von Verschworenen nicht fertig wurde.“

„Lassen Sie Ihre schlechten Witze, Fisch,“ sagte der
Lehrer.

„Ach was,“ rief Fisch mit herzlicher Gutmütigkeit,
„der Professor weiß, wie sehr ich seine Kunst bewundere.
Der nimmt mir so was nicht übel. Nicht wahr, Professor?“

„Ich wußte nicht,“ sagte der Lehrer, „daß Ihnen
der Professortitel verliehen ist, so wie mir!“

„Ich weiß auch nicht,“ antwortete der Maler scharf,
„weshalb Fisch mich immer Professor nennt. Male ich
denn so schlecht?“

Der Lehrer rieb sich die rechte Schläfe und sagte
ebenso scharf:

„Einem Genossen im Glauben, verehrter Meister,
werden Sie wohl gestatten, Ihnen zu bemerken, daß Sie
die Grundlagen Ihrer Kunst verkennen. Ich brauche
Ihnen nicht erst zu sagen, daß das Bekenntnis zum Spiritismus mir heilig ist. Aber der Künstler darf doch nicht
schaffen, was nicht ist den sehenden Augen der Welt, was
Ihm nur im Traumzustand sichtbar ist. Die Kunst,
mein verehrter Meister, ist nichts anderes als palpable
Natur mit den feinsten Menschenorganen wahrgenommen
und wiedergegeben. Der Spiritismus aber, oder sagen
wir die Wahrheit, ist dieselbe Natur von dem selbst-
schöpferischen inneren Gefühl durchaus gekannt. Kürzer:

Die Kunst ist die Schöpfung von vorne, der Spiritismus ist dieselbe Schöpfung von hinten. Also können sich Kunst und Spiritismus niemals begegnen, weil die Schöpfung zwischen ihnen steht."

„Im Gegenteil, Herr Professor! Sie sind doch Professor? Die Kunst ist waches Hellsehen. Ohne das Unbewußte keine Kunstschöpfung. Kunst und Spiritismus fließen aus derselben Quelle. Die Welt von hinten ist die Wissenschaft. Die Wissenschaft sollten Sie von Ihrem Glauben frei lassen. Die Wissenschaft wird durch die Geister dumm gemacht. Meine Bilder haben unsterblichen Wert bekommen, seitdem mir diese wackeren Freunde helfen."

„Bitte ergebenst zu dienen," sagte der Barbier.

„Unsterblichen Wert?! Ha," lachte der Professor, „Ihre Ermordung Cäsars ist ... ist ... ein Beweis, für ... für Ihre ... Ihre Fingerfertigkeit."

„Lachen Sie nur, Professor. Schreiben Sie nur erst Ihre Geographie des Jenseits fertig, dann werden Sie andere lachen hören."

„Ach Sie! Sie wollen ein Spiritist sein? So antworten Sie doch! So definieren Sie mir doch einmal die vierte Dimension, so definieren Sie mir doch."

„So sagen Sie mir doch, welche von diesen Händen gehören dem Marc Anton? Sie wollen ein Spiritist sein? Welche gehören dem Marc Anton?"

Zum Glück wurde der Streit durch Runge unterbrochen, der eilig herangelaufen kam und mit verstopfter Stimme, als könnte er den Mund nicht aufthun, brummelte:

„Komme ich nicht zu spät? Ist noch nicht angefangen? Ich muß einen guten Platz haben.“

Mr. Essexon schaute auf die Uhr und sagte feierlich:

„Wir sind gesammelt alle bei einander. Die Stunde von der Mitternacht ist bald zu schlagen. Ich werde gehen und fragen Mr. Vehsen. Ich bitte einstweilen sich zu ordnen rund um den Tisch und zu erwarten meine Rückkunft in Frieden.“

Essexon ging lebhafter als sonst hinaus, und die Herren ließen ihren Zank plötzlich fallen. Nur mit gedämpfter Stimme wurden einige Worte gewechselt. Sägebock aber sagte ungeniert:

„Na denn ran. Hier an det schmale Endeken Sie, Herr Assessor, und rechts von Ihnen der gute Herr Fisch. Und links sitze ick. Sie sind ’n unsicherer Gast, Herr Assessor. Und dat Sie mir keine Schwieten machen. Rechts von dem guten Herrn Fisch Sie, Janske, dann der gute Herr Kreisel, dann der Herr Doktor Müller neben Mr. Essexon, weil wir Sie nämlich auch nicht kennen, Herr Doktor. Links also icke, dann die beiden Professoren, Herr Runge, und Essexon gegenüber der Herr Major.“

Schweigend und mit möglichst wenig Geräusch begaben sich die Herren an ihre Plätze. Nur Fisch, der heute überhaupt nicht zu bändigen war, fragte im Vorübergehen den Bruder Runge: „Wie sprechen Sie denn, haben Sie denn inwendig im Hals auch Wolle?“

„Nein,“ brummelte Runge. „Ich trage nur etwas Dauernahrung in den Backentaschen. Der Mensch kann nämlich Backentaschen bei sich ausbilden. Ich fühlte mich etwas schwach im Kopf, und da wurde mir geraten, die verschärfte vegetarische Kost anzuwenden."

Cremmen saß wie auf Kohlen. Ohne Spott sagte er, weil ihm die Erinnerung durch den Kopf ging: „Aha, Sie leben nur noch von Feuer, Wasser, Luft und Erde?"

„Das hat uns nämlich Humboldt als Zukunftsnahrung angewiesen," sagte Runge zu Fisch. „Nein, das wage ich noch nicht. Ich will mich einige Zeit von rohen Reiskörnern nähren. Eine Handvoll genügt für eine gute Mahlzeit. Waschen darf man ihn nicht. Nicht einmal mit kaltem Wasser. Es dauert etwas lange, bis diese köstliche Naturgabe weich wird. Ich werde es morgen doch lieber mit Gerstengraupen versuchen, die sollen schneller weich werden, oder mit Hafergrütze."

„Das ist 'ne wahre Roßkur," sagte Fisch. Kreisel gröhlte etwas aus dem Sprachrohr, und Fisch mußte akkompagnieren. Dann wurde wieder alles still. Nur leise vernahm man ein schüchternes Knirschen aus Runges Backentaschen hervor.

„Verschlucken Sie sich nicht," sagte Fisch teilnehmend und herzlich.

Vorsichtig schob Runge sein Gericht Reis aus der rechten in die linke Backentasche und spitzte einen Bleistift. Wieder öffnete sich die Thür, und am Arme Esserons kam müde und ängstlich der Major herein. Fahlke folgte und blieb artig an der Schwelle stehen. „Guten Abend, die Herren," rief der Major und warf rasch einen mißtrauischen Blick über den Tisch. „Guten Abend," sagte Sägebock, Cremmen und Doktor Müller. „Gutes Fluidum!" riefen die anderen.

Kaum hatte der Major die übliche Begrüßung des Vereins gehört, als er Esserons Arm losließ und aufgeregt auf seinen Platz zuschritt.

„Also Sie sind schon alle bei einander? Sie wollen mit Hilfe meiner Seelenangst einen vergnügten Vereinsabend haben? Wofür halten Sie mich denn, meine Herren? Ich bin kein Narr, ich bin ein Mann der Wissenschaft, ein Mann des Kulturfortschritts, ein Mann der Thatsachen. Experimente will ich und keinen Humbug."

„Sind krankhaft erregt, Herr Major," nahm der Lehrer das Wort. „Ja, man könnte Ihren Zustand vielleicht mit einem härteren Ausdruck bezeichnen. Wir sind eingeladen, ich bitte uns nicht zu stören."

„Werde ich auch nicht, meine Herren," sagte der Major pfiffig. „Ich habe gar keine Lust mir von Ihnen meine Nachtruhe stören zu lassen. Ich bin mit meiner neuen Erfindung fertig, der Mediumfalle. Also ich bitte, meine Herren, betrachten Sie diesen Pavillon als ob Sie hier zu Hause wären. Herr Assessor, Sie haben mein volles Vertrauen. Halten Sie die Augen offen. Runge wird stenographieren, und wenn er auch kein eigenes Urteil hat, so sind doch seine Stenogramme zuverlässig. Was ziehen Sie für ein Gesicht, Runge? Haben Sie Zahnschmerzen?"

Runge wies traurig auf seine linke Backe, und Fisch sagte:

„Es ist nur Reis; er wartet bis er weich wird. Dann wird er ihn wahrscheinlich kochen."

„Unsinn!" sagte der Major und maß die ganze Gesellschaft mit einem verächtlichen Blick. „Der Spiritismus vereinigt doch recht ungleiche Elemente zu einer Kette. Ich bitte, Herr Assessor, ich habe zu Ihnen volles Vertrauen, Sie werden mir morgen früh ausführlichen Bericht erstatten, wenn ich bitten darf. Gute Nacht, meine Herren, und viel Vergnügen!"

Mit einer halb ironischen Verbeugung empfahl sich der Major und ging aufrecht der Thür zu. Dort hielt ihn Fahlke auf und rief ganz erschreckt: „Aber, Herr Major ..."

„Bleiben Sie Fahlke. Sie gehören hierher. Ich nicht!"

Der Major verließ den Pavillon und schlug die Thür hinter sich zu.

Fahlke verlor sofort die dienstliche Haltung und wollte sich vergnügt auf den leergewordenen Platz des Majors begeben.

„Ne," sagte Sägebock, „is nich. Sie bleiben unter der Gasflamme stehen. Wenn Esseron ruft: dunkel, so machen Sie die Flamme ganz klein. Sie wissen ja, Sie brauchen nur an dem Drahtkettchen zu ziehen. Ausgehen thut sie nicht. Ruft Esseron: Licht, so ziehen Sie an der anderen Seite."

Fahlke verließ den Platz des Majors und stellte sich geduldig unter die Gasflamme. Aber eine Thräne war ihm in die Augen gekommen, und in schüchternem Zorn rief er:

„Das also ist die Gleichheit und die Brüderlichkeit, von der die Geister immer reden? Ich soll unter der Gasflamme stehen und aufpassen, ob Geister kommen? Werden wir denn auch im Jenseits nicht aufhören Diener zu sein? Werden wir denn auch im Jenseits die Sterne anstecken müssen, wenn's den Herrschaften abends zu finster wird?"

„Im Jenseits ist alles gleich," sagte Esseron, „aber hier, lieber Fahlke, müssen Sie stehen unter der Gasflamme und passen auf!"

„Ich sage ja nichts," sagte Fahlke.

„Ich denke wir wollen gehen zu dem Werk. Sägebock, ist Ihre Schwester bereitet vor, sich zu setzen auf den Stuhl und zu lassen sich binden und besiegeln?"

„Sie ist immer bereitet vor," brummte Sägebock.

„Also zu dem Werk. Wir werden binden Schwester Serafine auf dem Stuhl fest. Herr Sägebock und ich, weil wir sind die Geschicktesten darin. Ich stelle den Antrag, daß der Herr Assessor und der Herr Doktor Müller prüfen die Stricke und die Knoten, um zu geben Zeugenschaft später. Ich schlage vor die Herren, weil sie sind die Skeptiker in unserem Kreis."

„Wozu denn diese übaflüssige Kontelolle," brummelte Runge. Er konnte aber kein R mehr aussprechen. „Wia haben doch keinen Betüga unta uns."

Doktor Müller hatte sich längelang erhoben. „Ich muß es ablehnen in diesem fremden Kreis als ein Skeptiker vorgestellt zu werden. Ich kann mich rühmen im Gegenteil, sehr stark im Glauben zu sein, und fest zu stehen auf dem Worte . . ."

Sein Schwager zupfte ihn am Rock, und Doktor Müller setzt sich wieder nieder.

Fahlke rief: „Mister, ich will hier stehen bleiben und ziehen, wie Sie wollen, rechts oder links. Aber lassen Sie mich dafür Knoten untersuchen und siegeln."

„Gut, Fahlke, es sei Ihnen gestattet."

„Siegeln auch?" Glückstrahlend ging Fahlke an die Portiere und zog sie bei Seite.

„Finchen!" rief Sägebock. „Finchen, es ist so weit. Du sollst sitzen."

„Was ist?" tönte es leise und schläfrig aus der dunklen Kammer.

„Das arme Mächen," wandte sich Sägebock an Cremmen, „det soll ihr nu gut bekommen. Erst richtig schlafen, und dann Traumschlafen ... Na setz dir mal Finchen, und mach's dir recht bequem. Du armes unschuldiges Opferlamm."

Fahlke hatte ein Licht angezündet, und die vier Männer betraten das Kabinett. Dort setzte sich Serafine stumm und schläfrig auf den Stuhl nieder und wurde nun von Sägebock und Esseron mit eigener Knotenschlingung festgebunden. Mit starken Bindfaden über beiden Knöcheln an die Stuhlbeine, mit einem noch stärkeren Strick um die Taille und an die offene Lehne des Holzstuhls. Fahlke hielt das Licht und als er aufgefordert wurde, sich von der Festigkeit der Bande zu überzeugen, streckte er wohl die Hände nach den Knöcheln und dem Leibe Serafinens aus, aber er berührte sie kaum und lachte nur geschmeichelt.

Assessor Cremmen hatte immer nur den geplanten Überfall im Kopf. Er untersuchte unaufmerksam die Fesselung des Mediums und konnte nichts Verdächtiges bemerken. Höchstens die Art und Weise, wie die beiden Eingeweihten ihre Knoten schlangen, wollte ihm auffallen.

Nun sollte gesiegelt werden. Doktor Müller war der einzige der Herren, der einen Siegelring am Finger trug. Er gab ihn willig her. Der Stein trug als Siegel die Symbole von Glaube, Liebe und Hoffnung, und Doktor Müller erhob sich auch und hielt eine Ansprache, in welcher er die drei Symbole mit dem Jenseits verband. Während er salbungsvoll immer weiter sprach, legte Cremmen unter Beihilfe Sägebocks die Siegel an. Fahlke durfte mit der Siegellackstange vorsichtig das Wachs auflegen.

„Ihr Füßchen soll nicht leiden," sagte er.

Es waren kräftige Füße in schwarzen Strümpfen und etwas abgetragenen Schuhen.

Die Stricke über den Knöcheln wurden mit einer dünnen Schnur zusammengehalten und je auf die Stricke und das Stuhlbein mit Glaube, Liebe und Hoffnung besiegelt. Der Strick an der Lehne bekam nur ein großes Siegel.

„Wie 'n Geldbrief!" sagte Sägebock. „Ist auch was wert."

Cremmen betrachtete diese vorsichtige Maßregel als Nebensache. Durch welchen Kniff es dem Medium möglich gemacht war, im Traumzustand die Fesseln zu verlassen, das war ihm einerlei. Wenn nur der Glaube zerstört wurde, daß das Gespenst außerhalb des Mediums erscheine.

„Ich lege auf diese Dinge gar keinen Wert," sagte er zu Sägebock, während sie beide an den Tisch zurückkehrten und Mr. Esseron die Portiere wieder vorzog, nicht ohne ihr rasch einen gefälligeren Faltenwurf zu geben.

„Ich och nicht," sagte Sägebock laut. „Hören Sie, wenn ic Medium wäre, ich ließe mir auf so 'ne olle

Aufpafferei erst gar nicht ein. Wer nicht will, der foll es eben bleiben laffen. Darin wäre ich eklig.“

Die Männer hatten wieder ihre Plätze eingenommen. Fahlke stand wieder und jetzt ohne jedes bittere Gefühl unter der Gasflamme. Mr. Efferon blieb etwas feierlich vor feinem Stuhl ftehen und fagte mit einem gewiffen ironifchen Wohlwollen:

„Wünfcht vielleicht einer der Herren noch weitere Beweife für unfere Ehrlichkeit?“

„Aber Efferon,“ antwortete Runge für alle, „feien Sie doch nicht langweilig. Sind wia Spilitiften oba find wir’s nicht? Und wenn Sie bei biefen lächalichen Bofichtsmaßlegeln an die Öffentlichkeit benfen, fo haben Sie vergeffen, baß ich ba bin. Ich welbe feinen Zweifel üblig laffen. Bul Sache alfo.“

„Na benn los,“ fagte Sägebock.

„Beginnen wir in Gottes Namen,“ rief Doktor Müller, wie jemanb, der vom Fache ift.

„Soll ich jetzt finfter machen?“ fragte Fahlke.

Efferon fetzte fich und befahl Kette bilden. Er felbft fügte fich der Kette ein, indem er mit feiner rechten Hand über ben Tifch hinweg Runges Linke berührte und fuhr bann fort:

„Dunkel machen, Fahlke. Nicht fo ganz. Halbbunkel. So. Mit je mehr Aufmerkfamkeit die Herren werden richten Ihre Gedanken auf würdige Gegenftände, um fo fchneller wird fein das Medium in Trance. Ich bitte zu bilden die Kette forgfam und den Nachbar nicht zu laffen los. Wir wollen erheben unfere unfterbliche Seele und uns verfenken in die Geheimniffe vom Jenfeits. Ihr

Geister, welche schweben über uns, wir wissen, daß wir unsterblich sind. Ihr Geister, welche schweben um uns, Ihr Geister, welche haben gewohnt hier in diesem Raume vor uns! Ihr Geister von den Werken, welche sind geschehen in diesem Raume von der Erde hinter uns! Ihr Geister von den leblosen Dingen, welche sind gewesen auf diesem Raume von der Erde jemals! Helft den Ungläubigen am Spiritismus, daß es in ihren Köpfen wird Licht."

„Soll ich Licht machen?" fragte Fahlke leise.

„Stiefel!" sagte Sägebock. Und alles wurde still. Plötzlich fuhr Doktor Müller in die Höhe. Aber nur so weit, daß er die Kette nicht unterbrach.

„Brüder!" rief er, „ich habe vorher ein Bekenntnis abzulegen, damit die seligen Geister sich nicht durch eine Lüge abhalten lassen zu erscheinen. Ich bin nicht Doktor Müller, ich bin der Pastor Hagemüller. Sie werden von mir gehört haben. Ich habe mehrere Kranke durch die Kraft meines Gebetes geheilt, und bin innig überzeugt, daß auch in diesem feierlichen Augenblick nichts so wirksam die Jenseitigen zu uns rufen wird wie ein Gebet.

„Wir sind sehr erfreut, Herr Pastor, zu sehen einen so würdigen Mann unter uns. Aber wir sind gewohnt zu rufen die Geister durch spiritistische Lieder, und die Geister sind gewohnt zu kommen auf den Ruf von spiritistische Lieder. Ich stelle den Antrag zu singen das schöne Bruderlied: Drüben ist es alles eins."

„Ich protestire!" rief der Pastor. „Ich habe immer einen guten Erfolg gehabt, wenn ich das Lied ..."

„Schwager, du bist Gast," sagte der Lehrer ernst.

Fisch rief herüber: „Wenn schon geneuert werden soll, so wäre ich für das von mir selbst verfaßte vegetarische Lied: „Wandelnd in Gemüsefeldern."

In diesem Augenblick wurde ein musikalischer Ton vernommen, der ungefähr die bekannte Melodie von: „Drüben ist es alles eins," anschlug.

„Die Geister haben gethan ihre Entscheidung," sagte Esseron, „es ist eine Äolsharfe."

„Mir klingt es wie eine Mundharmonika," sagte Kreisel.

„Sagen wia ein Blasinstlument!" rief Runge. „Aba wie soll ich denn schleiben in biesea ägyptischen Finstanis?"

Esseron sprach: „Die selige Frau von Behsen …"

„Woher wissen Sie, daß sie das ist?" fragte Cremmen scharf.

„Die selige Gnädige konnte kein Blasinstrument spielen," tönte Fahlkes Stimme.

„Es wird sein ein musikalischer spirit, welcher ankündigt eine Erscheinung für später."

„Die Ouverture," brummte Fisch, und alle sangen das Lied: „Drüben ist es alles eins," hierauf. Viele Minuten verstrichen. Aus der Nebenkammer tönte es weiter, das ruhige Lied der Mundharmonika. Dazwischen vernahm man ab und zu ein leises Knistern wie von Kleiderstoffen und ein leises Knarren wie von Holz. Dann auf einmal einen starken Schlag, und dann wieder ein langes gedehntes Röcheln.

„Mir ist furchtbar graulich," sagte Fahlke. „Darf ich nicht heller machen?"

„Ganz dunkel," rief Esseron zur Antwort. Und sofort war die Gaslampe bis auf ein kleines verstecktes Stichflämmchen ausgelöscht.

„Es kommt," murmelte Esseron, „ich fühle es in den Fingerspitzen. Es holt sich die Kraft aus unserer Kette."

Es gab einen dumpfen Schlag von unten gegen die Tischplatte, und dann war die Erscheinung da.

Dicht vor dem schwarzen Vorhang stand eine helle Gestalt. Die weißen Arme waren emporgehoben, ein Schleier schien über das Gesicht gebreitet. Das weiße Gewand und besonders der Schleier leuchteten still mit einem phosphoreszierenden Glanz. In der Stube war es so dunkel, daß die einzelnen Herren einander nicht sahen. Den phosphoreszierenden Glanz der Erscheinung aber sahen alle.

„Alle guten Geister!" rief Fahlke.

„Eine höchst vollkommene Erscheinung," sagte Mr. Esseron scheinbar geschäftlich, aber auch seine Stimme klang unsicher. „Es ist die höchste Materialisation."

„Aber ich kann doch nicht schleiben," brummte Runge so undeutlich, daß ihn niemand verstand.

„Wat sagen Sie?" fragte Sägebock.

„Es geht nicht!" rief Runge. Und man hörte wie er sich auf seinem Stuhle umwandte, und eine Menge Körner rieselten auf den Boden. „Es geht nicht," wiederholte Runge jetzt ganz deutlich. „Ich bin zu aufgeregt. Aber ich kann nicht schreiben in der Dunkelheit."

„Lassen Sie nur," sagte Sägebock tröstend, „manchmal kommt die Rede den nächsten Tag in Reinschrift herunter."

„Erkennt jemand die Gestalt, worin ist gekleidet die Erscheinung von heute?" fragte Esseron.

„Mister," sagte Fahlke, „da brauchen Sie nicht zu fragen. Es ist die selige Frau. Es ist ihr Brautkleid. Es ist sie ganz und gar."

Die Erscheinung war minutenlang unbeweglich stehen geblieben. Jetzt ließ sie die Arme sinken und bei der Bewegung schimmerte es wie Meerleuchten. Mit kaum gehauchter Stimme sagte sie:

„Die Liebe zu den Meinen und der Wille des Mediums hat mich hergezogen. Im Leben glaubte ich nicht an den Spiritismus. Jetzt bin ich schon in der fünften Sphäre und weiß mehr Geheimnisse als alle Gelehrten auf der Erde."

„Selige Frau," fragte Esseron demütig, „willst du uns beglücken mit jenseitigen Mitteilungen von dir vor uns. Oder willst du sagen deinen Willen, was soll werden aus deiner Tochter auf Erben?"

„Hüten Sie sich!" rief Cremmen und fing an, seine rechte Hand zurückzuziehen, die ohnehin nur locker auf einem Finger des Studenten Fisch lag.

Mit ebenso leiser aber erregter Stimme erwiderte die Erscheinung:

„Ich will nur Mitteilungen aus dem Jenseits machen. Ich will hier nichts von meiner Tochter fordern."

Heftig sprach Esseron: „Aber du hast bei deiner letzten Erscheinung fest versprochen, fest versprochen hier deinen Willen mitzuteilen."

Bevor die Erscheinung aufs neue antwortete, fühlte Cremmen, wie Fisch seine Hand zurückzog. Gleich

darauf stieß der Pastor Hagemüller einen Schmerzens-
ruf aus.

„Was ist?" riefen Runge und Fahlke.

„Es hat mich erschreckt, aber mir eigentlich nicht weh
gethan," sagte der Pastor salbungsvoll. „Ich will die
Erscheinung zu beschreiben suchen. Es fuhr mir gegen
die Stirn und zerplatzte da. Jetzt fließt es mir über das
linke Auge und die Wange herunter. Wir wollen später
bei Licht untersuchen, was es ist. Ich habe die Kette
nicht unterbrochen."

„Herr Pastor," sagte Fisch, „vielleicht können Sie es
mit der Zungenspitze erreichen. Kosten Sie doch."

„Ich weiß nicht, ob ich soll," sagte der Pastor ruhig.
„Es könnte ein Geschoß des Teufels sein. Allerdings
rutscht es weiter und näher und wäre meinem Geschmacks-
organ wohl erreichbar."

„Ach kosten Sie doch," sagte Runge. „Das wäre
was für meine Zeitung." Nach einer kleinen Pause sagte
der Pastor:

„Ein Ei. Es ist ganz frisch und nicht kalt."

„Lassen wir die Untersuchung für später," rief Esseron
heftig, „jetzt frage ich die Erscheinung, ob sie über Fräulein Ernesta sprechen will oder nicht."

Cremmen hatte das Gefühl, das er jetzt empfand,
noch nie gefühlt. Auf dem Paukboden stellte er seinen
Mann und in der Schlacht hätte er gewiß tapfer seine
Pflicht gethan, aber jetzt, wo er sich genötigt fühlte, Ernst
zu machen, und dieses sogenannte Gespenst anzufassen, lief
es ihm wahrhaftig kalt über den Rücken. Der Student
hielt ihn nicht mehr und Sägebock schien ihn beinahe

aufzufordern, den Überfall zu wagen. Auch er lockerte seine Hand. Noch zögerte Cremmen, da sagte die Erscheinung leise und traurig:

„Ich möchte Fräul ...“

„Wer?“ unterbrach sie Esseron heftig.

„Ich möchte meine Tochter Ernesta sehen. Ich habe meiner Tochter Ernesta etwas zu sagen.“

Jetzt fand Cremmen endlich die Kraft; mit einem tollkühnen Entschluß, und doch wieder wütend über sein eigenes Grauen, erhob er sich leise, stürzte an der linken Seite des Tisches herunter, faßte die Erscheinung bei beiden Händen und schrie:

„Du lügst! Du hast nichts mit Ernesta zu reden. Aber ich habe ein Wort mit dir zu sprechen. Siehst du, du hast ja Fleisch und Blut! Licht!“

„Dunkel lassen, Fahlke!“ schrie Esseron, während die Kette sich löste und alle laut durcheinander schrieen. Es wurde einen Augenblick hell, dann wieder dunkel, und dann wurde es wieder hell und blieb so. Alle Herren standen erregt vor ihren Stühlen, und eine weibliche Gestalt in weißem Brautkleid und weißem Schleier lag ohnmächtig in Cremmens Armen.

V

Die Leiche des Mediums

Wie auf schlechten Theatern eine bedeutungsvolle Gruppe
für längere Zeit festgehalten wird, freilich nur zum Spaß
für die Zuschauer, so standen die Männer des engeren
Zirkels jetzt eine ganze Weile hilflos um den Antispiri=
tisten und sein Opfer. Sägebock faßte sich zuerst. Nur
auf Mr. Esseron warf er vorher einen halb ängstlichen,
halb spöttischen Blick, dann schluchzte er ganz gottjämmer=
lich auf und stürzte mit dem Rufe Mörder! auf Cremmen
zu. Das Medium nahm er in seine Arme und schrie
unaufhörlich: „Mörder! Mörder! Sie haben sie umge=
bracht. Ich habe Sie ja gewarnt! Meine arme, unschuldige
Schwester! Mörder!“ Und er trug den schweren Körper
auf seinen Armen bis zum Sofa. Dort legte er Schwester
Serafine ordentlich hin, streckte ihre Füße nebeneinander
aus und faltete ihr die Hände über der Brust. Alles
unter Schreien und Schluchzen und unter fortwährenden
Anklagen gegen den Mörder.

Mr. Esseron, dem das Ganze sehr überraschend und

sehr gegen seinen Wunsch gekommen zu sein schien, ging heftig auf und nieder. Endlich näherte er sich dem Bruder Serafinens, sagte ihm etwas und ballte dazu die Faust. Sägebock blickte ihm frech ins Gesicht und rief immer wieder: „Mörder! Mörder! Das sollen Sie mir teuer bezahlen."

Und wieder ganz geschäftsmäßig ging er an die Thür, riß mit festem Griff die Portiere herunter und begann das Medium sorgfältig mit dem schwarzen Tuch zuzudecken.

Endlich kam Leben in die Gesellschaft. Fahlke, der bisher keinen Gedanken zu fassen vermocht hatte, sank in einen Stuhl und weinte, als stieße ihn der Bock. Die beiden Studenten, der Pastor und der Barbier, verließen rasch nacheinander den Pavillon. Runge, der Maler und der Lehrer drängten sich um Sägebock und das Medium. Cremmen trat erregt zu Mr. Esseron heran.

„So äußern Sie sich doch! Sie haben doch Erfahrung in diesen Dingen. Glauben Sie wirklich ..."

Runge legte beschwörend die Finger seiner rechten Hand auf die schwarze Decke und sagte:

„Dieser schöne Tod ist das glänzendste Zeugnis für die Wahrheit des Spiritismus. Herr Assessor, wir danken Ihnen. Sie haben durch Ihre Skepsis der Sache der Wahrheit einen Dienst geleistet. In den Annalen unserer Wissenschaft werden Sie als ein Mörder bastehen, aber als ein Bahnbrecher. Brüder, was ist geschehen? Es ist ein Medium weniger auf der Welt, eine Märtyrerin mehr. Wir können befriedigt sein."

Der Lehrer beugte sich einige Mal über Schwester Serafine, um ihrem Atem zu lauschen. Er schüttelte den

Kopf. „Ich brauche gar nicht hinzuhören,“ sagte er. „Es ist eine bekannte Thatsache, daß das Medium sterben muß, wenn es während einer Materialisation plötzlich von seinem Körper getrennt wird.“

„Aber bin ich denn verrückt!“ rief Cremmen. „Ich habe doch um Gotteswillen nicht Schwester Serafine getötet! Ich habe das Gespenst abgefaßt, das angeblich neben dem Medium erscheinen sollte. Sie sehen, der Stuhl ist leer, das Gespenst war Schwester Serafine.“

„Aber sie ist tot!“ sagte der Lehrer dumpf.

Der Maler drückte dem Lehrer zur Versöhnung die Hand und sagte zu Sägebock: „Ich ehre Ihren Schmerz, aber ich muß, bevor noch die Leichenstarre eintritt, um die Erlaubnis bitten, die edlen Züge zeichnen zu dürfen. Auch die Hände.“

„Nich jetzt, nich jetzt. Et bricht mir das Herz,“ schluchzte Sägebock und warf sich über den Körper seiner Schwester.

„Der Herr Professor ist kein Arzt!“ rief Cremmen. „Ich bestehe darauf, daß ein Arzt gerufen wird.“

„Natürlich, einen Arzt!“ rief Sägebock heulend vor Schmerz. „Der soll sie wohl auseinander schneiden und nachsehen, woran sie gestorben ist. Ist mir janz egal. Tot ist sie und ziert sich nich mehr.“

Mr. Esseron schien einen Entschluß gefaßt zu haben. Er faßte Cremmen an der Hand und führte ihn in das kleine Kabinet.

„Sie haben wohl gesehen, Herr Assessor, daß ich selbst im ersten Augenblick nicht wollte glauben an das Schreckliche, was wir haben erlebt. Sie sehen, Ihre eigenen

Siegel sind unverletzt. Anstatt abzuwarten den Augenblick
ehrlich, haben Sie gewagt zu brechen die ewigen Gesetze
der Spirits. Sie sind geworden gewarnt. Die Geister
haben sich gerächt."

„Ich bin kein Geist, aber ich werde mir auch rächen!"
schrie Sägebock.

„Ich will doch selbst sehen, wen ich umgebracht haben
soll," rief Cremmen immer erregter. „Ich will doch sehen,
ob wirklich der Geist der seligen Frau von Vehsen unter
diesem Schleier steckt."

„Mörder! Mörder!" schrie Sägebock."

„Fühlen Sie denn keine Reue?" sagte der Lehrer.

„Wir müssen die Anzeige machen," rief der Professor.

Fahlke schrie immer lauter, man unterschied jetzt die
Worte: „Und zu sagen, daß noch vor einer Stunde Kar=
line in ihr gesteckt hat."

Mr. Essexon ließ den Assessor nicht los und sagte
mit überlegenem Lächeln: „Natürlich werden Sie unter
dem Schleier nicht finden etwas anderes als das Medium.
Wenn ein Spirit ist erschienen sichtbar für Menschenaugen,
so muß er nehmen um sich eine menschliche Hülle. Well,
der Spirit nimmt die Hülle, nimmt das Körperliche von
einem Medium, welches ist gerade im trance und darum
nicht braucht seinen Körper zu irgend etwas. Plötzlich
haben Sie weggescheucht den Geist, bevor er hat gehabt
Zeit, dem Medium zurückanzuziehen seinen Körper. Nun
liegt hier auf dem Sofa der Leib von das Medium, dort
auf dem Stuhle vielleicht sitzt die Seele von das Medium.
Und wenn sie nicht zusammenkommen beide sehr bald, so
bleibt tot das Medium. Ich hoffe aber, sie werden sich

finden wieder, wenn wir sie lassen allein. Ich hoffe sehr." Er sagte die letzten Worte heftig, fast drohend, und gegen Sägebock gerichtet.

„Mörder! Sie sollen es büßen," rief Sägebock.

„So lassen Sie mich doch zum Teufel zu ihr," schrie Cremmen. „Ich will sehen, ob nicht zu helfen ist. Sie ist gewiß nur ohnmächtig. Vor Schrecken natürlich. Das arme Ding ist ja so hysterisch gewesen. Ich will zu helfen suchen."

„Nicht Sie," sagte der Lehrer, und der Maler wiederholte „nicht Sie."

„Weg, Mörder!" schrie Sägebock, und Essexon fuhr fort:

„Seien wir vorsichtig. Vielleicht ist die Seele noch nicht weit weg von hier. Vielleicht entschließt sie sich zurückzugehen in die Hülle, solange noch das Leben warm darin ist. Wenn Sie aber, Herr Assessor, verscheuchen mit Ihrem antispiritistischen Fluidum die Seele, dann wird werden Schwester Serafine kalt, bevor sie wird wieder lebendig. Lassen wir die Seele allein mit das Medium. Kommen Sie, Herr Assessor, kommen Sie, Herr Professor, Sie auch und Sie, Fahlke, bleiben braußen stehen vor dem Pavillon und lassen Niemanden herein zu das Medium."

Geschäftig schob Essexon den Maler, den Lehrer und Fahlke vor sich her und trat mit ihnen in den nächtlichen Garten hinaus.

„Kommen Sie, Herr Assessor," rief er durch die offene Thür noch einmal zurück. „Wir wollen holen aus der Stadt einen Arzt, der hat Erfahrung im Spiritismus, und der heilt seine Patienten mit Suggestion. Kommen Sie!"

Cremmen war unschlüssig neben dem Sofa stehen geblieben. „Hinaus, Mörder!" schrie Sägebock. „Und bitten Sie zu Gott, daß meine Schwester wieder lebendig wird. Denn wenn ihre Seele nicht wieder zu ihr zurück= kehrt, — ich bin zu jeder Schlechtigkeit fähig."

Ganz verwirrt sagte Cremmen: „Ja, ja, die Stricke und die Siegel sind unverletzt."

„Ich hab's Ihnen ja gesagt! Etwas ist dran. Alle sind meinetwegen Schwindler, Serafine war gebiejen, rejell. Mörder!"

„Aber, lieber Herr Sägebock, es ist gewiß nur ein Nervenzufall, ein Starrkrampf. Bei dieser Art von Thätig= keit! Sie hören ja, daß wir einen Arzt rufen wollen."

Sägebock stand endlich auf. Er hatte ein rotkarriertes Taschentuch in der Hand und wischte sich damit im Gesicht herum.

„Ja, rufen Sie nur 'nen Arzt, 'nen richtigen Doktor. Das wird jut werden. Der wird auf 'nen Zettel auf= schreiben: Todesursache, Mord durch Assessor Cremmen im Hause des Majors von Vehsen. Jut, jut, holen wir den Arzt! Und ick Jaßke wollte schonst wer weiß was thun, nur damit der arme alte Herr und das jute Fräulein keine Ungelegenheiten haben. Jut, rufen wir den Arzt."

„Aber, lieber Herr Sägebock, wir können doch Ihre arme Schwester hier nicht so allein lassen."

„Lassen Sie man, Herr Assessor, glauben Sie meiner Erfahrung. Ruhe wollen die beiden haben, wenn sie zusammen kommen wollen. Wenn aber nicht, ich habe Sie gewarnt, Mörder!"

Sägebock zog den Assessor mit sich heraus. Dann kehrte er noch einmal allein in den Pavillon zurück und schloß hinter sich ab.

„Ich will nur den Stuhl näher ranschieben," rief er zurück. „Esseron, gehen Sie mit die Herren rasch Ihren berühmten Arzt holen."

Er lauschte noch, ob alle sich entfernten, dann ging er rasch ans Sofa zurück.

„Na!"

Schwester Serafine hatte sich ein wenig gestreckt und sich auf den rechten Ellenbogen aufgestützt.

„Donnerwetter, Wilhelm, ich sag dir, es ist a Graus mit dem Spiritismus. Alle Quartal a mal sterben zu müssen, um sein bissel Brot zu verdienen. Ich wollt' wahrhaftig, ich hätt' ein gescheiteres Gewerb, oder die Leut wären gescheiter. Ich sag dir, die sind so dumm, daß es gar kein Spaß mehr macht, sie zu foppen."

„Na Finchen," sagte Sägebock, „es ist ja bald vorbei. Der Arzt, den Esseron holt, der wird dir nichts thun. Und Esseron sag ich, daß er die Hälfte abkriegt. Der Major und der Assessor werden eklig blechen müssen, damit ich deine Leiche in der Stille fortschaffe. Aber Esseron kriegt keinen roten Heller nich. Dem kommt so wie so die Polizei auf den Hals."

„Du bist ein schlechter Kerl," sagte Serafine. „Gieb ihm doch auch was ab. Und dabei bleibt's. Wir sind von heute ab geschiedene Leute."

„Aber, Finchen, dat wirst du mir doch nicht an= thun?"

„Es bleibt dabei, und wenn du noch ein Wort sagst,

so steh ich auf und erzähle dem Assessor alles. Mir thut das Fräulein ohnehin in der Seele leid.“

„Aber, Finchen,“ sagte Sägebock, und versuchte ein Mittel, das sonst immer verfing. „Wie hast du doch den Assessor wieder reingelegt, der sich für so klug hält. Du hast so recht geseufzt, daß er nahe daran war, sich in dich zu verlieben.“

„Das wohl,“ sagte Serafine lachend und setzte sich aufrecht hin. „Aber ich hab’s satt. Ich gebe das Geschäft auf.“

„Du willst dir wieder als Mächen für alles schinden und abmarachen?“

„Meinetwegen. Übrigens, wer weiß, ob ich das nötig habe. Mir scheint, mein alter Verehrer ist mir treu geblieben.“

„Heiraten willste? Den preisgekrönten Esel, den Fahlke? Da werd ich als Bruder auch noch ein Wort breinzureden haben.“

„Du, Wilhelm, jetzt hat sich’s ausgebrudert.“

„Ach so!“ rief Sägebock. „Det habe ich wahrhaftig rene vergessen, daß du gar nicht meine natürliche Schwester bist. Da siehst de, wie ich mir an dir jewöhnt habe.“

Serafine reckte sich und ging einigemale auf und nieder. Sägebock hatte den Stuhl mit den Stricken neben das Sofa gestellt. Jetzt wollte sich Serafine niedersetzen und fuhr erschreckt wieder in die Höhe.

„Donnerwetter, hab ich ’nen Schrecken gekriegt. Ich hab wahrhaftig schon geglaubt, ich hab mich auf meine eigene Seele gesetzt. Herrgott, sind die gescheiten Leute dumm. Sind die dumm!“

„Finchen," sagte Sägebock, „wir wollen über das übrige morgen sprechen, wenn ich deine Leiche fortgeschafft habe. Jetzt leg dir endlich wieder hin und laß dir zudecken. Ich muß draußen ufpassen. Wie auf 'nem Neubau: Unberufene ist der Eintritt verboten. Na, schlaf dir ordentlich aus. Du hast's nötig nach dem Schrecken."

„Meinst etwa nicht? Meinst etwa, es wär' ein Vergnügen, wenn einen so ein preußischer Assessor beim Kragen faßt. Behüt' dich Gott, Wilhelm, gute Nacht."

„Gute Nacht, Finchen, und laß dir was Angenehmes träumen."

Sägebock verließ den Pavillon, schloß sorgfältig zu und nahm den Schlüssel an sich. Dann wanderte er gemütlich zur nächsten Haltestelle von Nachtdroschken, um den ersten Kutscher für sechs Uhr früh zu bestellen. Der Droschkenkutscher war schwer zu wecken. Als er sich aber ermuntert hatte, nahm er die Bestellung kopfnickend hin und glaubte doch wieder noch zu träumen, als Sägebock ihm sagte:

„Sechs Uhr, seien Sie pünktlich, es ist zu 'nem Begräbnis."

Zurückgekehrt ging Sägebock im Garten auf und nieder, um die Rückkehr der Herren und das Erscheinen des Arztes zu erwarten.

Inzwischen saß Fahlle weinend auf der Bank unter dem Kabinetfenster. Sie war tot. Er zweifelte keinen Augenblick, daß sie gestorben war, als man die Seele vom Leib getrennt hatte. Das konnte ja jedes Kind verstehen.

Er hörte, wie drinnen der Herr Sägebock und der Assessor miteinander sprachen, und dann war es ihm auf einmal, als vernähme er ganz leise das wohlbekannte „Donnerwetter" Karlinens. Unter Thränen mußte er lächeln.

Plötzlich aber setzte er sich steif auf und dachte ganz ordentlich nach. Er mußte sich sehr anstrengen, denn es war trotz seiner großen Fähigkeiten für Geistergeschichten schwer zu fassen.

Wenn Karline vorhin mit Schwester Serafine getauscht hatte, weil Schwester Serafine im Tranz war, konnte sie nicht jetzt wieder getauscht haben, wo Schwester Serafine keine Seele hatte, also Platz war für 'ne andere Seele? Er hatte doch das ‚Donnerwetter' wirklich gehört!

Fahlke stand auf und drückte seinen Kopf gegen die Scheiben, aber das Fenster war verhangen. Es war nichts zu sehen. In Fahlkes Schädel wurde die Vorstellung immer lebendiger, daß Karline mit Serafine wieder getauscht habe. Und wenn auch nicht, war es denn nicht seine Pflicht, nachzusehen, ob wirklich eine Leiche im Hause war, dem Major die Anzeige zu machen und überhaupt nach dem Rechten zu sehen. Und dann, wer lag nun eigentlich unter dem schwarzen Tuch? Die selige Frau Majorin oder wer? Aber Fahlke wußte eigentlich, daß alle diese spiritistischen Gedanken nur Ausreden waren. Er mußte hinein, weil er den Geist Karlinens vermutete. Und was geschehen mußte, das that er auch. Mit einem festen Griff war das schlechte Fenster des alten Pavillons nach außen geöffnet, und Fahlke stieg über die Bank hinweg durch das dunkle Kabinet in die Wohnstube. Dort brannte noch die Lampe und auf dem Sofa lag noch das tote Medium. Aber merkwürdig, irgend ein neckischer

Geist mußte es umgedreht haben. Wo früher die Füße lagen, war jetzt der Kopf. Und in die schwarze Portiere war Schwester Serafine eingekuschelt, nicht wie eine Leiche, sondern wie ein schlafender Mensch. Das Brautkleid der seligen Frau hatte sie richtig an. Das war unheimlich. Aber sie schnarchte, das gab wieder Mut. Der Schleier war zurückgeschlagen. Fahlke bückte sich so weit, daß er dem Medium ins Gesicht sehen konnte.

„Richtig, die Karline," sagte Fahlke, setzte sich aber doch vor Schrecken auf den Stuhl mit den Stricken. Das Medium fuhr auf und rief, leise lachend, als es Fahlke neben sich sitzen sah:

„Donnerwetter, der Fahlke!"

„Ja, der Fahlke," sagte Fahlke lächelnd vor Glück. „Und Donnerwetter sagst du auch noch. Aber denk dir nur, Karline, Schwester Serafine ist tot! Ist dir gar nichts dabei geschehen? Um Gotteswillen, Karline, verzeih, aber ich weiß selbst nicht mehr ... bist du denn lebendig?"

„Warum soll ich denn tot sein?"

„Ja, ja, Karline, aber lebendig kannst du doch nicht rüberkommen? Du hast doch tauschen müssen. Und Serafine ist ja tot!" Die Thränen traten ihm wieder in die Augen.

„Fahlke, sei kein Dummkopf. Ich will dir ja alles erklären. Schau, du weißt, a Medium ..."

„Gott sei Dank, liebste Karline," sagte Fahlke.

„Nun bin ich mit der Serafine in einem magnetischen Kontakt gewesen. Da hab ich immer gehört, wie du dich allweil nach mir gesehnt hast. Und da hab ich mich auch nach dir sehnen müssen, lieber Fahlke."

„Ach, wie du gut bist, Karline, und durch einen magnetischen Kontrakt?"

„Schweig still und hör zu. Wie nun der Geist der Seligen hier vorhin so sehr erschrocken ist, ist er in einem Nu aus der Serafine herausgefahren und zu mir. Und da hab ich nun gewartet bis die dummen Leut' draußen gewesen sind, dann hab ich getauscht."

„Ja, ja, das ist ja ganz einfach," sagte Fahlke und streckte noch einmal verlangend die Hände aus. Aber er wagte den Geist Karlinens nicht zu berühren. „Ja, ja, getauscht hast du. Und der Geist von der Seligen ist jetzt drüben. Ja, ja, ganz einfach. Du, Karline, wo warst du denn eigentlich in Amerika?"

„Kommt's dir wirklich auf ein paar Meilen an, du dummer Fahlke?"

„Freilich, freilich. Ich frage auch nur, weißt du, so aus Verlegenheit. Es geniert mich, ich weiß nicht, wie ich mit dir reden soll. Wart nur, es wird schon werden. Nicht wahr, du bist hergekommen nicht nur meinetwegen, auch damit Schwester Serafine nicht ohne Seele bleibt."

„Freilich, Fahlke, ich habe sie immer gern gehabt."

„Das ist ja ganz einfach, Karline. Du, sage mal, Karline, aber sei nicht böse. Wie kommt es, daß du auch so weit gewissermaßen körperlich Karline bist, wenn nur dein Geist in die Schwester Serafine gefahren ist? Verzeih', wenn ich dumm frage."

„Du fragst nicht dumm, Fahlke. Aber die Antwort weiß ich nicht. Wahrscheinlich richtet sich der Körper nach der Seele. Da werde ich dir gleich einen Beweis dafür geben; Schwester Serafine war sehr anspruchslos im Essen. Ich aber sterbe vor Hunger. Ich bitte dich, Fahlke, bringe mir eine Wurst und ein Bier."

„Ja wohl, Karline, das könnte ich wohl ohne Frau Kuntzen zu wecken. Aber Karline, hörst du denn nicht auf, ein Medium zu sein?"

„Du, Fahlke, höre einmal, weißt du, ich esse absichtlich 'ne Wurst. Höre ich dann auf, ein Medium zu sein, so kann ich nicht mehr zurücktauschen und bleibe einfach hier. Es kann auch ein Stück Braten sein.

„Ach Gott, ach Gott, Karline, daran hab' ich ja gar nicht gedacht. Du könntest wieder zurück? Schnell, iß und trink was du willst, bleibe nur hier. Ich hol dir was."

Und er war schon beim Fenster. Dann kam er wieder zurück und sagte ängstlich: „Wenn aber der Geist der Schwester Serafine zurücktauschen will, während ich fort bin, was dann? Dann verwandelt sich auch die schöne Hülle. Ich sage absichtlich schöne Hülle. Und wenn ich mit dem Braten zurückkomme, liegt 'ne andere da, die Serafine. Die mag ich nicht, die will ich nicht. Ich bleibe hier, ich passe auf dich auf."

„Aber, Fahlke, du könntest es doch nicht hindern."

„Ich gehe nicht, ich halte Wache."

„Wart, Fahlke. Es giebt im Jenseits zwei Mittel, um Geister am Tauschen zu hindern. Wir wollen beide anwenden. Hier da am Arm hat der Geist der seligen Frau ihr altes Armband dran gelassen, damit er jeder Zeit zurück kann. Ich kann es mit der größten Gewalt nicht abnehmen. Du aber kannst es öffnen, und wenn du es den rechtmäßigen Erben übergiebst, so kann dir nichts geschehen. Mach das Schloß auf, stecke das Ding ein und gieb es morgen Fräulein Ernesta mit meinem Gruß."

Fahlke lächelte wieder ganz ruhig. Er hütete sich nur, den Arm Karlinens zu berühren, während er das Armband losmachte, denn er wäre auf den Tod erschrocken, wenn er, was zu erwarten stand, die eiskalte Haut eines Gespenstes berührt hätte. Gerade aber, als er den Goldreif abstreifte, fuhr er doch mit den Knöcheln an ihrer Haut hin und fühlte, daß sie ganz lebendig und warm war. Nun wurde ihm ganz wohl.

„Und damit wir ganz sicher sind, Fahlke, wollen wir auch noch das zweite Mittel anwenden. Wenn mein geborgter Körper einmal von einem geliebten Mann berührt worden ist, kann der fremde Geist nicht mehr zurück. Fahlke, du darfst mir einen Kuß rauben."

„Geliebter Mann, hast du gesagt," sprach Fahlke und schloß vor Wonne die Augen. „Ja, du bist meine Geliebte. Du bist es immer gewesen, und wirst es bleiben bis über das Grab hinaus."

Ganz feierlich ließ sich Fahlke auf beide Kniee nieder und machte die Augen wieder auf. Er wollte sich zwar knieend, aber ganz vergnügt seinen Kuß holen. Als aber Karline das schwarze Tuch herunterschob und sich in dem weißen Brautkleid ein wenig aufrichtete, fuhr Fahlke zurück und stand auf.

„Nein, Karline," sagte er, „das wäre eine Sünde und ein Unrecht, und ein Vergnügen wäre es doch nicht. Solange du diese Gespensterkleider an hast, so lange könnte ich dir keinen rechten Kuß geben. Ich denke, das Armband wird genügen. Karline, du weißt nicht, wie lieb ich dich habe! Ich laſſe dich auch nicht fort! Aber in dieſen Kleidern kannſt du keinen Kuß von mir verlangen. Das wäre zu ſehr gegen den Reſpekt."

„Du biſt ein guter Kerl, Fahlke, und recht haſt du. Die Hand wird's auch thun. Da, die Hand kannſt du mir doch drücken. Und jetzt hol' mir was zu eſſen. Aber ſchnell, und was Gutes."

„Etwas recht Saftiges. Was jeden Umtauſch un= möglich macht. Schinken!" Er kletterte durchs Fenſter zurück und warf ihr noch vor dem Verſchwinden eine Kußhand zu.

Karline legte ſich wieder zurecht und mochte wohl wieder eine Weile geſchlafen haben, als ſie die Stimme Sägebocks an der Thür vernahm.

„Gleich, gleich, meine Herren! Mit Vergnügen. Sie wollen die Leiche meiner Schweſter ſehen. Aber die ver= dammte Thür! Das Schloß muß verroſtet ſein."

Karline benützte die Minuten, welche Sägebock ihr Zeit ließ, um ſich wieder ordentlich hinzulegen. Dann trat Sägebock mit Eſſexon, Cremmen, dem Lehrer und dem magnetiſchen Arzte ein. Der Maler hatte es vor= gezogen, ſich aus dem Staube zu machen.

„Ich bitte, Herr Doktor," rief Sägebock. „Wenn noch was helfen kann, ſo geben Sie es ihr ein. Ich will aus meiner Taſche zahlen. Wenn ſie aber tot is, dann ſagen Sie es jerade raus. Dann weiß ich, woran wir ſind und jehen vor's Gericht."

Der Doktor, ein noch junger Mann, den die An= weſenheit des Aſſeſſors zu genieren ſchien, machte ſich ſtumm an die Unterſuchung.

„Da steht der Mörder!“ rief Sägebock.

„Ich protestiere,“ sagte Cremmen, „prinzipiell und von vornherein dagegen, daß der Herr Doktor durch das Wort Mord voreingenommen wird.“

„Et war ein Mord, Sie waren gewarnt! Ick hab’s Ihnen gesagt, nicht anfassen.“

„Liebster Herr Sägebock,“ sagte Cremmen fast bittend, „Sie würden nicht so sprechen, wenn Sie den Wortlaut des § 211 vor sich hätten. Mord ist die vorsätzlich mit Überlegung ausgeführte Tötung eines Menschen. Ich bestreite den Vorsatz und die Überlegung. Es war doch höchstens ein Totschlag.“

„Höchstens!“ rief Sägebock wütend. „Da stehe ick, ein armer verwaister Bruder, und da steht der Mörder und sagt höchstens!“

„Ich habe mit wohlerwogener Absicht „höchstens“ gesagt, weil ich auch einen Totschlag nach meinem juristischen Gewissen nicht zugeben kann. Wo war denn das gefährliche Werkzeug, mit dem die That begangen worden sein müßte? Wo war es, frage ich die Herren?“

„Fragen Sie nicht mir! Ick werde den Staatsanwalt fragen. Ick werde dat Kammergericht fragen.“

„Eine fahrlässige Tötung war es, sage ich Ihnen, mehr nicht, mehr nicht!“

„Herr Assessor,“ sagte Sägebock mit weicherer Stimme. „Legen Sie Ihren Trotz ab. Vertragen Sie sich mit mir, ich rate Ihnen, gut. Meine arme, arme Schwester! Nun klopfen sie an ihr rum. Na Doktor?“

Der Arzt hatte seine Untersuchung beendet, schien aber nicht sprechen zu wollen. Er warf scheue Blicke nach dem Affessor. Da schrie ihn auch Efferon an: „Na, Doktor?“

„Sie ist tot,“ sagte der Arzt. „Die Todesursache war eine innere Verletzung des Nervenfluidums. Die gewöhnlichen Ärzte werden einen Schlagfluß oder so was als Todesursache angeben.“

Sägebock war interessant anzuschauen in diesem Augenblick. Seine Brust hob sich, seine Augen rollten, und Zorn und Schmerz stritten in seinen Zügen.

„Haben Sie's gehört? Mörder! Tot ist sie! Efferon, halten Sie mir, binden Sie mir. Daß ick mir nicht an ihm vergreife. Dat ist das Ende. So 'n talentvolles Mächen. Efferon, halten Sie mir, oder ick erwürge ihn.“

Unwillkürlich war Cremmen einen Schritt zurück gewichen. Ihm war schlecht und unsicher zu Mute. Mr. Efferon trat zwischen ihn und Sägebock und sagte: „Nur ruhig Blut. Auch der Herr Doktor kann sich geirrt haben. Vielleicht kehrt die Seele doch noch zurück. Bei solchen Todesfällen, welche sind vollendet außerhalb der Wissen= schaft, ist mogelich eine Änderung dahin oder dorthin.“

Der magnetische Arzt zuckte die Achseln.

„Der jenseitigen Natur ist alles möglich.“

„Bruder Sägebock,“ sagte Mr. Efferon mit einer ungewöhnlich salbungsvollen Stimme. „Rache ist eine uneble Leidenschaft. Darin hat nicht unrecht das Christen= tum. Auch würden sie schaden dem Andenken von Schwester Serafine, wenn es würde heißen von ihr, sie ist worden entlarvt von einem Antispiritisten. Ich stelle den Antrag, daß Sie schaffen fort ihre Leiche an einen stillen Ort, und daß Sie abwarten dort, ob sie aufwacht oder ob sie wird sein tot ganz und gar. Ist es wahr, bitte ich Sie, Herr Doktor, daß die gewöhnlichen Ärzte werden geben an eine natürliche Todesursache und werden nicht erkennen den Mord?"

„Das ist höchst wahrscheinlich," sagte wieder mit einem scheuen Seitenblick auf Cremmen der magnetische Doktor. „Es ist sehr wahrscheinlich, wenn man ihnen den Hergang nicht freiwillig erzählt." Sägebock stellte sich ans Fenster und wischte an seinem Gesicht herum. Er schien milder gestimmt, wollte sich offenbar an den heimlichen Unterhandlungen nicht beteiligen.

„Herr Assessor," nahm Esseron wieder das Wort. „Wir haben alle das gleiche Interesse, zu verschweigen den Mord von der armen Schwester Serafine. Bruder Sägebock will sie nicht lassen nennen entlarvt. Wir Spiritisten wollen nicht gewinnen einen Beweis durch einen Skandal, und Sie wollen nicht kommen ins Zuchthaus. Ihr Interesse wird sein das größte. Sie werden geben dem Bruder Sägebock in die Hand eine größere Summe, daß er kann verwischen den Mord von das Medium."

Cremmen hätte in diesem Augenblick jede Verpflichtung auf sich genommen, um nur die furchtbare Geschichte los zu sein. Sägebock aber schrie vom Fenster her:

„Bezahlen soll ick mir lassen? Natürlich die Auslagen. Und meinen Schmerz soll ich herunterfressen? Und wer wird mir zu essen geben? Schwester Serafine hat mir ernährt, als ob ich ihr leiblicher Sohn gewesen wäre. Auf Schadenersatz klage ick auch. Alimente muß er mir zahlen. Aus dem Zuchthaus raus muß er mir Alimente zahlen. Ick nehme mir 'n Rechtsanwalt."

Beruhigend trat Efferon an Sägebock heran und legte ihm die Hand auf die Schulter:

„Beruhigen Sie sich, armer Mann. Ihnen soll Ihr Recht werden. Das müssen Sie doch sagen selbst, daß es nicht geschehen ist gerne. Ich werde mit dem Affessor festsetzen die Summe, und Sie werden fortschaffen den Körper ...“

„Die Leiche!“ heulte Sägebock.

„Den Körper noch diese Nacht. Lassen wir jetzt allein Schwester Serafine und gehen wir jetzt zur Ruhe.“

Die Herren schickten sich an, den Pavillon zu verlassen. Auch Sägebock steckte sein Schnupftuch ein, rief aber noch in der Thür:

„Schlafen? Der Mörder wird schlafen! Ick aber nich, ick armer, verwaister Bruder.“

Draußen schloß Sägebock wieder zu und steckte den Schlüssel zu sich. Der magnetische Arzt empfahl sich melancholisch. Der Lehrer ging mit einem herablassenden „gute Nacht“ ruhig seiner Wege. Mr. Efferon begleitete den Affessor nach Hause. Bis drei Uhr morgens hörte Frau Buschhardt erregte Gespräche zwischen den beiden Herren.

Kaum aber hatten die Leidtragenden den Pavillon verlassen, so schlich auch schon Fahlke an das offene Fenster der Nebenstube. Er trug ein Körbchen mit Tellern und Vorräten in der Hand und schmunzelte vergnügt. Bei Karline angekommen, ließ er sich es nicht nehmen, selbst den Tisch zu decken. Dann setzte er sich still selig neben sie und mit jedem Bissen Schinken, den sie aß, befestigte sich in ihm die Hoffnung, daß sie nicht mehr würde zurücktauschen können.

Sie aß und trank nach Herzenslust.

„Fahlke," sagte sie nach einer kleinen Pause, „warum sitzt du so steif da? Hast du Angst vor mir?"

„Nicht ein bißchen," sagte Fahlke und rückte ab.

„Fahlke, ist alles noch so, wie es war zwischen uns?"

„Leider!" seufzte Fahlke.

„Ich meine, ob du mich noch willst, wenn ich dich will?"

„Folge mir an den Altar, geliebte Braut," sagte Fahlke und ließ sich wieder auf beide Kniee nieder. „Werde meine geliebte Frau, und ich werde dich schon gegen die Geister zu schützen wissen. Mit denen weiß ich Bescheid."

„So thue, was ich dir sage. Dem Fräulein Ernesta giebst du mein Armband und sagst ihr, ich, die Karline, hätte mit ihr zu sprechen."

Fahlke stand auf und nahm eine ernste Miene an. „Karline, jetzt hör' mal. Ich glaube an dich wie an meine eigenen Augen, aber ein bißchen machst du dich ja doch über mich lustig. Ich kann nur nicht erkennen wo. Ich bin ja auch nur ein Esel. Aber das sag' ich dir, wenn du Fräulein Ernesta was thust, oder dich auch nur über sie lustig machst, so sind wir geschiedene Leute. Weißt du, Karline, mich kannst du ruhig dumm machen, aber das gnädige Fräulein doch nicht."

„Oder ich hab's mit dir verschüttet? Laß nur, du guter Kerl. Ich meine es gut mit dem Fräulein Ernesta. Und du, Fahlke, dumm bist du, das muß dir der Neid lassen, aber der beste Kerl von der Welt. Morgen früh habe ich ein anständiges Kleid an, und dann sollst du einen Kuß haben, wie du es eben verdienst, du guter, dummer Bursch.“

„Das wird ein schöner Tag werden,“ sagte Fahlke. „Aber so kann ich dich nicht küssen, das mußt du be= greifen.“

„Und noch eins. Dem Major sagst du von meiner Anwesenheit kein Sterbenswörtchen, auch dem Assessor nicht. Ich habe mit Fräulein Ernesta allein zu reden.“

„Du hast recht, Karline, die anderen sind doch alle verdreht.“

Karline hatte alle Vorräte aufgezehrt und war satt. Sie drückte ihm kurz die Hand, gähnte ein paar Mal, wickelte sich in ihr schwarzes Leichentuch und streckte sich zum Schlafen aus. Fahlke löschte das Gaslicht aus und hielt auf einem harten Stuhl treue Wache. Sie sollte ihm nicht wieder abhanden kommen, die gute Karline. Vorsichtig faßte er ihren kleinen Finger und hielt ihn sorg- lich fest. So oft sie in ihrem gesunden Schlaf aufzuckte, erschrak er sehr und beugte sich tief herab, ob sie ihm nicht vertauscht worden sei. Wenn sie dann wieder schnarchte, nickte er still beglückt vor sich hin. Daran erkannte er seine Karline.

Er hielt ihren kleinen Finger fest bis zum Sonnen= aufgang. Dann glaubte er ihrer sicher zu sein und schlich sich durchs Fenster davon.

VI

Karline

Es lag wahrscheinlich an der schlaflosen Nacht, daß
Fahlke sich trotz des herrlichen Frühlingsmorgen etwas
dumm im Kopfe fühlte. Sonst wußte er ganz genau,
was er zu jeder Stunde zu thun hätte. Und wenn seine
Beschäftigung von lieben Geistern gestört wurde, so war
das eben eine nette Unterbrechung, über die er nicht klagte.
Heute aber hatte er eine ganze Wirrnis von Gefühlen
mit sich herumzutragen. Die Seligkeit des Wiedersehens
mit Karline, die Angst um ihre Erhaltung, das Armband
der Seligen und seine Gewissensbisse gegen den Major.
Es vertrug sich entschieden nicht mit seiner Pflicht gegen
den alten Herrn, daß er ihm die Anwesenheit der Karline
verschwieg. Aber was war zu machen? Fahlke beschloß,
sein Gewissen damit zu beruhigen, daß er zarte Anspie=
lungen machte. Wenn der Major sie nicht verstand, so
war das dann seine eigene Schuld.

Fahlke ging nicht mehr zur Ruhe, sondern machte
sich im Garten zu schaffen. Schlafen hätte er nach solchen
Erlebnissen doch nicht können, und möglicherweise forderten

die Spiritiſten noch ſeine Dienſte. Der Sägebock war zwar nicht wiedergekommen, aber der Miſter ſchlich jetzt ſchon wieder um das Haus herum, und mochte am Ende Serafinens Leiche fortſchaffen wollen. Fahlke mußte lächeln. Die würden ſich ſchön wundern. Da drinnen lag jemand ganz anderes. Ein ganz lebendiges, gutes, bräutliches Frauenzimmer, und ihr Name war Karline.

Punkt fünf Uhr tauchte plötzlich Sägebock neben dem Miſter auf. Beide gingen heftig zankend einige Minuten vor der Villa auf und nieder. Einmal ſchien es Fahlke, als ob ſie handgemein werden wollten. Wenn ſie gewußt hätten, was Fahlke wußte! Plötzlich öffnete ſich oben das Fenſter in des Majors Studierzimmer.

„Guten Morgen!" rief der Major, der in ſeinem Hausanzuge ſich herausbeugte. „Streiten die Herren über die Erſcheinung der letzten Nacht? Was hat's gegeben? Wo iſt der verdammte Antiſpiritiſt? Ich will Bericht erſtattet haben. Warum werden meine Befehle nicht prompt ausgeführt?"

Sägebock und Eſſeron wechſelten raſch ein paar Worte, dann traten ſie in die Villa und verfügten ſich zum Major. Der empfing ſie höhniſch.

„Können ſich die Herren Hexenmeiſter irgend was nicht erklären? Hat meine Frau ſich ſeit ihrem Tode verändert? War die Mundharmonika ſchlecht geſtimmt? Zum Donnerwetter, ſo ſtatten Sie doch Bericht ab! Bin ich Ihr Hansnarr?"

Sägebock nahm das Wort. Mit thränenerſtickter Stimme erzählte er von der Erſcheinung der ſeligen Frau. Wie ſie auf ein Haar dem Bilde geglichen habe.

„Und sie hat ausdrücklich ausgesprochen ihren Befehl,“ sagte Efferon, „daß ich allein soll werden der Gatte von Fräulein Ernesta. Damit sie sich kann setzen in Rapport mit ihrer Tochter und nicht braucht zu nehmen die Tochter vor dem fünften August hinauf zu sich ins Jenseits.“

Der Major lächelte mit spöttischem Behagen.

„Hat das der Geist meiner seligen Frau ausdrücklich gewünscht? Das glaube ich, das könnte dem Spiritismus ganz gut bekommen, so eine fette Mitgift. Ich weiß, ich weiß. Dann könntet ihr bei der nächsten Papstwahl einen Spiritisten zum Papst wählen lassen. Wir wollen das näher untersuchen, wenn erst der verdammte Antispiritist Bericht erstattet hat. Was ist weiter geschehen?“

Mr. Efferon und Sägebock schwiegen. Sägebock zog sein Rotkarriertes wieder hervor und wischte sich die Augen.

„Ich habe mir meine brüderliche Liebe bezahlen lassen. Aber ich geb ihm ’s Geld wieder zurück! Ich will ein Schuft sein, wenn ich nicht das Kammergericht hier ins Haus bringe. Das Oberste soll man zu unterst kehren, alle Papiere soll man versiegeln. Der Assessor ist ein Mörder. Und Sie, Herr Major, sind auch nicht viel besser.“

Den Major überkam eine Schwäche. Unter allen Vorstellungen war ihm die schrecklichste, neugierige Menschen oder gar Gerichtspersonen in seinem Arbeitszimmer zu wissen. Rohe, fremde Hände sah er dann in seinen unersetzlichen Papieren wühlen. Die wichtigsten Notizen vandalisch vernichten oder gar einen vorlauten preußischen Referendar die Nase hereinstecken, und den Major um den Ruhm seiner Entdeckungen bringen.

„Ist der Herr verrückt?“ rief er Esseron zu.

Mr. Esseron ließ den Kopf auf die Brust sinken und erstattete kurz und bündig Bericht. Der Antispiritist habe an seiner Theorie festgehalten und das Medium entlarven wollen. Aber die Erfahrungen des Spiritismus hätten sich wieder einmal recht bestätigt. Der Assessor habe die Erscheinung, den materialisierten Geist, in dem Augenblick angefaßt, als der Geist seinen Astralleib mit der Seele des Mediums nährte. Natürlich sei das Medium auf der Stelle tot gewesen.

„Tot?“ schrie der Major außer sich. „Der verdammte Assessor! Er wußte doch, daß ich die Mediumfalle schon so gut wie fertig hatte. Natürlich muß das Medium sterben, wenn menschliche Hände es anfassen. Draht, Draht, mußte man anwenden! Mit weiten Maschen, daß die Seele durchkonnte. Der Dummkopf, der Preuß!“

„Mr. Vehsen, Sie haben ganz recht. Der Assessor hat Sie gebracht um alle Früchte Ihrer Arbeit und er wird Ihnen bringen das Gericht in Ihr friedliches Haus.

Der Major klammerte sich an Esserons Arm.

„Helfen Sie mir, bester Mr. Esseron; schaffen Sie die Sache aus der Welt!“

„Das könnte ich wohl,“ sagte Esseron, während Sägebock wie in tiefem Schmerz versunken dastand. „Mr. Vehsen, es ist mir schmerzhaft, in dieser Stunde zu berühren Dinge, die nicht sind delikat. Mr. Vehsen, Herr Sägebock ist kein Gentleman. Herr Sägebock will sich erklären bereit zu schaffen fort die Leiche von seiner Schwester, und sie lassen sein gestorben irgendwo anders auf seine Verantwortung und dann zu gehen mit ein kleines Vermögen nach Amerika. Wenn er hat bekommen ein kleines Vermögen von Mr. Vehsen."

„Sie sind der Mörder," fuhr jetzt plötzlich Sägebock auf. „Hätten Sie den Antispiritisten nicht ins Haus geladen, so wäre das nicht geschehen, und ich wäre jetzt kein armer, verwaister Bruder. Meine arme Schwester hat mir ernährt, und gut ernährt. Nicht ein Stückchen Fleisch hat sie sich gegönnt, allens hat sie vor mich gelassen. Ich klage auf Schadenersatz. Einen Rechtsanwalt nehme ich mir."

„Mr. Sägebock," sagte Esseron, „Sie sind ein rohes Mensch. Sie wollen jetzt schweigen still. Sie haben sich erklärt bereit vor mir, zu schaffen das Medium fort ohne Aufsehen, und der Herr Major wird geben Ihnen, wenn Sie fortfahren mit der Leiche, einen Check über ..."

Er zögerte, eine Summe zu nennen.

„Zehntausend!" rief Sägebock.

Der Major nickte eifrig mit dem Kopf.

„Was Sie wollen, nur fort, nur fort."

„Also einen Check über zehntausend Mark," sagte Esseron.

„Dhaler!" unterbrach ihn Sägebock trocken.

„Was Sie wollen!" rief der Major.

Sägebock warf dem Engländer einen vorwurfsvollen Blick zu, aber der schüttelte mit dem Kopf und sagte:

„Es bleibt dabei, und Sie, Mr. Sägebock, halten Sie Ihr Versprechen."

„Also jut!" sagte Sägebock. „Ich hätt's nicht thun sollen. Det wird ne vergnügte Fuhre werden, und dem Kutscher muß ick auch noch Schweigegeld geben. Jut, ich will die Auslagen machen, ick will mir das Geld erst nachher holen, ick habe so viel Vertrauen zu Ihnen. Und da bitte ick mir aus, daß ick och ein Schentelmen bin. Morjen!"

Der Major saß ganz gebrochen in seinem Lehnstuhl. Er hatte die furchtbare Drohung seiner verstorbenen Frau immer wieder zu vergessen gesucht. Er wollte es nicht ernst nehmen, er wollte nicht glauben, daß das Jenseitige Macht habe über den Körper des Diesseitigen, daß der selige Geist nach seinem Willen ein blühendes Menschen=leben vernichten könnte. Und nun hatte derselbe Geist seiner guten, stillen, seligen Frau schon das Medium ge=tötet. Ihm schauderte. Er sah sich schon seiner Tochter beraubt.

„Esserton," sagte er jetzt schwach, „befreien Sie mich von diesen Leuten und retten Sie mein Kind."

„Ich muß mir wünschen Glück zu dem Tode von das Medium. Mr. Vehsen ist gewonnen für die neue Wissenschaft. Die Geister haben gemußt bringen ein Menschenopfer. Das kommt vor."

„Ein Menschenopfer," stöhnte der Major. „Ich glaube jetzt alles. Ich füge mich in alles. Dulden Sie nicht, Mr. Esserton, daß dieser Assessor mein Haus noch betritt. Ich dulde keinen Zweifler mehr. Es könnte noch ein Menschenopfer kosten."

„Dann, Mr. Vehsen, werden die Spirits sich freuen zu gewähren alle Wünsche von Mr. Vehsen."

„Mr. Esserton, Sie sind von heute an der Herr. Befehlen Sie über mein Haus, über mein Vermögen, und über mein Denken. Ich will meinen Frieden schließen mit der Geisterwelt. Das Jenseitige hat mich hart an der Hand gefaßt, es soll mich fortan leiten."

„Mr. Vehsen, ich bitte, daß ich darf stellen einen Antrag, Sie zu nennen meinen Vater, und Miß Vehsen zu nennen meine Braut!"

„Sie muß!" schrie der Major ängstlich auf. „Sie muß, sie darf nicht sterben wollen, ich will mein Kind nicht verlieren. Retten Sie mir Ernesta, überreden Sie sie."

„Ich will versuchen es, Mr. Vehsen. Aber Miß Vehsen könnte mir geben in der ersten Überraschung eine Antwort von so abschlägiger Art, daß ich als Gentleman wäre genötigt zu treten zurück und zu lassen sterben Miß Vehsen."

Der Major wand sich unter der Kaltblütigkeit Esserons.

„Sagen Sie nicht, daß Sie ein Gentleman sind!" rief er heftig. „Helfen Sie mir, retten Sie mein Kind, nehmen Sie sie und mein Vermögen, aber sprechen Sie nicht von Ihrem Charakter."

„Wie Mr. Vehsen wollen. Der Tod des Mediums kann bei aller Vorsicht haben unbequeme Folgen für uns alle. Die Polizei wird fragen nach Ihnen und wird fragen nach mir. Die Polizei hat keine Beweise für das Dasein der Spirits. Es ist früher Morgen. Wir machen eine Vergnügungsreise mit dem ersten Zug. Wir fahren nach dem Schweizerland, und nehmen mit Miß Vehsen. Im Schweizerland wird Miß Vehsen nicht vor sich haben den Antispiritisten, und wird werden meine Frau, um zu bleiben leben für ihren Vater."

„So gefallen Sie mir, Esseron. Ordnen Sie alles
an. Wir reisen. Meine Instrumente müssen aber erst
gepackt werden. Mein neues Modell zur Mediumfalle.
Die Schweiz ist das richtige Land für mich. Ich hätte
gleich nach der Schweiz ziehen sollen, anstatt nach dem
Preußen.“

„In der Schweiz sind viele Spirits und viele Mediums. Mr. Vehsen wird dort haben vielen Rapport mit
seiner seligen Frau. Und Miß Vehsen wird leicht überzeugt im Schweizerland.“

„Nur eines, Esseron, schauen Sie mir ins Auge, so
ehrlich als Sie können. Nicht wahr, ich bin kein schlechter
Vater? Nicht wahr, ich muß so handeln? Nicht wahr,
mein Kind muß mir noch danken?“

„Ich bin sehr zufrieden vor Sie! Wir reisen also
noch heute früh. Fahlke kann nachkommen mit die Koffer.
Ich setze mich gern auseinander mit der Polizei. Aber,
Mr. Vehsen, Sie werden sein lieber im Schweizerland,
wenn die Polizei wird sein hier in der Villa. Well.
Ich werde mir ankündigen lassen bei Miß Vehsen, und
ich werde kündigen an bei der Dienerschaft die Reise.“

Mr. Esseron benutzte die neueste elektrische Spielerei
des Majors. Der hatte es als einen nervenaufregenden
Übelstand empfunden, daß die Petroleumlampe an seinem
Nachttisch bisweilen wegen Mangel an Öl ausging. Nun
hatte er selbst ein Petroleumbecken eingerichtet, das in
Fahlkes Zimmer klingelte, wenn das Petroleum auf die
Neige ging. Es schien ihm ein geistreicher Scherz,
Fahlke auch mit der vollen Lampe zu rufen. Er brauchte
dann das Becken nur zu neigen. Der Major lächelte

wohlwollend, als Esseron diese wertvolle Erfindung benutzte.

Fahlke hatte das Klingelzeichen im Garten vernommen und eilte hinauf. Er hatte sich plötzlich entschlossen seinem Herrn alles zu erzählen, was er wußte. Als er aber eintrat und Mr. Esseron vorfand, fing er wieder zu schwanken an.

„Fahlke,“ sagte Mr. Esseron. „Schweigen Sie. Wir reisen mit dem einhalb neun Uhr-Zug von dem Anhalter Bahnhof ab. Packen Sie das Nötigste ein für Mr. Vehsen. Mein Koffer ist gepackt alle Zeit, weil ich bin gewesen nur geduldet in diesem Hause. Sagen Sie noch, bevor Sie packen den Koffer von Mr. Vehsen, an Fräulein Ernesta, daß sie wird erwartet hier sofort von ihrem ehrenwerten Vater. Und daß sie soll lassen packen ihren Koffer mit dem Nötigsten. Sie, lieber Herr Fahlke, werden folgen in einigen Tagen mit dem großen Gepäck, was Ihnen wird aufschreiben Mr. Vehsen.“

Beinahe zärtlich trat Fahlke auf den Major zu.

„Herr Major, zu Befehl. Aber Herr Major brauchen nicht abzureisen. Es ist alles ganz anders. Der Mister weiß alles falsch.“

Der Major brauste auf. „Sind Sie auch bestochen? Von dem Antispiritisten und von meiner Tochter? Maul gehalten!“

„Herr Major, wichtige Thatsachen ...“

„Maul gehalten, sage ich! Ich will keine Thatsachen! Ich brauche keine Thatsachen! Thatsachen sind dumm! Thatsachen sind gemein! Thatsachen sind für den Pöbel! Hier hat von heute ab niemand mehr etwas zu sagen als

Mr. Esseron. Thatsachen! Es ist eine Thatsache, daß ich Sie nicht mag. Aber daß Sie mir notwendig sind für den Verkehr mit dem Jenseits, das ist von jetzt ab das Höhere, das über den Thatsachen Stehende, das Symbolische."

Mr. Esseron nickte dem Major zu und trug Fahlke auf, Fräulein Ernesta zu rufen und dann ans Packen zu gehen.

Fahlke ging, und Mr. Esseron setzte dem Major auseinander, weshalb er vorziehe. ihn bei dem entscheidenden Gespräch mit Miß Vehsen allein zu lassen. Er wolle nicht den Anschein haben, als hindere er eine vollkommene Aussprache zwischen Vater und Tochter. Im Gegenteil, er wolle Mr. Vehsen durch seine Entfernung die Möglichkeit geben, schroffer und kürzer aufzutreten, als der Bräutigam gestatten dürfe. Mit einem festen shakehands, das um ein Haar in eine Umarmung übergegangen wäre, empfahl sich Esseron.

Der Major schickte dem Spiritisten einen bösen Blick nach. Kaum war er allein, so stürzte er an seinen Schreibtisch und prüfte ein neues Geheimschloß. Das schien ihm das wichtigste, daß er seine Geheimpapiere und auch seine Besitztitel noch besser verwahrte als bisher, wenn dieser Esseron sein Schwiegersohn würde. Schlimm für Ernesta, daß sie vor die Wahl gestellt wurde, entweder zu sterben, oder diesen Mann zu nehmen. Schlimm, aber der Major war sich bewußt, als guter Vater zu handeln. Aus seinem Geheimfach nahm er jetzt den Brief, den seine selige Frau ihm eigenhändig aus dem Jenseits geschrieben, so wie den früheren, den Esseron als Schreibmedium abgefaßt

hatte. Das schien ihm zur Überredung des Mädchens
genügend.

Nach wenigen Minuten schon trat Ernesta ein. Sie
hatte ein einfaches, helles Morgenkleid an und sah leidend
und übernächtig aus. Dem Major kam es vor, als ob
das Jenseits schon die Hand nach dem sonst so blühenden
Mädchen ausgestreckt hätte.

„Die Nacht war etwas lebhaft hier im Hause. Ich
war seit Sonnenaufgang völlig munter und hatte mich
früh angezogen. So kam's, daß ich schon die Mitteilungen
Fahlke's entgegennehmen konnte: ich hätte mich zur Reise
fertig zu machen und zu dir zu kommen."

„Bist du gefaßt, mein Kind?"

„Ich bin sehr ängstlich, Vater. Mir ist bange um
dich und um mich."

„Du bist gestern heftig und lieblos gegen mich gewesen. Habe ich das verdient?"

„Heftig? Verzeihe mir, Vater, aber lieblos war
ich nicht, denn lieblos gegen dich bin ich nicht. Nie, Vater,
magst du thun, was du willst."

„Nein, du bist kein ungeratenes Kind. Du wirst
auch einsehen, daß du unverständig geurteilt hast. Sieh,
mein Kind, du hast den Brief deiner Mutter für eine
Fälschung erklärt. Hier ist ein Diktat deiner Mutter von
Esserons Hand. Er konnte nicht ahnen, was deine Mutter
später selbst schreiben würde. Und doch entsprechen die
Briefe einander vollkommen. Schließt das nicht jeden
Betrug aus? Du wirst doch nicht sagen wollen, daß dein
Vater ein Narr sei, der sich von Taschenspielern foppen
läßt?"

Es war Ernesta, als könnte nun gar nichts mehr sie aus der Verzweiflung retten, mit der sie den Vater so sprechen hörte. Aber sie faßte sich und sagte so eindringlich und so herzlich, wie sie einst als Kind Mama zu Vater hatte sprechen hören, wenn Vater aufgeregt war.

„Habe Geduld mit mir, Vater, und höre mich freundlich an. Der Brief, den Mr. Esseron geschrieben hat, könnte ja, wie du selbst zugeben wirst, eine Halluncination oder so was sein. Dieser andere Brief aber lag seit dem Tode Mamas in meinem Schreibtisch verwahrt. Ich habe ihn oft gelesen. Hier bei diesem Worte brach er ab. Der Brief ist mir gestohlen worden, und was hier folgt, ist eine Fälschung. Sieh nur die Schriftzüge an, sie verändern sich von dieser Stelle ab.“

„Darin hast du recht, mein Kind, es ist eben die Schrift einer Sterbenden. Aber sieh, dasselbe Märchen hat schon der Assessor Cremmen vorgebracht. Der hat es von dir, nicht wahr? Also hat sein Zeugnis nach allen Grundsätzen eines prozessualischen Verfahrens keine Bedeutung. Du aber hättest mir doch den Brief zeigen müssen, wenn du ihn wirklich besessen hättest.“

„Vater, lies die Worte freundlich durch. Du wirst sehen, ich konnte ihn dir nicht zeigen.“

„Also, mein Kind, du glaubst wirklich, diesen Brief jahrelang verwahrt zu haben?“

„So gewiß, Vater, wie ich Mama geliebt habe.“

„Siehst du, mein Kind, diese schwärmerische Liebe erklärt alles. Es ist nicht anders möglich. Mir fallen doch immer die natürlichsten Erklärungen für überirdische Dinge ein. Du hast im wachen Hellsehen den Brief aus dem Jenseits vorausgelesen und hast dir, wie das oft vorkommt, das nicht gemerkt, was dir nicht lieb war. Frage nur Mr. Esseron."

Ernesta hatte sich neben den Vater auf den kleinen Holzstuhl gesetzt und ihm seine knochigen Hände gestreichelt. Jetzt ließ sie los, ging schwer atmend auf und nieder und rief endlich, die Hände ringend:

„Gegen solches Denken hält kein Verstand still."

„Das ist es ja eben, mein Kind. Wer die neue Wissenschaft fassen will, der muß eben lächelnd auf die alte Schulweisheit verzichten."

„Vater!" rief Ernesta plötzlich. „Um des Himmels willen, fasse deine Gedanken! Gieb acht! Spürst du nicht den feinen Resebageruch dieses Briefes? Nicht wahr? Du weißt, ich habe Mamas Gewohnheit angenommen, zwischen meine Papiere getrocknete Resedastengel zu legen. Alle meine kleinen Erinnerungszeichen duften nach Reseda. Du mußt es spüren! Du mußt daran erkennen, daß der Brief in meinem Kästchen gelegen hat."

Der Major lächelte.

„Kind, Kind, wie kurzsichtig du bist. Die wunderbare Macht, welche aus der vierten Dimension Briefe der Verstorbenen sendet, wird wohl auch den Duft der Lieblingsblume der Toten nachschaffen können. Ist man erst so weit wie ich, mein liebes Kind, so weiß man, daß alle natürlichen Erklärungen immer falsch sind."

„Und wie erklärst du diese Falte im Brief, Vater? Du siehst, es ist eine alte gebrochene Falte? Ich weiß, daß ich das Blatt gelesen und wieder zusammengelegt habe, ich weiß, daß so die Falte entstanden ist, welche das

Blatt kaum mehr zusammenhält. Ich weiß auch, warum der echte Teil des Briefes von Thränen verwischt ist. Es sind Thränen einer Mutter, die einen solchen letzten Brief schreiben mußte, und dazu kommen die Thränen der Tochter. Auf die gefälschten Zeilen ist keine Thräne gefallen."

„Mein armes Kind, du hältst mich für einen harten Vater."

„Nein, Vater, du bist vielleicht eben so unglücklich wie ich. Aber ich habe es so wenig verdient wie du, so gemartert zu werden."

„Mein liebes Kind, so sollst du erfahren, warum ich mich dem Spiritismus ergeben habe, warum ich jetzt deinen Gehorsam fordere und warum ich dich zu einer unerfreulichen Ehe zwingen will."

Und freundlich, gewissenhaft, als ob er ihr seinen Vermögensstand darlegen wollte, erzählte er ihr, wie er durch seine wissenschaftlichen Forschungen allmählich zum Spiritismus und verwandten Gebieten gelangt sei, wie er im exakten Hochmut des Jahrhunderts befangen anfangs nur habe kritisieren wollen. Wie er dann durch die furchtbare erste Erscheinung der seligen Mutter aus seiner Skepsis aufgeschreckt worden sei und wie er jetzt die Gewißheit erlangt habe, einem festen jenseitigen Willen gegenüberzustehen. „Liebes Kind," sagte er leise, „du weißt noch nicht alles. Heute Nacht hat der unglückliche Assessor einen Entlarvungsversuch gemacht, ich bin mitschuldig. Ich habe ihn eigentlich auf den Gedanken gebracht, und dieser Versuch hat den Tod des armen Mediums zur Folge gehabt."

„Cremmen hat sie ermordet?"

„Nicht so eigentlich. Er hat das Gespenst, d. h. die Erscheinung der Seligen, angefaßt, um das Medium zu entlarven. Weil aber die Seele des Mediums in diesem Augenblick im Astralleib des seligen Geistes war, darum ist das Medium tot umgesunken. Die Beweiskette ist fest geschlossen. Ich aber weiß seit heute nacht, was die anderen nicht wissen. Der selige Geist hat das arme Medium nur getötet, um mir eine Warnung zukommen zu lassen. Sie ist für dich gestorben, und ich darf nicht mehr schwanken."

Ernesta hatte aufgeatmet, als sie erfuhr, wessen allein man den Assessor anklagte. Jetzt flog es einen Augenblick wie Sonnenschein über ihre Stirn und fast wie ein Lächeln:

„Oh, diese klugen Männer," sagte sie. „Vater, was mich erschrecken sollte, hat mich beruhigt. Du willst in deinem herrlichen Idealismus — ja, Vater, ich liebe auch ihn in dir — du willst das nicht sehen und nicht glauben, was wirklich und hart und irdisch ist. Der Assessor wieder mit seinem Männerdünkel will nicht anerkennen, was er nicht in seiner Männerschule gelernt hat. Ich aber sage dir, Vater, ich bin bei Mama in die Schule gegangen, darum glaube ich an etwas Unbekanntes in uns oder über uns und sehe dabei doch die Schönheiten der Erde und glaube nicht an das Leben der Fratzen, die mit dir spielen, und glaube nicht an die Thatsachen, die den Herrn Assessor überzeugt zu haben scheinen. Ich weiß nicht, Vater, aber ich glaube, ich habe jetzt auch eine Erscheinung gehabt! Mama war da und hat mir zugerufen: Laß den

Kopf nicht hängen, laß dich nicht irre machen von den gescheiten Männern."

„Mein armes, verblendetes Kind, nicht einmal die Todesgefahr kann dich ..."

„Vater, wer hat meinen Tod vorausgesagt? Deine armen, hungerigen Gespenster. Deine Geister haben mich verurteilt, deine Geister wollen mich wieder retten, wenn sie dafür bezahlt bekommen. Für mich fürchte ich nichts, nur für dich fürchte ich, Vater."

„Nun gut, wenn du den Tod für dich nicht fürchtest, so bedenke, daß es deine Pflicht ist, für mich zu leben. Die Tote starb für dich. Du sollst aber leben, und du wirst dich entschließen müssen, mir zu gehorchen. Vor dem nächsten fünften August wirst du ..."

„Die Frau eines Taschenspielers? Nein, Vater, deutlich sehe ich meine arme Mama vor mir. Und frage sie: Geht meine kindliche Pflicht so weit? Und deutlich antwortet sie mir: nein! Um beinetwillen kann ich auf alles verzichten. Um beinetwillen so gemein werden, — nein!"

„So werden wir dich zwingen, wie man einen Kranken zwingt. Die Überwissenschaft, wie ich die neue Lehre nennen werde, ist untrüglich. Ich sage dir, daß ich der Prophet der Überwissenschaft bin. Und ich habe dir und der Welt schon Beweise gegeben von meinem hohen Verstand, sowie von meinen wissenschaftlichen Fähigkeiten."

Und selbstzufrieden neigte der Major die elektrische Petroleumlampe. „Wir reisen noch heute vormittag, und dein Zukünftiger reist in unserer Gesellschaft."

„Und ich sage dir, Vater, du zwingst mich nicht!"
Fahlke trat ein.

Ernesta fuhr fort: „Bei Mamas Andenken! Niemals sollte es über meine Lippen kommen! Vater, du hast Mamas Leben vernichtet mit deinem phantastischen Leben, vernichte nicht auch meines."

„Phantastisch? Ich? Der Mann des Experimentes? Fahlke, Sie werden sofort Esseron rufen. Sind die Koffer gepackt?"

Fahlke nickte seinem gnädigen Fräulein beruhigend zu, was sie freilich nicht verstand; dann sagte er zum Major:

„Herr Major, so lassen Sie mich doch endlich einmal ein Wort sagen. Sie brauchen ja nicht zu reisen. Sie hat es mir zwar verboten, aber sie ist nicht tot!"

„Wer, was? Sie sind verrückt!"

„Und Ihnen, mein gnädiges Fräulein Ernesta, soll ich dieses Armband geben, es ist von der seligen Frau. Sie sollen es wieder haben."

„Lieber Fahlke," sagte Ernesta. „Sie sind nicht klug, aber Sie sind immer gut gewesen. Sie müssen fühlen, daß ich leide, sehr leide. Sie werden mir gewiß gerne helfen, wenn Sie helfen können. Ich weiß ja nicht mehr wo aus noch ein! Was ist's denn wieder mit diesem Armband? Aber sprechen Sie mir nicht mehr von Gespenstern. Mein Kopf!"

„Das ist sehr einfach," sagte der Major. „Schwester Serafine ist im Astralleib deiner seligen Mutter erschienen, und da hat sie ihr Armband angehabt. Das ist Astralgold."

„Nein," sagte Fahlke, und schüttelte freundlich den Kopf. „Die Schwester Serafine ist nicht tot. Die andere hat's mir gesagt. Sie will selbst nicht wieder zurücktauschen;

und Schinken hat sie auch gegessen. Ich bin jetzt ganz beruhigt. Herr Major können auch ganz beruhigt sein, benn die Serafine ist ja nicht tot, und die andere möchte mit Ihnen sprechen, gnädiges Fräulein."

Der Major sprang auf und faßte Fahlke an der Schulter.

„Mensch, jetzt reden Sie endlich, ist das Medium wieder aufgewacht?"

„Nein, aufgewacht nicht. Die Schwester Serafine ist fort. Und die Andere ist da."

Der Major trommelte mit den Fingern auf dem Tisch.

„Es scheint sich wieder etwas Übernatürliches begeben zu haben. Ich war darauf vorbereitet. Ich werde die Erklärung finden."

„Lieber Fahlke," bat Ernesta, „es hängt vielleicht viel davon ab, daß Sie alles sagen, was Sie wissen. Fahlke, Sie haben einmal durch Frau Kuntze bitten lassen, ich solle Sie wieder du nennen, wie ich als Kind gethan habe. Fahlke, ich bitte dich, sag', was du weißt."

Fahlke ging auf das gnädige Fräulein zu und küßte ihr die Hand.

„Das ist ein Glückstag. Ich werde ja auch ganz närrisch. Sie sagen du zu mir, und die Karline ist auch wieder da. Und nun wissen Sie alles. Karline ist wieder da."

„Der ist verrückt geworden."

„Welche Karline?" fragte Ernesta enttäuscht.

„Ich bin nicht verrückt, Herr Major," sagte Fahlke gekränkt. „Sie sollten es nur nicht verstehen. Also: Heute nacht, wie Schwester Serafine tot war, hat Karline mit ihr getauscht. Wie ich hineinkomme, liegt unter dem schwarzen Tuch statt der toten Serafine die lebendige Karline. Karline ist auch Medium gewesen, will aber nicht mehr, deshalb hat sie Schinken gegessen, und deshalb schickt sie Ihnen das Armband. Wenn das verrückt ist, Herr Major, dann habe ich in Ihren Sitzungen eben nicht viel gelernt."

„Hinaus!" schrie der Major.

„Ach, gehen Sie, Fahlke, mir ist nicht zu helfen," sagte Ernesta. Plötzlich hob sie den Kopf und fragte: „Wer ist denn diese Karline? Sagen Sie mir das noch."

„Du gnädiges Fräulein."

„Fahlke!" rief Ernesta, und sie rief es recht zärtlich.

„Aber, gnädiges Fräulein: Karline! Die Karline, die damals Knall und Fall entlassen worden ist wegen der Erscheinung. Karline, die meine Braut war, und die immer hier war, wenn aus dem Jenseits was gekommen ist. Und das haben Sie gar nicht gewußt, daß sie das eigentliche Medium war. Und wo Sie geglaubt haben, sie hätte die Kleider von der seligen Frau gestohlen. Das war nicht hübsch, Herr Major. Na ja, gnädiges Fräulein, diese Karline sitzt lebendig im Gartenpavillon und will nicht mehr Medium sein und hat Schinken gegessen und hätte dem gnädigen Fräulein was zu sagen. Aber der Herr Major soll nichts erfahren. So, und nun hat Ihr alter Fahlke alles gesagt, was er weiß."

Ernesta war aufgesprungen und ging schwer atmend im Zimmer auf und nieder.

„Vater, ich will nicht zu früh jubeln! Vater, verzeih mir, wenn du unrecht haben solltest. Aber ich sehe Licht,

Licht, Licht! Vater, ich glaube, ich brauche nicht zu sterben."

„Ernesta, du bist leichtgläubig!" rief der Major ernst.

„Vielleicht, vielleicht, Vater. Aber laß mich hoffen. Ich habe es verstanden, Fahlke schön zu bitten, ich werde auch Karline zu bitten wissen. Sie ist kein schlechtes Geschöpf. Sie ist nur leichtsinnig gewesen. Das, Vater, ist mein Glaube; du, Vater, glaubst an Gespenster, Cremmen glaubt an Ziffern, ich, Vater, glaube noch an Menschen. Fahlke, hole Karline herüber."

„Gleich, gnädiges Fräulein, legen Sie nur das Armband um, damit nichts geschehen kann."

Er ging hinaus. Ernesta fiel ihrem Vater um den Hals.

„Vater!" rief sie, „du wirst sehen, du wirst sehen. Sie haben dich betrügen wollen, aber du wirst dich nicht foppen lassen! Du wirst mir helfen, die Schlechtigkeiten aufzudecken! Hilf mir mit deiner Klugheit."

Zurückhaltend sagte der Major: „Gewiß, mein liebes Kind, ich werde dich, wenn es notwendig ist, mit meiner wissenschaftlichen Erfahrung nicht im Stiche lassen. Es kommt wirklich vor, daß Medien betrügen. Das leugnen die erfahrensten Spiritisten nicht. Das leugnet auch Mr. Esserton nicht. Du weißt, er kannte Schwester Serafine nicht vorher. Wenn hier jemand betrogen war, so war es dieser Esel von Esserton. Ich nicht."

Fahlke öffnete von außen die Thür und schob Karline herein.

Sie war jetzt in ein anständiges, schwarzes Tuchkleidchen gehüllt und sah unter ihrem Kapotehütchen ein wenig auffallend aus, etwa wie eine kleine Schauspielerin aus der Provinz. Aber ihr schlaues Gesicht und ihre sonst so lustigen grauen Augen verrieten jetzt Beschämung und Verlegenheit.

„Sie haben mir was zu sagen?"

Ernesta sprach es herzlich und reichte ihrem ehemaligen Dienstmädchen die Hand. Karline drückte einen Kuß auf die Finger und sagte: „Lassen Sie erst Fahlke herausgehen. Er kann ja unten aufpassen, ob mein Bruder nicht kommt. Er ist nur mein Stiefbruder, aber ich fürchte mich vor ihm. Er ist so roh."

„Karline," sagte Fahlke, „er wird Fahlkes Frau nicht wieder zu schlagen wagen. Du willst mich auch nur heraus haben, weil du Dinge zu erzählen hast, die ich nicht hören darf. Ich weiß ganz gut, daß ich dumm gemacht werden soll, aber zu foppen bin ich nicht."

Fahlke verließ mit einem schelmischen Blick auf Karline die Stube. Der Major hatte sich mit einer geringschätzigen Kopfwendung in seinen Lehnstuhl niedergelassen. Karline stürzte auf Ernesta zu, faßte ihre beiden Hände und sagte:

„Gnädiges Fräulein, jetzt wird es ernst. Ich will Ihnen alles sagen, alles eingestehen, aber Sie müssen mir versprechen . . ."

„Alles, alles, Sie können auf meine Dankbarkeit rechnen. Nicht wahr, Sie haben als Medium betrogen? Sie waren Schwester Serafine?"

„Natürlich!" rief Karline lachend, „aber Sie müssen mir erst versprechen . . ."

„Vater, hörst du, unser Dienstmädchen war Schwester

Serafine! Die Kleider der Mutter, alles, alles Betrug! Was soll ich Ihnen versprechen?“

„Also zuerst, Fahlke darf nichts erfahren. Fahlke will mich heiraten, und gnädiges Fräulein, ich habe so viel mit seligen Geistern umgehen müssen, daß mir Fahlke gerade paßt.“

„Liebe Karline, da verlangen Sie gleich etwas ...“

„Ach, gnädiges Fräulein, seien Sie nur nicht so! Fahlke könnte es schlimmer treffen als mit mir. Glauben Sie mir, ich bin sonst ein anständiges Mädchen. Und daß ich Medium gewesen bin, mein Gott, weiß man denn von Anfang an, wie’s kommen wird? Vorher bin ich Kellnerin gewesen. In derselben Wirtschaft, wo mein Stiefbruder Weinküfer war. Na, sehen Sie, Weinküfer und Kellnerin, das sind so richtige, gute bürgerliche Berufe. Nichts dagegen zu sagen, nicht wahr? Und ich sage Ihnen, gnädiges Fräulein, der Wein war auch getauft, und das Bier war auch geplanscht, genau wie bei den Spiritisten. Und ich hab’ das Mediumsein satt, bis hierher geht’s mir, sage ich Ihnen. Anfangs hat mir’s Spaß gemacht, weil ich soviel über die dummen studierten Leut’ zu lachen gehabt hab’. Aber auf die Länge, man könnte selber verrückt werden. Und wenn ich gar daran denk’, daß am Ende wirklich was dran ist, und daß es am Ende wirklich Geister giebt, da wird mir ganz komisch zu Mut. Gelacht hab ich genug, lustig gewesen bin ich genug. Eine anständige Frau will ich werden, einen guten Mann will ich haben und gute Kinder, und den Fahlke hab ich ganz gern, und der darf nichts erfahren.“

Ernesta zögerte noch immer in ihren Gewissensbedenken,

ob sie ein solches Versprechen geben dürfe. Da rief Karline: „Ach, Sie liebes, gutes, unschuldiges Fräulein! Wegen Fahlke? Der kann heilfroh sein! Glauben Sie denn wirklich, gnädiges Fräulein, daß die mehrsten Frauen so sind wie Ihr armes Mutterl? und wie sie armes Hascherl sein werden? Nein, gnädiges Fräulein, die mehrsten sind wir, und die mehrsten Männer sind wie Fahlke. Nur die Einbildnerischen und die Verrückten wollen keine gescheitere Frau haben als sie sind. Wegen dem können Sie uns ruhig zusammenthun und mir noch eine kleine Ausstattung dazu geben. Fahlke wird's gut haben bei mir."

Ernesta mußte lächeln. „Und was haben Sie noch für Bedingungen zu stellen?"

„Sie müssen mich so lange hier behalten, bis ich gegen meinen Stiefbruder geschützt bin. Mit Essexon werde ich allein fertig, der ist ein Feigling. Mit den Männern werde ich überhaupt fertig. Aber der Sägebock, das ist mein Bruder und der schlägt, wenn man nicht seinen Willen thut."

Nun hatte Ernesta doch wieder Mitleid mit dem Medium und sagte:

„Hörst du, Vater? Essexon ein Feigling, und Sägebock bringt das Medium durch Schläge zum Betrug! Hörst du? Liebe Karline, ich kenne einen sehr klugen, jungen Mann, der die Gesetze genau kennt und beinahe Staatsanwalt ist. Der wird Sie gegen Ihren Bruder schützen."

Nun lachte Karline lustig auf.

„Der Assessor? Ach ja, der wird mir nichts mehr

zuleide thun laſſen! Und nicht wahr, den Diebſtahl, das mit dem Brautkleid, werden Sie mir auch verzeihen, es gehört ja zu dem übrigen!

„Vater, Vater!" rief Erneſta. „Geſtohlen wurde auch! Verzeih' mir meine Freude!"

Der Major hatte ſich würdevoll im Lehnſtuhl zurecht-geſetzt und ſagte jetzt:

„Ihre Reue macht Ihnen Ehre, Sie da, wie Sie heißen. Ich glaube, ich werde die Sache auf ſich beruhen laſſen können, wünſche aber ein Geſtändnis. Sie ſehen, daß ich nicht ſo leicht zu hintergehen war. Dieſer Kerl, dieſer Eſſexon, hat ſich foppen laſſen und der Dingsda, der Herr Antiſpiritiſt auch. Ich natürlich nicht. Es wird mich intereſſieren, Ihre Tricks zu erfahren. Ich weiß noch nicht wie ich dieſe Kenntniſſe verwenden will. Aber ſie werden ſich in meinem großen ſyſtematiſchen Werke unterbringen laſſen. Erzählen Sie mal, wie Sie den Eſſexon reingelegt haben."

„Ach, Herr Major," ſagte Karline, „der iſt wirklich ein ganz dummer Kerl. Der macht immer nur nach, Erfindungsgeiſt hat er nicht. Damals, wie ich zu Ihnen ins Haus kam, arbeiteten wir, mein Bruder und ich, im Dienſt eines Ruſſen auf off.... Sanneroff, oder Sarma-toff, ich weiß nicht mehr. Ich ging überall dorthin, wo er einen machen wollte, als Dienſtmädchen ins Haus, überall bin ich nach vierzehn Tagen wieder herausgeſchmiſſen worden. Nur hier wäre ich gerne geblieben, weil ich mit dem gnädigen Fräulein ſoviel Mitleid hatte und ihr gerne geholfen hätte, und weil der Fahlke ſo ein guter Menſch war, und überhaupt. Da kam was raus mit dem Ruſſen, unb er ging mit feinem letzten Raub nach England. Uns nahm er mit. Dort hab ich den Efferon kennen gelernt. Efferon unb Sägebock befprachen fich, daß bei Ihnen alles fchon fo gut wie fertig wär. Unb da ließen wir den Ruffen fitzen unb kamen zu britt nach Deutfchlanb."

„Unb mit folchen Mitteln," fragte Ernefta entfetzt, „haben Sie viele Menfchen betrogen?"

„Sie laufen uns ja bas Haus ein. Sie wollen ja betrogen fein, in England unb in Deutfchlanb, unb die Übergefcheiten, die finb die Tollften."

„Ihr Traumzuftanb ift alfo ein Betrug?"

„Schwindel, natürlich! Unb fo leicht! In den dummen Fragen fteckt die richtige Antwort immer brin. Na, ein biffel Mutterwitz hätt' ich ja auch."

„Unb die Dokumente aus bem Jenfeits?"

„Schwindel unb Betrug. Die wichtigften Papiere finb immer am leichteften zu ftehlen. Die liegen überall rum. Wertpapiere ftiehlt Efferon nicht, die geben ihm nachher die Herrfchaften felber."

„Das finb lauter Nebenbinge," fagte der Major. „Intereffanter wäre es mir, zu erfahren, burch welche geheimnisvollen Mittel Sie fich von den Stricken befreien, mit denen Sie feftgebunden werden?"

„Schwindel! Das ift balb gelernt. Na, etwas Begabung wirb auch wohl bazu gehören."

„Unb der Starrkrampf, welchen Sie für einen plötzlichen Tod ausgeben, hat der gar nichts mit Ihrem Traumzuftanb zu thun?"

„Ja, Herr Major. Der Starrkrampf, bas ift mein

Geheimnis. Darin bin ich einzig. Starrkrampf ist schwer, aber Schwindel ist er auch."

„Es scheint also wirklich," wandte sich der Major belehrend an seine Tochter, „als ob dieses interessante Medium seine ihm selbst unbekannten spiritistischen Gaben durch betrügerische Mittel zu steigern verstand. Ich komme nun darauf zurück zu fragen, wie Esseron getäuscht werden konnte."

„Esseron getäuscht? Herr Major, nun hab ich's aber satt! Das sage ich Ihnen aber, nicht einmal ein Engländer ist er, auch kein Amerikaner. Seinen wahren Namen wissen nicht einmal wir. Ein paar Jahre ist er drüben gewesen, weil er früher hier gesessen hat. Den Brief von der seligen Frau hat er selbst gestohlen unten aus dem Schreibtisch."

„Das ist eine Verleumdung!" schrie der Major und richtete sich militärisch streng in die Höhe.

Da ging Karline bis dicht an ihn heran, und schaute ihm frech ins Gesicht. „Verleumbung, Herr Major? Wenn das gnädige Fräulein nicht zugegen wäre, würde ich Ihnen was drauf antworten, saftig. Esseron ist bei allen Mediums bekannt. Die anderen verdienen mal was gelegentlich, wenn's sich gerade trifft. Der aber lebt davon. Und wissen Sie was seine Spezialität ist, Herr Major? Alte pensionierte Offiziere."

Der Major warf Karline seinen strengsten vernichtenden Blick zu. Aber schon sank er langsam in den Lehnstuhl zurück, richtete noch auf Ernesta die ängstlichen Augen und verhüllte sein Gesicht.

„Zu seiner Spezialität gehöre ich? Ja, ja, das ist wahr. Ein alter, pensionierter Offizier bin ich."

Fahlke öffnete leise die Thür.

„Karline, ich hab die Augen zugemacht, wenn du gerade was gezeigt haben solltest. Aber der Mister kommt und der Wollene mit ihm. Jetzt gehe ich wieder aufpassen, ich habe nichts gesehen.“

„Herr Major,“ sagte Karline rasch, „die Leute foppen ist lustig. Einen Spiritisten foppen ist aber ein Hauptspaß. Können Sie sich hier irgendwo verstecken, Sie und das gnädige Fräulein? Sie werden aus den ersten Worten ersehen, ob der Esseron ein Betrüger ist oder nicht.“

Schwerfällig erhob sich der Major wieder. „Ich bin hier Herr,“ sagte er stolz. „Sie Dingsda haben das Recht verwirkt, im Namen der Wahrheit die Fälscher der neuen Wissenschaft zu entlarven. Ich werde den Herren mit meiner Autorität entgegentreten, und sie werden sehen, ob ich wirklich zu täuschen bin, wie die Herren zu glauben scheinen.“

Der Major drückte auf eine Feder seines Schreibtisches, und ein Geheimfach an der rechten Schublade sprang auf. Er nahm einen Revolver heraus und öffnete die Sicherheit. Dann spannte er den Hahn.

„Der erste Schuß ist eine Platzpatrone,“ sagte er pfiffig zu Ernesta. „Der ist zum Schrecken, der nächste Schuß ist scharf.“

„Um Gottes willen!“ rief Ernesta, aber Esseron und Runge waren schon eingetreten. Beide eilig und beide im Begriff auf den Major loszugehen, als Mr. Esseron Karline sah und erkannte. Esseron blieb eine Weile entsetzt stehen und wechselte die Farbe. Da sagte Karline mit dem natürlichsten Ton: „Guten Morgen, Esseron.

Ich hab's endlich nicht mehr ausgehalten, ich hab alles erzählt."

„Mr. Vehsen," stammelte Esseron. „Ich kenne diese Person nicht."

Der Major richtete ruhig den Revolver auf die Brust des Spiritisten.

„Mr. Esseron, oder wie Sie heißen," sagte er, „Sie haben mich kennen gelernt. Sie wissen, ich habe große Opfer gebracht, um Gewißheit zu erlangen. Es würde mir kein großes Opfer sein Sie niederzuschießen, um Gewißheit zu erlangen. Sie kennen mich. Kennen Sie dieses Mädchen? Eins, wenn Sie einen Schritt machen, so schieße ich. Kennen Sie dieses Mädchen, zwei? Und..."

„Nun ja, denn!" rief Esseron mit einem grinsenden Lächeln. „Schwester Karline hat sich als Medium einen jenseitigen Namen zugelegt."

„Und ist es wahr, Mr. Esseron, oder wie Sie heißen, daß Ihre Specialität alte pensionierte Offiziere sind?"

„Entfliehen Sie, oder Sie sind ein toter Mann!" schrie Ernesta.

Mit einem Satz war Esseron an der Thür. Ein Schuß krachte. Esseron blieb vor Schrecken gelähmt einen Augenblick stehen, dann warf er die Thür hinter sich ins Schloß.

„Der kommt nicht wieder!" sagte der Major mit grausamem Lächeln. „Das habe ich gut gemacht. Na, was sagen Sie dazu, Herr Runge?"

„Ich verstehe ganz und gar nichts," rief Runge lebhaft. „Ich bin eben erst damit fertig geworden, den Bericht über die heutige Nachtsitzung aus dem Gedächtnis niederzuschreiben. Esseron hat mir selbst dabei geholfen. Wir wollten Ihnen das Ergebnis vorlegen, und ich persönlich wollte Sie um die Erlaubnis bitten, den Bericht veröffentlichen zu dürfen. Esseron war dagegen."

„Dummkopf," murmelte der Major vor sich hin.

Karline machte vor Runge einen Knix und sagte: „Sie müssen noch einen Zusatz machen, Herr Doktor. Das tote Medium ist wieder auferstanden."

„Herrlich, herrlich!" rief Runge. „Sie müssen mir erzählen, wie das gekommen ist."

„Im Vertrauen, Herr Doktor. Wenn ich eine Materialisation machen muß, so trage ich immer Wolle. Bringen mich dann die Geister um, so macht mich Wolle wieder lebendig. Wolle, Herr Doktor."

„Steht es so," machte Runge gedehnt. „Uzen lasse ich mich nicht, und meine Zeit habe ich auch nicht gestohlen. Herr Major, wollen Sie Mitarbeiter der Spiritisten-Leuchte bleiben, ja oder nein?"

„Nein, Herr!"

„Herr Major, wollen Sie wenigstens Abonnent bleiben? Eine Mark und fünfzig Pfennig vierteljährlich."

„Nein, Herr!" schrie der Major.

„Dann gebe ich Sie auf," sagte Runge und ging erhobenen Hauptes fort.

Der Major schwankte. Ernesta eilte auf ihn zu und stützte seinen Arm.

„Nicht wahr, die schlechten Menschen regen dich auf. Komm, setze dich nieder, du bist schwach. Liebe Karline, lassen Sie uns allein. Und wissen Sie was? Mit der Kasteiung ist es nun wohl vorüber. Lassen Sie eine

Flasche Wein aus dem Keller holen. Von deinem Lieb=
lingswein, den du sonst an meinem Geburtstag getrunken
hast. Von dem 68 Deidesheimer. Mir ist heute so ge=
burtstäglich zu Mut. Gehen Sie, liebe Karline, und
Jahlke möchte den Herrn Assessor herüberbitten, wenn das
Haus drüben schon offen ist. Der Assessor wird auch
nicht gut geschlafen haben."

Karline ging, und Ernesta blieb mit ihrem Vater
allein.

Ernesta hatte sich darüber gefreut, daß der Vater
sein Selbstbewußtsein nicht verloren hatte und die Ent=
larvung der Spiritisten als Triumph seiner eigenen Schlau=
heit aufnahm. Aber jetzt erschrak sie, als der Major,
kaum daß Karline die Thür geschlossen hatte, in lautes,
kindisches Schluchzen ausbrach und mit der Hand nach
dem Revolver tappte, den er vorhin auf den Tisch hatte
fallen lassen. Sie bemerkte nicht einmal, daß er lauernd
und ängstlich nach der Tochter schielte.

„Mein lieber, guter Vater," rief sie, warf die Waffe
in das Geheimfach und schlug die Klappe zu. „So lache
doch endlich, so lache dich ordentlich aus. Hast du mich
denn gar nicht lieb? Freust du dich denn gar nicht, daß
du mich wieder hast?"

„Seine Specialität war ich!" rief der Major thea=
tralisch. „Geh', Ernesta, laß mich allein. Wenn Mama
noch lebte, das wäre was anderes. Aber ein Vater darf
sich vor seinem Kinde nie so schämen."

Ernesta kniete vor dem Vater nieder und streichelte
seine Hände. „Aber liebster Papa, warum nicht? Das
Schämen, das ist ja das Schönste auf der Welt. Ich

habe mich immer so gerne geschämt! Vor Mama habe ich mich immer geschämt. Und vor dir würde ich's auch thun, wenn du mich nur lieb haben wolltest. Willst du mich auslachen? Du sollst erfahren, wie sehr ich mich zu schämen habe. Ich habe ja alles auch geglaubt! Ich habe viel mehr geglaubt als du, ich habe ... Ich habe auf meiner Stube immer Geister geklopft! Nur heiraten wollte ich ihn nicht. Nur darum habe ich dir widersprochen. Vater, merkst du jetzt, weshalb ich mich schämen muß. Ich möchte einen heiraten, den ich lieb habe."

Und sie drückte ihren Kopf in des Vaters Hände.

„Du bist ein gutes, liebes Kind, aber laß mich."

„Nein, Vater, ich laß dich nicht. Schämen wir uns zusammen. Dafür sind wir ja zwei. Ich lege meinen Kopf an deine Brust. So. Siehst du, und jetzt hast du deine Stirne auf mein Haar gelegt. So halte ich dich und so wollen wir uns ein bißchen schämen. Nicht zu lange. Ich schäme mich schon. Und wenn wir uns ausgeschämt haben, so wollen wir wieder lachen. Vater!" rief sie unter stürzenden Thränen. „Vater, ich könnte wieder ganz lustig werden! Du nicht auch?"

„Du gutes, tapferes Kind! Aber warte nur, ich will Beweise sammeln, ich will alle Entlarvungen und alle Betrügereien in einem großen Buch sammeln, ich will die Menschheit vor diesen schlechten Menschen schützen. Ich will meine Mediumfalle verbessern."

„Ja, das thue, Vater."

Der Major sprang auf, schob seine Tochter von sich und ging erregt auf und nieder. In abgerissenen Worten skizzierte er seinen Plan eines großen antispiritistischen

Buches. Die Mediumfalle wird es heißen, und der Dingsda ... Weißt du, seine Mutter war eine geborene Vehsen.
Der soll mir dabei helfen."

Eine gute Viertelstunde verging, während der Major
eifrig aus seiner Bibliothek die Bücher zusammenschleppte,
die er für sein neues Unternehmen brauchte, da klopfte
es leise an die Thür, und auf Ernestas sicheres Herein
erschien Assessor Cremmen an der Schwelle.

„Herr Major," sagte er, „ich erfuhr eben von Fahlke,
ich dürfe Vater und Tochter zu so früher Stunde schon
aufsuchen. Ich komme, um Abschied zu nehmen."

„Was ist denn das schon wieder!" rief Ernesta.

„Herr Major, ich bin Ihnen eine Erklärung schuldig.
Als ich mich hier erbot, den Kampf gegen die Spiri-
tisten in Ihrem Hause zu führen, geschah es nicht um
Ihretwillen und nicht um der Wahrheit willen, sondern
nur, weil ich aus mannigfachen Gründen um die Hand
Ihrer Tochter werben wollte."

„Aus mannigfachen Gründen?" rief Ernesta. „Sie
sind unverbesserlich."

„Nein, mein Fräulein, ich bin gebessert. Ich habe
mich so sehr verändert, daß ich in Gegenwart des Vaters
meine Werbung zurücknehme."

Ernesta blickte in das feierliche und trostlose Gesicht
des Assessors. Plötzlich lachte sie auf.

„Nicht wahr, wegen des toten Mediums?"

„Jawohl, mein Fräulein. Ich wollte im ersten
Schrecken das Stillschweigen des Bruders erkaufen. Meine
geringe Barschaft habe ich dafür geopfert. Dann aber
fand ich mich in schweren Stunden selbst wieder. Die

Ehre meines Standes verlangt ein Opfer. Ich weiß zwar augenblicklich noch nicht, wie das Gesetz die Tötung eines Mediums durch Erweckung aus dem trance bestraft, aber was ich auch begangen habe, es muß gesühnt werden. Ich werde ein schriftliches Geständnis ablegen. Mindestens eine längere Gefängnisstrafe ist mir gewiß. Als Ehrenmann kann ich unter solchen Umständen einem Mädchen wie Sie nicht mehr meine Hand bieten.“

„Sie haben recht!“ sagte Ernesta mit möglichst ernsthaftem Gesicht. „Ewig würde der ·Geist des ermordeten Mediums zwischen uns stehen.“

Der Major streichelte seine Tochter und allmählich belebte sich sein Gesicht. Er beugte sich zu ihr herunter und flüsterte ihr ins Ohr:

„Das ist ja ein dummer Mensch. In den hast du dich verliebt?“

Cremmen fuhr fort:

„Im Gefängnis werde ich Muße haben, den Spiritismus ernstlicher zu studieren als bisher. Ohne Frage geben sich zumeist Unberufene damit ab. Den Betrug von der Wahrheit zu trennen wird meine Aufgabe sein.“

„Ich bewundere Sie, Herr Assessor,“ sagte Ernesta. „Aber sagen Sie mir doch eines: wo bleibt bei alledem der positive Nutzen für Sie? Sie opfern alle Ihre Wünsche und Hoffnungen einer Mannesehre, die sich nicht messen und nicht wägen läßt. Sie wollen sich einer neuen Wissenschaft widmen, die sich mit dem Verstande nicht begreifen läßt. Sie handeln ja auf einmal fast wie ein romantischer alter Deutscher.“

„Mein teures Fräulein, necken Sie mich nicht mehr

mit meinem Bramarbasieren. Diese furchtbare Nacht hat mir auch über mich selbst die Augen geöffnet. Sie hatten ganz recht. Wir jungen Leute, die wir in den Jahren 70/71 auf der Schulbank lateinische Verse übersetzten, während von Anderen Deutschland geeinigt wurde, wir haben uns selbst für die zartesten und menschlichsten Dinge einen Ton angewöhnt, den der eiserne Kanzler in entscheidenden Augenblicken nötig hatte. Wir waren alle Realisten geworden, wir sahen auch im Weibe einen Feind und richteten uns selber ab, es schneidig zu erobern wie unsere Karriere. Der schreckliche Tod des Mediums hat mich nachdenken lassen. Wir bildeten uns ein, über die Liebe hinausgekommen zu sein. Jetzt, mein teures Fräulein, weiß ich, daß ich Sie verlieren muß, und daß mich das sehr unglücklich macht. Jetzt weiß ich, daß ich Sie liebe."

„Ich weiß es längst, Herr Assessor. Vater, unbekümmert um alle Gefängnisstrafen, die ihm drohen, bitte ich für den Herr Assessor Cremmen, deinen Vetter, um die Hand deiner dich und ihn innig liebenden Tochter Ernesta."

Der Major streichelte nur immer das Haar seiner Tochter.

„Ich möchte dich ja gerne glücklich sehen, aber das schickt sich nicht, was du thust."

„Vater, liebster Vater, ich habe lange genug gethan, was du wolltest. Ich bin von meiner Mutter erzogen, mich auch närrischen Launen zu fügen. Ich werde eine gute Frau sein, Herr Assessor. Mama hat mich Gehorsam gelehrt. Heute aber laßt mich vergnügt sein, heute laßt mich befehlen. Heute kommt mir eine Stunde lang die Einbildung, als wäre ich klüger als zwei so bedeutende Männer. Fahlke! Karline, wo bleibt der Wein?"

Während der Assessor erstaunt und erschreckt bald den Major, bald Ernesta anblickte, stürzte Karline herein, und hinter ihr kam Fahlke mit einer Weinflasche und Gläsern.

„Gnädiges Fräulein, mein Bruder ist eben in einer Droschke vorgefahren. Er will mich holen. Sie werden mich schützen, nicht wahr?"

„Dieser Herr hier, mein Bräutigam, Assessor Cremmen, wird Sie gegen Ihren Bruder schützen. Herr Assessor — Ihr Opfer, das ermordete Medium, auch Karline genannt, unser früheres Dienstmädchen."

Der Assessor blickte völlig hilflos um sich. Der Major klopfte ihm auf die Schulter.

„Na, lieber Herr, Sie reißen ja die Augen auf. Haben Sie den Betrug wirklich nicht durchschaut? Sehen Sie in mir den wahren Antispiritisten."

„Also doch alles Betrug?" rief Cremmen.

Fahlke schenkte drei Gläser voll, reichte zuerst dem Assessor eines und flüsterte ihm dabei zu: „Getauscht haben sie."

Cremmen trat mit dem vollen Glase an Ernesta heran. „Wenn Sie wüßten, Ernesta, wie ich mich schäme ..."

„Thuen Sie es nur, thuen Sie es nur recht tüchtig! Es ist ja das letzte Mal, daß Sie es mir eingestehen."

„Und was vorhin gesprochen wurde, von Liebe und Verlobung, das war kein Spott?"

„Ernstes Glück!"

„Herr Affessor," sagte der Major, „Sie werden mir zugeben, daß Sie sich nicht eben mit Ruhm bedeckt haben. Ich frage Sie, ob Sie mir von Zeit zu Zeit Ihre eigenen Erfahrungen für mein Gebiet des Antispiritismus zur Verfügung stellen wollen. Ich bereite ein Werk vor ..."

„Vater, darum handelt es sich nicht. Jetzt nicht, lieber Vater! Jetzt sollst du sagen, ob der Assessor mein Bräutigam ist oder nicht?"

„Ja, ist er denn nicht dein Bräutigam?"

Etwas unsicher, aber doch mit einem glücklichen Gesichtsausdruck, der Ernesta befriedigte, trat Cremmen an sie heran.

„So frage ich dich."

„Und ich antworte ja. Und ich stelle keine Bedingung. Ich weiß jetzt, ich werde meinen Vater lieb behalten dürfen. Auch wenn er einmal etwas weniger scharfblickend sein sollte als mein gestrenger Herr und Gebieter."

„Oh du!"

„Ach wir armen Frauen," sagte Ernesta und gab ihm einen herzhaften Kuß. Nur einen wollte sie geben, aber Cremmen hielt sie fest und drückte einen langen, innigen Kuß auf ihre Lippen, fast zu lange, daß ihr der Atem verging, und dann flüsterte er: „Ich bin ganz unvernünftig glücklich."

Da flüchtete Karline hinter das Liebespaar, und Sägebock öffnete heftig die Thür.

„Meine Schwester ist nicht mehr unten! Wer hat die Leiche fortgeschafft? Ich bin der Bruder, und ..."

„Hier steht Ihre Schwester," sagte Cremmen mit

ſtarker Autorität. „Sie haben hier nichts mehr zu ſuchen. Die Polizei wird mit Ihnen zu reden haben.“

Sägebock hob drohend die Fauſt, dann trat er einen Schritt zurück.

„So alſo ſteht es hier? Eine Gemeinheit iſt es von dir, Karline. Aber immerhin, ſchade um dich. So 'n gutes Medium kriege ich nicht wieder, aber aufgeben thu ich das Geſchäft doch nicht.“

„Wenn Ihnen die Polizei nicht das Handwerk legt,“ rief Cremmen.

Ganz frech ging Sägebock mit drei breiten Schritten auf Cremmen los:

„Wat ſagen Sie? Anzeigen wollen Sie mir? Is nicht. Lieber Herr, unſer enen zeigt man nich an. Unſere Kunſtſtücke, wiſſen Sie, ſind ſo dumm, daß uns nachher niemand nicht jekannt haben will. Wiſſen Sie, Herr Aſſeſſor, daß Sie froh ſein werden, wenn ick Sie nich anzeige? Ne, Karline, du jehſt nicht mit? Es ſollte dein Schade nich ſind. Nein? Na denn Abieu die ganze Geſellſchaft.“

Und pfeifend verließ Sägebock die Stube. Der Major war wieder ſchwermütig geworden.

„Ach was,“ rief Erneſta. „Auch krank machen haben ſie dich wollen, nichts eſſen und nichts trinken haben ſie dich laſſen. So einen guten Tropfen haben ſie dir verboten, die ſchlechten Kerle. Jetzt aber wirſt du auf mein Wohl trinken, auf unſer Wohl.“

„Herr Major,“ ſagte Cremmen, „Wir thäten wirklich gut, ihr zu gehorchen. Sie iſt vielleicht wirklich klüger als wir beide.“

„Sie hat wenigstens einen ganz richtigen Instinkt,“ sagte der Major und faßte kräftig das Glas.

„Klug? Ich?“ rief Ernesta und stieß an. „Wir armen Frauen. Wo hätten wir euch lieb, wenn wir klug wären!“

*   *   *

Am Geburtstag Ernestas wurde eine stille Hochzeit gefeiert. Das junge Paar richtete sich fürs erste in der Villa ein so gut es ging, bis das hübsche kleine Haus fertig war, das an der Stelle des alten Gartenpavillons sich erhob. Der Major wollte sich lange nicht überzeugen lassen, daß ihn die preußische Erbschaft zum reichen Mann gemacht hätte. Er ließ es sich nicht nehmen, die Villa des jungen Paares mit den sinnreichsten elektrischen Einrichtungen und einem von ihm selbst erfundenen Speiseaufzug zu versehen.

Ernesta war gegen ihren Mann so geduldig, daß er schon aus Erkenntlichkeit Geduld mit den Launen ihres Vaters haben mußte. Und wenn Cremmen doch einmal seine Überlegenheit zu sehr fühlen lassen wollte, so erinnerte sie leise an das tote Medium.

Fahlke und Karline hatten sofort nach der verhängnisvollen Nacht das Haus verlassen müssen. Karline erhielt eine so reiche Ausstattung und Mitgift, daß sie ihren Lebensplan bald verwirklichen und Gastwirtin werden konnte. Fahlke hatte schüchtern den Wunsch gehegt, ein vegetarisches Speisehaus zu errichten. Darauf ließ sich Karline nicht ein.

„Wer weiß,“ sagte sie, „wenn ich wieder nur von Grünkram lebe und du auch, so werde ich über Nacht wieder Medium, und dann ist alles möglich. Dann tausche ich am Ende wieder."

„Da opfere ich freilich lieber meine Überzeugung," sagte Fahlke. „Nur nicht spuken. Siehst du, Karline, ein anderer würde dich vielleicht gerade darum lieb haben, weil du Medium bist. Ich aber liebe dich um deiner selbst willen, und werde es dir nie vorwerfen, wenn du keinen Magnetismus mehr hast. Ja, sei mein ganz ge- wöhnliches Weib."

Aber heimlich blieb Fahlke doch stolz auf seine spi- ritistischen Erlebnisse und auf die übernatürlichen Kräfte seiner Frau.

Es ging ihnen anfangs nicht zum besten. Doch eines Tages wurde Fahlke im Verfolge einer Bierreise von Fisch und Kreisel wieder entdeckt. Ihre Berichte machten ihn bald zum Liebling der Studenten, seine Kneipe zur besuchtesten des Viertels. Es soll nicht verraten werden, wie diese Wirtschaft heute noch bei ihren Gästen heißt.

Karline sorgte energisch und durchaus dem Irdischen zugewandt für Küche und Keller. Als nach Jahr und Tag ihr Bruder einen Dienst bei ihr suchte, seine ver- wirrten Umstände eingestand und in der Not zu der alten Thätigkeit zurückkehren wollte, schickte sie ihn mit einer reichlichen Unterstützung fort.

„Nein," sagte sie, „mit der Planscherei ist es vorbei, gar und aus. Bei uns giebt es jetzt Echtes."

Druck von Oscar Brandstetter in Leipzig